KB076412

엘레나의 작은 체구와는 정반대로
스테판 생도 대대장의 키는 7피트에
달했다. 거기에 우락부락한 체격까지
더해져 스테판은 동기들에게
메드베지(медведь, 곰)라고 불리고
있었다.

눈의 소녀와 제복을 입은 곰.
아무리 보아도 어울리지 않는
조합이었다.

프릴이 잔뜩 달린 고딕 롤리타 풍의 메이드복을 입은 종업원들이
손님들에게 아양을 떨고 있었다.

...이런 게 사교 클럽이라고?

주인님!!

"고간! 고간을 보자!"

루나의 말이 떨어지자마자 수병들은 굶주린 개떼처럼 내게
달려들어 팔다리를 눌렀다. 나는 그대로 바닥에 옴짝달싹못한
상태로 구속되어 몸을 비틀었다.
"자, 잠깐! 너희들 미쳤어?"
"괜찮아요, 아프지 않아…"
"갸악— 싫어요! 안 돼요! 이러지 마세요!"

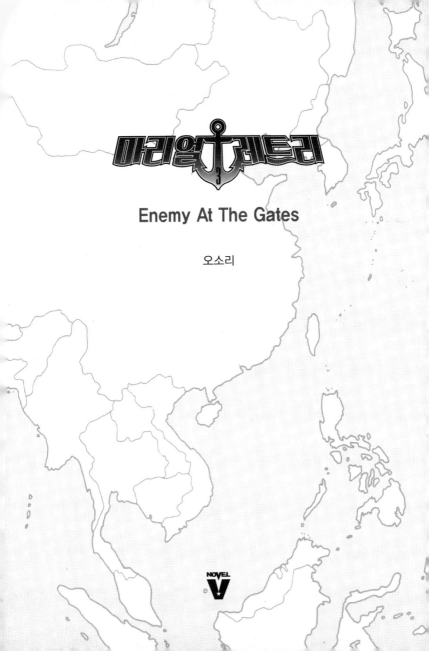

Enemy At The Gates

오소리

Enemy At The Gates

일러스트 유나물 **편집** 홍성완, 김원재 **마케팅** 김정호 **주간** 홍성완

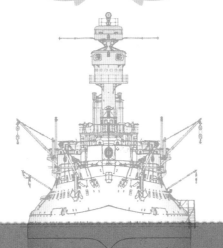

아군을 배불리 먹이고
적이 굶주리기를 기다려라.
손자

1. 얼음

러시아 연방, 북서 연방관구, 상트페테르부르크 연방시

N. G. 쿠즈네초프 해군사관학교 본관

영원할 것 같던 겨울도 어느새 누그러지고, 러시아 제국의 고도, 상트페테르부르크에도 어느덧 다시 봄이 돌아왔다. 봄을 먼저 알아차린 건 어머니 대지였다. 녹아내린 얼음 사이로 개울이 흘러내리자, 녹색의 어린 순들이 살얼음 낀 대지 위로 조심스레 고개를 내밀었다. 이곳 쿠즈네초프 사관학교의 본관 회랑에도 시나브로 따스한 봄볕이 내리쬐고 있었다. 회랑에 나온 생도들은 볕이 잘 드는 자리를 찾아 삼삼오오 모여 담소를 나누었다.

그때, 따스한 봄 날씨와는 어울리지 않는 차가운 인상의 소녀가 회랑에 들어섰다.

걸음을 내딛을 때마다 단정하게 자른 금색의 단발은 빛을 받아 부드럽게 찰랑거렸고, 차가운 겨울 바다를 연상케 하는 짙은 벽안에서는 생기가 넘쳐흘렀다. 미추에 둔감한 생도들도 넋을 잃고 바라볼 정도로 아름다운 외모였다. 그 기세는 자못 당당했지만, 5 피트가 될까 말까한 작은 체구 탓이었는지 그녀의 걸음걸이는 어딘가 엉성해 보였다. 제복을 입고 있지 않았더라면 분명 사관학교 내에서 길을 잃은 민간인 소녀로 밖에 보이지 않았으리라.

생도들은 대화를 나누는 것도 잊은 채, 그 작은 불청객을 한동안 빤히 쳐다보았다. 봄의 회랑에 때 아닌 정적이 내려앉았다. 한동안 이어진 침묵을 깬 건 난간에 서 있던 말쑥한 제복 차림의 남학생이었다.

"어이, 스네구로치카(Snegurochka, 눈처녀)."

그는 너스레를 떨며 소녀의 별명을 입에 담았다.

"누가 스네구로치카입니까. 제 이름은 엘레나 유스포브입니다."

엘레나라는 이름의 그 소녀는 '눈처녀'라는 말을 듣자마자 정색하며 몸서리를 쳤다. 하지만 정작 그 별명을 부른 남학생은 미안해하는 기색도 없이 무어가 우스운지 배를 붙잡고 계속 낄낄거렸다. 엘레나는 상대를 확인하더니, 깊은 한숨을 내쉬며 표정을 굳혔다.

"…무슨 일이십니까, 소비노프 생도님."

"아무것도 아니야. 그냥 불러봤어."

소비노프라는 이름의 남학생은 비열한 미소를 입가에 띄우며 어깨를 으쓱거렸다.

엘레나는 소비노프 생도가 영 마뜩찮았다. 길거리의 제비마냥 반질반질하게 가꾼 외모가 거슬린 탓도 있겠지만, 무엇보다도 사람을 아래로 훑어보는 그 시선이 혐오스러웠다. 엘레나는 경례를 올려붙이고 평소처럼 자리를 피하려고 했지만, 소비노프는 자신의 발치를 가리키며 능청스럽게 말을 걸어왔다.

"마침 잘 됐다. 이것 좀 가져가 주지 않을래?"

그의 발치에는 검은 천으로 장정된 두꺼운 양장 책 수십 권이 쌓여있었다.

"…이게 무엇입니까?"

"보시다시피, 이번 학기의 항해술 교범이지."

소비노프는 히죽거리며 곤란하다는 투로 말을 이었다.

"이걸 기숙사까지 가져가야 하는데 나는 바쁜 일이 있어서 말이야."

"저기, 이건…."

엘레나는 눈썹을 찌푸리며 소비노프를 노려보았다. 그녀의 기억이 맞다면 교범을 배부하는 건 생도 대대 군수참모인 소비노프의 일이었다. 더군다나 엘레나는 소비노프의 직속 후임도 아니었다. 하지만 소비노프는 혀를 차며 되레 엘레나를 매도했다.

"뭐야, 혹시 **계집**이니 이런 무거운 건 옮기지 못한다고 우는 소리를 낼 셈은 아니겠지? 전 과목 만점을 달성한 2학년 수석 생도께서."

소비노프는 '계집'이라는 말에 힘을 주어 또박또박 말을 이었다. 그 모습이 꼴사납다고 생각하면서도 엘레나는 차마 불편한 심기를 드러내지 못했다.

"…아닙니다."

소비노프가 상급생이었기 때문이다. 사관학교의 선후배 관계는 일반적인 학교의 선후배 관계와는 다르다. 지금의 선배들이 졸업 후에는 바로 군 상관이 되기 때문에, 평시에도 생도들에게는 상명하복의 자세가 요구되었다. 하지만 소비노프가 걸어온 것은 군기와 상관없는 단순 괴롭힘일 뿐이다. 건장한 남성 생도라도 수십 권의 교범을 한 번에 나르는 건 힘들다. 그걸 알면서도 소비노프는 자신보다 머리 두 개는 더 작은 여성 생도에게 이런 일을 강요하고 있었다.

"그럼 부탁할게."

소비노프는 더 이상 엘레나의 대답을 기다리지 않았다. 대신 그는 기분 나쁜 휘파람 곡조를 불며 회랑의 맞은편으로 사라져버렸다. 엘레나는 고개를 돌려 주변에 있던 생도들을 훑어보았지만, 모두 겁먹은 표정으로 시선을 피했다. 귀찮은 일에 휘말리고 싶지 않았던 탓이겠지.

"…휴."

엘레나는 팔을 걷어붙이고 자세를 굽혀 교범 꾸러미를 안아 들었다. 무게 중심이 바뀌자 그녀의 작은 몸이 불안정하게 흔들렸다. 하지만 엘레나는 쓰러지는 일 없이 조심조심 기숙사를 향해 발을 재촉했다. 기숙사까지 500m나 더 가야 한다.

…

기숙사 앞에 도달했을 무렵, 엘레나의 새하얀 목덜미에는 굵은 땀방울이 비 오듯 흘러내리고 있었다. 다른 생도에게 도와달라고 할 수도 있었을 텐데, 그녀는 고집스럽게도 혼자서 무거운 짐을 옮겼다. 어차피 부탁해봐야 거절당할 게 뻔했기 때문이다.

이와 같은 일은 처음이 아니었다. 소비노프 생도 뿐만 아니라 상급생은 걸핏하면 훈련에서 가장 고되고 괴로운 일을 엘레나에게 떠 맡겼다. 이유는 단순했다. 그녀가 쿠즈네초프 사관학교의 유일한 여성 생도이기 때문이다―.

"어이쿠."

순간 엘레나는 기숙사 안에서 나온 누군가와 부딪히는 바람에 자리에 그대로 자빠질 뻔 했다. 하지만 부딪힌 사내는 날쌔게 엘레나의 허리를 붙잡아 그녀를 부축해 주었다. 상대의 어깨에 금색의 생도 중령 견장이 반짝이고 있었다.

"대대장님."

"어딜 그렇게 바쁘게 가나?"

그녀를 붙잡아 세운 것은 엘레나가 소속된 생도 대대의 대대장인 스테판 코르사코프 생도였다.

엘레나의 작은 체구와는 정 반대로 스테판 생도 대대장의 키는 7피트에 달했다. 거기에 우락부락한 체격까지 더해져 스테판은 동기들에게 메드베지(곰)라고 불리고 있었다.

눈의 소녀와 제복을 입은 곰. 아무리 보아도 어울리지 않는 조합이었다.

"…실례했습니다."

엘레나는 무의식적으로 경례를 올려붙이려다가, 자신이 짐을 들고 있는 걸 깨닫고 가볍게 목례로 대체했다.

"현재는 짐을 옮기는 중이니 경례는 생략하겠습니다."

하지만 스테판은 경례에는 눈곱만큼도 관심을 주지 않은 채 그녀가 들고 있는 짐을 가리키며 이상하다는 투로 물었다.

"어째서 항해술 교범을 귀관이 옮기고 있는 거지?"

엘레나는 스테판의 시선을 피하며 애매하게 말끝을 흐렸다.

"그건… 지시를 받았기 때문입니다."

"나는 분명 소비노프 생도에게 직접 교범을 옮기라고 지시했을 텐데."

"소비노프 생도는 저보다 상급생입니다. 상급생이 하급생에게 명령을 하달했을 뿐입니다."

엘레나가 무뚝뚝하게 변명을 내뱉었지만, 스테판은 그녀의 얼굴에 잠시 떠오른 망설이는 기색을 놓치지 않았다. 거구의 생도 대대장은 표정을 더욱 험상궂게 찌푸리며 곧 한숨을 내쉬었다.

"엘레나 유스포브 생도."

그는 곰의 앞발처럼 투박한 손으로 엘레나의 뺨에 흐른 땀을 닦아주며 조심스럽게 물었다.

"혹시라도 괴롭힘을 받고 있는 건 아닌가?"

"…."

사내의 손이 갑자기 얼굴에 닿아서였을까. 아니면 변명을 찾으려고 했던 탓이었을까. 엘레나는 바로 답하지 못했다. 그 침묵을 어찌 해석했는지 스테판 생도는 팔짱을 낀 채 고개를 끄덕였다.

"역시 그렇군. 나중에 소비노프에게는 주의를 주지."

스테판이 제멋대로 결정을 내려버렸지만, 엘레나는 딱히 소비노프를 변호하려 하지 않았다. 다만 그녀는 시선을 아래로 내리깔며 낮게 중얼거렸다.

"저는 여자입니다. 게다가 키도 이 학교에서 제일 작지요."

이는 당연한 사실이다. 새삼 그녀의 입으로 밝힐 필요도 없다. 하지만 엘레나는 진지한 투로 자신의 속내를 솔직히 털어놓았다.

"저는 입학한 이후 줄곧 훈련에 걸림돌이 될 거라며 다른 생도들의 손가락질을 받아왔습니다. 때문에… 저는 다른 남성 생도들보다 체력 면에서 못지지 않다는 걸 증명해야만 합니다. 이깟 치졸한 괴롭힘조차 이겨내지 못한다면 임관 후에도 계속 무시를 당할 겁니다."

그녀의 자조어린 답변에 스테판 생도 대대장은 아무 말도 하지 못했다. 당연한 이야기이지만, 스테판은 살면서 그런 차별을 받아본 적이 한 번도 없었다. 그가 사내였기 때문이었다. 하지만 그 역시도 작금의 상황이 잘못되었다는 건 어느 정도 눈치채고 있었다. 소비노프 생도는 물론이고 수업 중의 교관들도 은근히 엘레나를 괴롭히며 자진 퇴교를 권유하고 있었다. 엘레나가 무능해서 그런 게 아니다. 단순히 엘레나의 여린 겉모습이 군대와는 어울리지 않았기 때문이다.

…결국 재능보다 겉모습이 우선시되는 사회다.

하지만 이 사회를 통째로 뜯어 고치기엔, 엘레나도 스테판도 너무 미숙했다. 스테판은 괴로운 표정으로 자신의 얼굴을 감싸쥐며 나지막이 중얼거렸다.

"유능한 지휘관은 적재적소에 인재를 배치하는 법이야."

스테판이 보기에 엘레나는 충분히 유능한 생도였다. 특히 사격술과 포술만큼은 누구에게도 뒤지지 않았다. 단순히 체격이 작다는 이유만으로 내치기엔 너무나도 아까운 인재다.

"어울리지 않는 일은 할 필요가 없어."

그녀에겐 더 나은 임무와 직책이 있으리라. 이런 짐 운반은 할 필요도 없다.

"그 교범은 이리 주게."

그리고 스테판은 짐을 거들어주기 위해 엘레나를 향해 손을 뻗었다.

하지만 어째서인지.

엘레나는 스테판의 손길을 피하며 고개를 가로저었다.

"싫습니다."

거절당하자 어처구니가 없어진 건 스테판 쪽이었다.

"…무슨 짓이지, 유스포브 생도?"

"수업에 쓸 교범 정도는 대대장님이 도와주시지 않아도 저 혼자 옮길 수 있습니다!"

엘레나는 왜인지 이를 드러내며 명백한 적의를 보이고 있었다. 어째 철없는 어린 여동생과 싸우는 기분이 들어 스테판은 관자놀이를 꾹꾹 누르며 성질을 가다듬었다.

"쓸데없는 객기 부리지 말고 이리 내놔. 앞도 잘 못 보는 주제에 허세는…,"

"제 키는 그렇게 작지 않습니다!"

"나는 귀관의 키에 대해서는 한 번도 언급하지 않았네만…."

아무래도 엘레나가 곱게 교범을 내어줄 것 같지는 않았다. 스테판은 결국 억지로 교범을 빼앗기 위해 팔을 엘레나의 가슴팍 사이로 우겨넣었다.

말캉

"…응?"

부드러운 감촉이 스테판의 손에 느껴졌다. 다른 남성 생도들을 대하듯 가슴팍에 손을 함부로 가져다 댄 것이 문제였다. 그보다 체구가 작아서 가슴도 납작할 줄 알았는데… 제복 아래로 느껴지는 엘레나의 흉부는 생각 외로 소담히 부풀어 있었다. 하지만 그

감촉을 제대로 느끼기도 전에 엘레나의 냉랭한 목소리가 스테판의 귓가를 때렸다.

"지금… 어딜 만지시는 겁니까!"

"아, 그러니까 이건….”

엘레나는 교범을 든 자세 그대로 스테판의 정강이를 힘껏 걷어 찼다. 곰 같은 체격을 가진 스테판이었지만, 이 불의의 일격에는 어쩔 도리가 없었다. 그는 정강이뼈 골절로 3주간 의무실 신세를 지게 되었다.

…후일 스테판이 자신의 입으로 불운한 사고였다고 증언한 덕에, 엘레나는 퇴교당하지 않고 '과실에 의한 상관폭행'이라는 죄목으로 10일간 영창이라는 경미한 처분을 받았다. 특별한 반론은 없었다.

2. 바비큐

배가 항구에 입항하고 나면 승조원들은 바빠진다.

곡주에 계류삭을 묶어 배가 흔들리지 않도록 단단히 고정시키
고, 함미에는 현문을 설치한다. 현문의 설치가 완전히 끝나면 그
제야 본격적인 보급이 시작된다.

우선은 전력 공급이다. 군함은 현측에 위치한 콘센트를 통하여
육전을 공급받는다. 단순한 콘센트용 전선이라 하더라도 군함에
쓰이는 전선은 여간한 성인 남성의 몸통만큼이나 굵직한 것인지
라, 플러그를 꽂는 데에도 꽤 오랜 시간이 걸린다. 그 외에도 청
수관, 급유관 등을 끌어와 배에 깨끗한 물과 연료 등을 보충하는
데에도 오랜 시간이 걸린다. 이 모두 해상에서는 할 수 없는 일들
이다. 하지만 그 중에서 가장 귀찮고 고된 일은 승조원들이 먹을
식량을 적재하는 부식적재 작업이 아닐까 싶다.

"알림, 일등병조 이하 총원 육상에 집합! 잠시 후 부식 적재 작
업 있을 예정!"

부두에 안내 방송이 울려 퍼지지자 마자 전 부서의 수병들과
부사관들은 뭍에 나와 팔을 걷어붙였다. 부두에는 이미 업자가

부려놓은 부식 꾸러미가 가득 쌓여있었다. 아무리 자동화된 현대식 군함이라 하더라도, 부식 상자의 내용물을 확인하고 창고를 정리하는 건 아직까지도 사람의 손에 의존할 수밖에 없다. 수병들은 일렬로 나란히 서서 상자를 옆 사람에게 전달하는 방식으로 부식을 나르기 시작했다. 이렇게 부식 상자를 옮길 때에는 창고 안쪽에 있는 사람이 건네받은 상자를 착각하지 않도록 내용물을 큰 목소리로 외쳐 주어야 한다.

"쇠고기 양지 한 박스 들어갑니다!"

"쇠고기 양지 한 박스!"

"다음은 클램차우더 캔 박스에요!"

쇠고기와 같은 육류는 바로 냉동실과 냉장실로 옮겨야 하지만, 캔 음료나 통조림 같은 상온 보존식품은 창고 한 구석에 구별하여 부려놓으면 된다. 이렇게 일렬로 짐을 건네주는 방식은 가벼운 짐을 빠르게 나르는 데에는 적합하지만, 합이 맞지 않으면 사고가 날 위험도 크다. 따라서 무거운 짐은 근력이 센 수병들이 따로 전담해서 옮겨야 했다. 물론 내 근력이 그렇게 센 편은 아니지만, 그래도 명색이 이 배의 유일한 사내인지라… 나는 약한 모습을 보이기 싫어 쌀 포대처럼 무거운 짐을 자원해서 나르기 시작했다. 하지만 20kg 짜리 쌀 포대를 어깨에 짊어지자 허리가 바로 비명을 질러댔다.

"읏…."

이런, 너무 무리했나?

후들거리며 힘겹게 포대를 옮기는 나를 보며 해인이 한심하다는 투로 혀를 찼다.

"쓸데없는 만용 부리지 마십시오, 이원일 일조. 무거운 짐은 나중에 창고 엘리베이터로 옮기면 됩니다. 가벼운 통조림이나 옮겨 두시지요."

아, 그러고 보니 잿빛 10월에는 부식 운송용 엘리베이터가 있었지…. 나는 멋쩍어져 쌀 포대를 바닥에 내려놓고 옆에 놓여있던 상자를 구둣발로 긁었다. 그런데 어찌 된 영문인지 발끝에 물기가 묻어났다. 고개를 돌려보니 따로 적재해 놓은 나무 상자 하나에서 물기가 스멀스멀 배어나오고 있었다. 해인도 그 나무 상자의 존재를 알아차렸는지, 못마땅한 표정을 지어보이며 부식을 가져온 업자를 불렀다.

"저 박스는 뭡니까?"

해인의 앙칼진 물음에 부식을 가져온 중년 상인은 억지 미소를 지어보이며 손을 내저었다.

"아, 저건 말이죠. 포시예트 앞바다에서 갓 잡은 명태입니다. 신선한 상태를 유지하려다보니 말이죠. 발주서 목록에도 생물 생선이 있지 않았습니까?"

하지만 해인은 상인의 미소가 무색하게도 차가운 표정으로 고개를 가로젓더니 상자를 가리켰다.

"확인해야겠습니다. 열어보세요."

"…네, 네."

상인은 입을 비죽 내민 채 툴툴거리며 상자를 개봉했다. 상자를 열자마자 생선 특유의 물 냄새가 훅 올라왔다. 상인의 말대로 상자 안에는 윤기가 자르르 흐르는 명태 한 뭇이 가득 담겨 있었다. 생선에 대해서 잘 아는 건 아니지만, 눈알의 색도 변하지 않았고 지느러미도 상한 데 없이 깨끗해 보였다. 이 정도면 꽤 신선한 편이 아닌가. 하지만 해인은 명태 한 마리를 집어 좌우로 뒤집어 본 다음 못마땅한 표정으로 고개를 가로저었다.

"…반품 처리 하세요."

"어, 어째서 입니까?"

"신선도가 너무 떨어집니다. 이런 걸로는 요리를 할 수 없어요."

"하, 하지만 이 정도면 꽤 신선한 편인데….“

상인의 항의에 해인은 한숨을 내쉬며 손끝으로 미간을 꾹꾹 눌렀다.

"당신, 정말로 식재료 취급하는 사람 맞습니까? 이것 좀 보시죠."

해인은 명태의 아가미를 손끝으로 뒤집으며 설명을 이어갔다.

"아가미가 적갈색을 띠고 있잖습니까. 신선한 생물 생선이라면 선홍빛을 띠고 있었을 겁니다. 게다가 생선의 표면이 끈적거리고, 탄력도 부족합니다. 이건 적어도 잡은 지 이틀은 지난 겁니다."

그리고 해인은 코를 막는 시늉을 해 보였다.

"게다가 무엇보다도… 비린내가 납니다."

"아니, 생선에서 비린내가 나는 건 당연한 거 아닙니까?"

"더더욱 못 미덥군요. 당신은 신선한 생선을 본 적이 없습니까?"

해인은 허리춤에 손을 올리며 더욱 목소리를 높였다.

"갓 잡아 올린 신선한 생선에서는 바다 냄새 이외의 향은 조금도 나지 않습니다! 생선에서 비린내가 난다는 것 자체가 부패가 시작되었다는 증거인데."

해인은 생선 상자의 뚜껑을 거칠게 덮어버린 다음 옆으로 밀어 두었다.

"다시 말하지만 저는 숙회를 만들려는 게 아닙니다. 이 생선들은 모조리 반품해 버리세요."

"…예."

중년의 업자는 불만스러운 표정으로 생선 상자를 다시 트럭에 실어 담으며 해인에게 들리지 않을 정도의 작은 목소리로 불만을 늘어놓았다.

"왜 이렇게 깐깐해? 전에 있던 인간은 이렇게 깐깐하지는 않았는데…."

뭐, 업자가 불만스러워 하는 것도 어느 정도 이해는 간다. 식당에 납품되는 식재료와는 달리, 일반적으로 군대에 납품하는 식재료는 대체로 '질보다 양'을 추구하는 법이다. 아마 기존의 자루비노 항에서 근무하던 조리장도 마찬가지였으리라. 하지만 해인에게 그러한 적당주의가 먹힐 리 없다. 이후 해인은 식료품 세 상자를 더 반품시켰다. 식료가 반품될 때마다 업자의 표정은 점차 일그러져, 적재작업이 끝날 무렵에는 울상에 가까워져 있었다. 딱하게도… 손해를 입었을지도 모르겠다.

상하기 쉬운 식료품을 우선해서 다 정리했을 무렵, 누군가가 뒤에서 유쾌한 목소리로 말을 걸어왔다.

"여, 다들 수고가 많아!"

고개를 돌려보니 제복을 입은 적발의 여인이 명랑한 걸음걸이로 다가오고 있었다. 후줄근하게 앞섶을 풀어헤친 블라우스와 망토처럼 어깨에 두른 코트, 그리고 삐딱하게 머리에 걸친 크라운 캡까지….

영내에서 이렇게 군기 빠진 차림으로 돌아다니는 건 내가 아는 한 딱 한 사람 밖에 없다.

"함장님…."

나는 함장의 후줄근한 차림을 지적하려다 포기하고 한숨을 내뱉었다. 하지만 함장은 내 속을 아는지 모르는지, 놀이동산에 놀러온 어린애 같은 표정으로 부두에 쌓인 화물을 이리저리 뜯어보기 시작했다.

"검수는 잘 돼가?"

함장의 질문에 옆에 있던 해인이 진저리를 치며 고개를 가로저었다.

"엉망입니다. 자루비노 항의 전임 셰프는 잘도 이딴 저급 식재료를 들여왔더군요. 그 얼굴이 한 번 보고 싶을 정도입니다."

"이제는 볼 수 없지만 말이야…."

함장은 쓸쓸한 미소를 지어 보이며 머리칼을 손가락으로 쓸어 올렸다. 얼마 전에 있었던 연방 해병대의 습격으로 자루비노 항만 경비대대원들은 모두 사망했다. 항만대대의 조리장도 그 중 하나였다.

…사실 남의 일처럼 말할 것도 아니었다. 잿빛 10월도 연방 해병대를 기습하려다 갑판병들을 모두 잃을 뻔했다. 작전이 나빴던 탓은 아니다. 정보가 어딘가에서 새어나가고 있었기 때문이었다. 결국 우리는 상부의 명령을 무시하고 단독으로 작전을 수행, 적

을 섬멸하고 자루비노 항을 탈환해냈다. 포상을 받을만한 성과였지만, 학회의 '높으신 분'들은 명령을 무시하고 임의로 적진에 돌입했다는 걸 아니꼬워하시는 모양이었다.

아마 조만간 항명 사태를 문책할 징계 위원이 자루비노에 파견될 것이다. 이 때문에 최근 잿빛 10월의 분위기는 침울하기 짝이 없었다. 오히려 이런 때만큼은 함장의 무신경한 태도가 고마울 정도였다. …무신경하다 못해 생각이 없는 게 아닐까 의심되긴 하지만.

"여하튼 수고가 많네. 그럼 나는 이만~."

대강의 순시를 마치자마자 함장은 아주 자연스럽게 구석에 놓여 있던 나무 궤짝 하나를 집어 들고 자리를 뜨려 했다. 그 행동이 어찌나 물 흐르듯 자연스러웠는지, 나조차도 알아차리지 못할 뻔 했다. 하지만 해인은 이를 놓치지 않고 함장의 어깨를 붙잡았다.

"잠시 기다려주십시오. 함장님."

"응? 무슨 일이야?"

함장은 태연한 표정으로 시치미를 떼려 했지만, 해인은 함장이 들고 있는 궤짝에 손을 대며 그녀를 멈춰 세웠다.

"그 나무 궤짝은 뭡니까?"

"아, 그러니까 이건…."

함장이 머뭇거리자 해인은 미간을 찌푸리며 함장이 든 궤짝을 빼앗아들었다. 생각 외로 궤짝의 무게가 상당했는지 해인은 잠시 균형을 잃고 휘청거렸다.

"웃… 이건 뭐죠. 음료인가요? 그보다 이상하군요. 이번에는 음료를 주문하지 않았는데…."

"아, 이건 개인적인 주문이라며 따로…."

업자가 해인의 질문에 답하려던 찰나, 카밀라 함장이 재빠르게 말을 자르며 끼어들었다.

"아하하! 맞아, 이건 내가 개인적으로 좀 필요해서 겸사겸사 부탁한 거거든. 신경 쓰지 마! 내가 직접 가지고 갈 테니…."

다시 함장이 능구렁이처럼 궤짝을 빼앗으려 했지만, 해인은 손을 들어 재차 저지했다.

"기다려 주십시오."

"어… 어?"

"개인 물품이라 하더라도 식료품 구매업자가 가져온 물건이라면 분명 그 궤짝에 담긴 내용물은 '식품'이겠지요?"

"응…? 응. 그, 그렇지만."

"아무리 개인적인 주문이었다 하더라도 식품을 배에 반입하려는 이상, 조리장인 제 검수를 거쳐야 합니다."

"에에… 넘어가 주면 안 될까?"

"안 됩니다."

"벼, 별거 아니래도!"

"그럼 순순히 보여주시지요."

해인은 그렇게 말하고 궤짝을 탁자 위에 올려놓은 채 함장의 손으로 직접 열도록 권했다. 상황이 이렇게 되자 도망칠 수 없다고 생각했는지, 카밀라는 한숨을 내쉬며 자신의 손으로 문제의 상자를 개봉했다. 내용물을 확인하자마자 해인은 눈을 크게 뜨며 고개를 갸웃거렸다.

"이건…?"

나무 궤짝에서 나온 건 커다란 술병이었다. 병 가운데에는 은색의 철갑상어 문양이 부조되어 있었는데, 술에 무지한 내게도 그 상표는 낯이 익었다.

"벨루가(Beluga)군요."

벨루가라 하면 러시아의 고급 브랜드 보드카로서 연방 면세점에서도 인기 있는 양주 중 하나였다. 해외에서 구매 하려면 노블라인도 100달러는 주어야 하지만 러시아 내에서 구하면 훨씬 헐할 것이다. 2,000루블 정도면 되려나. 하지만 해인은 함장이 이해가 가지 않는다는 표정으로 고개를 갸웃거리며 다시 궤짝을 닫았다.

"술은 이미 배 안에 충분합니다. 이것도 반품…."

'반품'이라는 말이 해인의 입에서 다시 나오자, 중년의 업자는 정색을 하며 고성을 내질렀다.

"이건 반품이 안 됩니다! 저도 이런 고급술은 못 떠맡는단 말입니다!"

"으음."

하기야 문제가 있는 것도 아닌데 멀쩡한 물건을 반품처리 하는 것도 곤란하겠지. 게다가 업자는 해인이 반품시킨 식료품만으로도 이미 큰 손해를 떠안았을 테니 이 이상 물건을 돌려보내는 것도 염치가 없다. 해인은 아주 잠시 동안 고민하는 시늉을 하더니, 곧 수평선 쪽을 가리키며 덤덤하게 말했다.

"그럼 다 바다에 던져버리죠."

"미쳤어?"

이번에는 함장이 소리를 빽 질렀다.

"이게 얼마짜리인데, 안 돼. 안 돼. 차라리 날 죽여!"

카밀라 함장은 그렇게 말하며 떼를 쓰는 어린 아이처럼 바닥에 누워 바동거렸다. 아아… 정말이지 모범이 안 된다니까, 이 함장님은.

"함장님… 수병들이 보고 있습니다."

내가 얼굴을 붉히며 주의를 주었지만 함장은 네 살배기 어린 아이처럼 계속 바닥을 구르며 징징거렸다. 하지만 해인의 태도에 변화가 없자, 함장은 결국 궤짝에서 보드카 한 병을 꺼내들고 마개를 따기 시작했다.

"바다에 버릴 바엔 이 자리에서 다 마셔버리겠어!"

"과업 시간이라고요! 지금 뭐 하시는 겁니까?"

"이거 놔―! 아무도 날 막을 수 없어―!"

"수병들 보기 부끄럽지도 않으십니까?!"

"저기―."

함장과 투덕거리고 있노라니, 뒤에서 이 광경을 바라보고 있던 쇼우코 대위가 손을 들고 엉뚱한 제안을 건네 왔다.

"그럼 이거 다 같이 마셔버리는 게 어떨까?"

"…지금 부식 적재 작업 중입니다."

"아니, 지금 마시자는 게 아니라 저녁에 다 같이 바비큐 파티라도 하면서 한 잔 씩 나누어 마시자고. 그 동안 고생한 걸 치하하는 의미라면 수병들도 분명 좋아할걸?"

쇼우코 대위는 그렇게 말하며 잔을 흔들어 보이는 시늉을 해 보였다. '바비큐 파티'라는 말 때문이었을까, 수병들 사이에서 가

벼운 소란이 일었다. 다만 해인이 이런 즉흥적인 파티를 허가해
줄까 싶었는데, 놀랍게도 해인은 선선히 군의관의 제안을 수용
했다.

"뭐… 한 끼 정도면 괜찮습니다. 게다가 최근에 안 좋은 일도
많았으니, 술 한 잔 정도 내어주는 건 함 내 사기를 유지하는 데
도움이 될 테지요."

"자, 잠깐. 이거 내 술이잖아?"

함장이 당황하며 손을 내저었지만, 이미 수병들 사이에서는 이
야기가 멋대로 진행되고 있었다.

"바비큐 파티라고? 정말 오랜만이네~,"

"술도 마실 수 있을까?"

"벨루가 보드카가 있다는데?"

"나 그런 고급술 마셔본 적 없어!"

"잠깐, 이건 내 술이라고!"

카밀라 함장이 절규에 가까운 비명을 내질렀지만, 그녀의 목소
리는 곧 수병들의 환호 속에 묻혀버리고 말았다.

"바비큐 파티라….."

오랜만의 파티가 기대되는 건 나 역시도 마찬가지였던지라, 나
는 절규하는 함장을 내버려둔 채 감상에 젖었다.

연방 해군에 있었을 때 동기들과 함께 구워 먹었던 돼지고기는
정말 맛있었지…. 곁들여 반주로 마시던 소주도 달았고…. 오랜
만에 그런 풍류를 즐길 수 있을 거라 생각하니 나도 마음이 들뜨
기 시작했다. 하지만 그 때의 나는 함장이 가져온 이 보드카가 얼
마나 위험한 물건인지 미처 알지 못했다.

불에 구워낸 고기만큼 간편하면서도 맛있는 요리가 또 있을까. 별 다른 양념 없이 소금과 후추만 가미해도 직화로 구워낸 고기는 특유의 감칠맛이 한껏 살아나는 법이다.

실내에서 제대로 된 그릴과 화덕을 이용해서 구워내도 맛있겠지만, 바비큐는 역시 탁 트인 야외에서 즐기는 게 제 맛이다. 불가에 모여 앉아 매캐하게 피어오르는 연기를 맡으며, 카라멜 색으로 노릇하게 익어가는 고기를 보는 것부터가 입맛을 돋우는 전채(前菜, appetizer)가 된다.

바비큐 설비는 환기가 잘 되는 격납고 앞에 설치되었다. 우선 반으로 자른 드럼통에 숯과 장작을 잔뜩 피워 넣고 그 위에 큼지막한 철망을 얹는다. 그리고 고기가 눌러 붙지 않도록 돼지비계로 충분히 기름칠한 다음 큼직한 우둔살을 통째로 올려 굽는다. 같이 구워낼 새우와 소시지 등도 있었지만, 우선은 고기다.

고기를 얹자마자 지글거리는 소리와 함께 고소한 향이 격납고 안을 가득 메웠다. 이제 남은 일은 고기가 타지 않도록 지켜보는 일 뿐이었다. 기술을 요할 정도로 복잡한 일도 아니었던지라, 해인은 수병들 몫의 고기를 굽는 건 내게 일임하고 장교들이 모여 있는 곳으로 가 버렸다.

석쇠 위에서 기름이 떨어질 때 마다 장작이 작열했다. 나는 집게로 양면을 번갈아 가면서 구워주다가, 겉면이 충분히 익자 접시에 올려 서레이션 나이프로 먹기 좋게 잘라냈다. 바삭하게 캐러멜화 된 표면과는 달리, 두툼한 고기의 안쪽은 살짝 익어 연한 적갈 빛을 띠고 있었다.

나는 가장 잘 익은 고기 한 점을 집게로 집어 입 안에 던져 넣었다. 고기를 씹는 것과 동시에 진한 육즙이 터져 나오듯 흘러 내렸다. 퍽퍽한 우둔살이라고 믿기 힘들만큼 육질은 부드러웠고, 고기를 씹을 때마다 은은한 숯불의 향이 코를 간질였다. 숯불에 구웠다는 것만으로 이렇게 향미와 식감이 달라지는 건가. 소금과 후추로 한 밑간도 제대로 배어있어 고기의 감칠맛과 어우러진 짭조름한 맛이 식욕을 계속 자극해왔다.

…아, 어쩐지 맥주가 당기는데.

함장에게 반강제로 보드카를 뜯어내긴 했지만, 개인적인 취향으로는 쓰디쓴 증류주보단 부드러운 맥주가 더 좋다. 게다가 함장이 가져온 보드카는 너무 독해서 입을 댈 엄두조차 내지 못하고 있었던지라. 나는 한동안 입맛만 다시며 고기를 묵묵히 씹어 넘겼다.

그때, 누군가가 목덜미에 차가운 캔을 불쑥 가져다대는 바람에 나는 집게를 떨어트릴 뻔했다.

"앗, 차거!"

"헤헤, 수고 많으십니다."

"뭐야. 루나잖아…."

등 뒤에서 나타난 건 기관병인 루나 일등수병이었다. 루나는 특유의 짓궂은 미소를 지어보이며 처음 보는 캔 맥주 하나를 내게 내밀었다.

"맥주는 어떠신가요?"

"고, 고마워…. 그런데 이게 웬 맥주야?"

해인이 따로 맥주를 주문했을 리가 없는데. 루나는 발돋움을 하여 내 귓가에 속삭였다.

"전에 마리아 수병장이 카프파우를 들여올 때 몰래 맥주도 같이 들여왔거든요. …펜실베니아 사람이라면 바비큐엔 버드와이저죠!"

나는 캔 맥주와 루나의 얼굴을 번갈아 보며 한숨을 내뱉었다. 이거, 함장만 나무랄 게 아니었군. 의외의 주당이 여기저기에 많다. 하지만 나도 맥주가 당기던 참이었던지라, 이번만큼은 눈감아 주기로 했다.

"…뭐, 어때. 고맙다. 조리장에게 들키지나 마라."

"넵!"

루나는 시원스레 경례를 올려붙이고서, 다시 고기 접시를 들고 격납고 안으로 뛰어 들어갔다. 나는 새우와 소시지를 그릴 위에 얹고 맥주 캔을 땄다.

"크으…."

캔에 입을 가져다 대고 한 모금 빨아들이자 진한 거품이 기분 좋게 목을 씻겨 내렸다. 톡 쏘는 탄산과 부드러운 맥주 거품. 그리고 바삭하게 잘 구워진 고기까지. 신선놀음이 따로 없었다.

반면 수병들은 간만의 음주에 신이 났는지 무서운 속도로 맥주 캔을 비우고 있었는데, 그 때문인지 벌써부터 취해서 비틀거리는 수병들이 보이기 시작했다. 심지어 아까 전에 멀쩡히 맥주 캔을 가져다주었던 루나도 이제는 풀린 눈으로 실없이 웃고만 있었다.

"저기 괜찮아?"

"아, 넵. 괜찮습미다…."

괜찮다고는 하지만 그녀의 혀는 이미 심하게 꼬부라져 있었다.

그렇게 독한 술도 아닌데…. 역시 여자다 보니 도수가 낮은 맥주에도 쉽게 취하는 걸까?

다 구운 고기를 갖다 주러 격납고에 들어갈 때마다 수병들의 상태는 점차 나빠지고 있었고, 마침내 네 접시 째의 고기를 가져갔을 무렵….

"의무장니임…. 헤헤… 너무 좋아!"

트리샤 일등수병이 독한 술 냄새를 풍기며 내 품에 폴짝 안겨왔다. 남자라면 눈도 못 마주치고 도망치던 **그 트리샤 일등수병이.**

"…."

내 가슴팍에 얼굴을 비비적거리는 트리샤를 내려다보며 나는 잠시 상념에 잠겼다. 지금 내가 맥주에 취해서 헛것을 보고 있는 걸까?

가볍게 뺨을 잡아당겨 보았지만 내가 보고 있는 건 꿈이 아니라 현실이었다. 술에 엉망으로 취한 탓에 사리분별을 못 하고 있는 모양이었다. 하지만 아무리 술이 약하다고 해도 맥주만으로 이렇게 취할 수가 있나? 나는 바닥에 제멋대로 굴러다니는 맥주 캔을 주워들려다 낯익은 유리병 하나를 발견했다. 빈 보드카 병이었다.

"잠깐… 너희 맥주랑 보드카를 섞어 마셨어?"

"네헤헤. 마셨서효…. 1:1 비율로…."

"미쳤어…. 술 섞어 마시는 게 얼마나 간에 해로운 지 알아? 독한 술을 맥주랑 섞어 마시면 맥주의 탄산이 알코올 흡수 속도를 촉진시켜서 간은 물론이고 순환계에도 지장을 준다고!"

"으으, 또 잔소리…. 이해인 셰프 같은 소리 말고 같이 놀자구요오…."

내 지적에 트리샤는 귀를 막으며 노골적으로 싫은 표정을 지어 보였다. 처음으로 트리샤에게 살짝 짜증이 날 뻔 했지만 지금 문제는 단순히 술에 취해 주정을 부리는 게 아니다. 다른 장교들이 이 꼴을 본다면 내게도 어떤 불똥이 튈지 모른다.

"놀기는 무슨! 장교들이 와서 보기 전에 빨리 치워!"

허둥거리며 맥주 캔을 치우고 있노라니, 뒤에서 루나가 낄낄거리며 손을 내젓는 게 보였다.

"걱정 마세요. 장교들이라면 괜찮을 거예요."

"…왜?"

"아까 샤오지에 갑판장님하구 쇼우코 군의관님이 칭다오랑 사케 팩을 들여가는 걸 봤어요. 지금쯤이면 저희보다 더 심하게 취해있을걸요?"

칭다오…? 사케…?

이젠 놀랄 기력도 없다. 다들 어디에 그렇게 술을 숨겨두고 있었던 거야. 누차 말하는 거지만 이 배의 군기가 흐트러지는 건 함장만 탓할게 아니다.

순식간에 짜증과 함께 극심한 피로가 몰려왔다.

"그래. 좋을 대로 마셔라. 난 이제 쉬러…."

"의무장님."

발길을 돌리려던 찰나, 다시 트리샤가 내 손목을 붙잡았다. 트리샤는 평소의 그녀답지 않게 얼굴을 새빨갛게 물들이며 초조한 표정으로 입을 계속 다셨다.

"저, 저기… 그러니까…."

무슨 말을 하려고 이리 뜸을 들인담. 어쩐지 묘한 긴장감이 흐르는 바람에 나는 마른침을 삼켰다. 하지만 그 긴장을 배신하기라도 하듯 트리샤는 갑자기 뜬금없는 말을 꺼냈다.

"호, 혹시 호모세요?"

"그게 무슨 소리야!"

호모라니. 상관을 놀려도 유분수지!

트리샤도 제가 이상한 소리를 내뱉었다는 걸 깨달았는지, 곧 손을 내저으며 변명하기 시작했다.

"아, 아니. 하지만… 벌써 배에 승조한 지 수개월이나 되셨는데… 수병들한테는 눈길 하나 주지 않으시고…. 어쩐지 어릴 적 봐왔던 남자들과는 다르다고 생각해서…."

"그야 당연하지. 한솥밥 먹는 전우를 일일이 여자로 보면 일을 제대로 하겠냐. 그런 생각 없으니까 걱정 마."

내 딴에는 안심시킨다고 한 소리였건만, 트리샤는 말을 어떻게 곡해했는지 충격을 받은 표정으로 되물었다.

"그 말은… 저희가 여자로 보이지 않는다는 말씀이신가요?"

왜 이야기가 그렇게 흘러가. 하지만 내가 할 말을 고르기도 전에 트리샤는 눈물까지 글썽여가며 제멋대로 신세 한탄을 하기 시작했다.

"물론… 이해인 셰프에 비하면 보잘것없지만… 그래도 저희도 여자인데… 남자처럼 보인다니…!"

"자, 잠깐만. 난 그런 말은 한 마디도 안 했다고?!"

"그럼 의무장님은 호모인가요!"

"아니라니까!"

아, 왜 이렇게 말이 계속 새어나간담. 이래서 취객을 상대하는 건 짜증난다. 무엇보다도 뒤에서 흥미진진한 표정으로 구운 옥수수를 씹고 있는 루나와 다른 수병들이 짜증나.

적당히 덜 취한 녀석에게 뒤처리를 떠넘길 요량으로 나는 상태가 그나마 괜찮아 보이는― 덜 취한 수병들을 눈으로 좇았다. 그때, 나는 뒤편에서 오렌지 주스를 홀짝이던 마리아 수병장과 눈이 마주쳤다. 다행스럽게도 마리아는 '겉보기엔' 제정신처럼 보였다. 나는 입을 뻐끔거려 마리아에게 도움을 청했다.

'네가 어떻게 좀 해봐. 수병장이잖아!'

하지만 마리아 수병장은 늘 그랬듯이― 내 기대를 정면으로 배신했다.

"…바지라도 까보면 어때… 딸꾹."

마리아는 딸꾹질을 하며 몽롱한 어투로 뇌까렸다.

"딸꾹…. 의무장이 호모가 아니라면… 딸꾹. 바지를 내리고 그… 세워서 증명해봐… 딸꾹."

이 녀석도 엉망진창으로 취했잖아!

아무래도 내일 술이 깨면 수병 전원 군기 교육을 시켜야겠다. 도대체 평소에 나를 어떤 눈으로 보고 있었던 거야? 하지만 내가 속으로 그렇게 다짐하는 사이, 수병들은 나를 피해 몰래 기분 나쁜 웃음을 주고받았다. 그 눈웃음의 의미를 바로 읽지는 못했지만, 나는 본능적으로 위험을 감지하고 몸을 움츠렸다.

"아… 그거 좋네요. 직접 '증명'해보시죠, 의무장님?"

예감은 적중하여 루나를 필두로 기관병들이 갑자기 음침한 미소를 흘기며 내게 다가왔다.

"너, 너희들 무슨 짓을 하려는 거야."

루나는 낮게 쿡쿡 웃으며 드라마 속의 악역 배우처럼 음침한 어투로 말했다.

"그러고 보니 다들 궁금해 하더라고요."

"뭐를…?"

"고간! 고간을 보자!"

루나의 말이 떨어지자마자 기관병들은 굶주린 개떼처럼 내게 달려들어 팔다리를 눌렀다. 나는 그대로 바닥에 옴짝달싹못한 상태로 구속되어 몸을 비틀었다.

"자, 잠깐! 너희들 미쳤어? 지금 너희가 하려는 짓은 중군기 위반에 해당하는 짓이라고!"

하지만 내 절규에도 불구하고 루나는 예의 쾌활한 미소를 지어 보이며 고개를 가로저었다.

"그보다 더한 짓 평소에도 많이 해서 괜찮아요."

"그건 맞는 말이지만…! 우왓, 벨트에 손 대지마! 트리샤, 도와줘!"

비명을 지르며 트리샤에게 도움을 요청했지만, 불행히도 오늘의 트리샤는 만취하여 제대로 된 사고를 못하고 있었다.

"죄송해요…. 저도 사실 조금… 흥미가 있어서…."

"흥미는 개뿔! 그게 그렇게 보고 싶으면 군의관한테 해부도 전집이나 빌려서 읽으면 되잖아!"

"…백문이 불여일견."

"이럴 때 쓰는 말 아니야!"

"괜찮아요. 아프지 않아⋯."

"갸악— 싫어요! 안 돼요! 이러지 마세요!"

내 반항을 무시한 채, 루나는 군침까지 흘려가며 내게 다가와 천천히 벨트를 풀어헤쳤다. 지퍼가 내려가고 속옷이 드러나자 수병들 사이에서 환호가 터져 나왔다.

앞으로 마지막 하나. 해적선에서도 지켜냈던 인간으로서의 존엄이 여기에서 무너지는가⋯!

"웃기지마⋯!"

나는 루나가 팬티에 손을 올리려는 순간 무릎을 굽혀 그녀를 걷어차 밀어냈다. 불의의 기습을 받은 루나는 그대로 나동그라지며 꼴사납게 빽빽 소리쳤다.

"웃⋯ 의무장님, 방금 진심으로 찼잖아요! 여자를 찼어!"

"지금 네가 여자 남자를 따질 때냐!"

팔다리를 누르고 있던 힘이 약해진 틈을 타, 나는 수병들을 떨쳐내고 격납고를 황급히 벗어났다. 수병 몇이 따라오는 게 보였지만, 만취한 소녀들이 전력으로 질주하는 성인 남성을 따라잡을 수 있을 리가 만무했다.

-3-

이윽고 선거(船渠)에 이르러 따라오는 사람이 없는 걸 확인하자, 나는 숨을 고르며 바지춤을 다시 정리했다. 이게 도대체 무슨 재난이야⋯.

와이셔츠를 바지에 다시 우겨넣고 지퍼에 손을 대려는데, 갑자기 선거의 난간 방향에서 인기척이 느껴졌다. 나는 바지춤을 반쯤 끌어내린 상태로 난간에 먼저 와 있던 선객과 시선을 마주쳤다. 한 손에는 샤슬릭 꼬치를 들고, 다른 한 손에는 보드카 병을 통째로 든 엘레나 포술장이 혐오스러운 표정을 지으며 이쪽을 노려보고 있었다.

"…노상 방뇨를 하는 술버릇이 있는 줄은 몰랐는데."

엘레나 소교는 진심으로 충격 받은 표정으로 중얼거렸다.

"포, 포술장님…! 그보다 노상방뇨 하려던 거 아닙니다!"

"호오, 그럼 만취한 남성이 인적이 드문 선거에 기어나와 바지를 끌어내리고 속옷을 드러내고 있을만한 이유가 또 있나? 아, 혹시 달아오른 몸을 주체 못하고 수음이라도 하려 했던 건가. 반편이다운 행동이군. 그럼 자리를 비켜주지."

포술장은 쉬지 않고 평소처럼 폭언을 길게 늘어놓았다. 나는 너무 지쳐서 변죽도 넣지 못하고 간신히 손만 내저었다.

"잠시… 잠시 말을 들어주세요."

방금 전 있었던 수병들의 추태를 듣자마자 엘레나는 약간이나마 너그러워진 표정으로 — 한심하다는 투의 시선은 여전했지만 — 혼잣말을 했다.

"꼴사납군. 겨우 보드카 정도에 취해서 해롱대다니… 날이 바뀌기 전에 징계 보고서를 넉넉히 뽑아놔야겠어."

"겨우 보드카라니요? 이게 몇 도짜리 술인데…."

"기껏해야 40도 밖에 안 되잖아?"

엘레나는 천연덕스럽게 눈을 깜박거리며 다시 보드카병을 잡고 통째로 들이켰다. 포술장의 외모가 앳된 탓에 그 광경은 묘하게 배덕스러웠다. 엘레나는 술을 한 모금 넘기고 기세 좋게 입맛을 다시더니, 이어서 샤슬릭에 꽂힌 살코기를 호쾌하게 물어뜯었다. 외모만 두고 본다면 동화 속에 나오는 공주님처럼 보이건만, 하는 행동은 완전히 중년의 아저씨다.

내가 한동안 그녀를 뚱하니 내려다보자 엘레나 소교는 오해를 했는지 가져온 빈 잔을 꺼내 내게 술을 건넸다. 아무리 보아도 포술장의 그 모습이 술병을 든 아이로 밖에 보이지 않아, 나는 한숨을 푹 내쉬었다. 하지만 이래보여도 엘레나 소교는 나보다 연장자다. 나는 두 손으로 깍듯하게 술잔을 받은 다음 고개를 돌려 보드카를 한 모금 마셨다.

"으엑…."

보드카를 삼키자마자 불덩이를 삼킨 것 마냥 입 안이 쓰고 아렸다. 내가 혀를 내밀며 얼굴을 찌푸리자 그제야 포술장은 기쁜 듯 환한 미소를 지어보였다. 다른 사람이 괴로워하는 걸 보면서 즐거워하다니, 역시 이 인간은 중증의 새디스트야. 나는 술잔을 옆으로 밀어 놓은 채 그녀가 다시 병을 건네지 않도록 주제를 빠르게 돌렸다.

"역시 포술장님도 러시아인이라는 느낌이네요."

"러시아인? 어째서?"

"으음… 편견이겠지만, 러시아인이라면 술을 잘 마실 것 같다는 이미지가 있잖아요?"

"이미지…?"

이미지라는 말을 꺼내자마자 엘레나 포술장의 표정이 싸늘하게 식었다. 아차, 말실수를 했나. 포술장도 해인처럼 자신의 출신지와 엮이는 걸 싫어할지도 모르는데….

"아, 앗… 죄송합니다."

포술장의 폭언이 날아올 거라 예상하고 몸을 사렸지만, 그녀는 의외로 고개를 끄덕이며 살가운 투로 내 말을 인정했다.

"아냐… 틀린 말은 아니지. 어차피 얼음과 술 밖에 없는 썰렁한 나라야. 그런 곳에서 자랐으니 술이 셀 수밖에."

빈 선거를 타고 흘러 들어온 싸늘한 겨울바람이 목덜미를 가볍게 할퀴었다. 나는 뼈를 아리는 추위에 몸을 움츠렸지만, 포술장은 시원한 봄바람을 맞는 것 마냥 개운한 표정으로 눈을 감았다.

"정말 오랜만이네…."

그리고 엘레나 소교는 혼잣말처럼 자신의 옛이야기를 문득 꺼냈다.

"한 때는 나도 이 하찮은 나라에 충성을 다한다며 '어머니 러시아'를 외치고 다녔다는 게 부끄럽군. 지금도 별반 다르진 않지만 말이야."

엘레나 소교의 옛 이야기는 처음 듣는 것이었던지라, 무례인 줄 알면서도 그녀의 과거에 대해 물었다.

"잿빛 10월에 오시기 전에 러시아군에 계셨습니까?"

"N. G. 쿠즈네초프 사관학교에서 생도 과정을 마쳤지. 원래대로라면 러시아 해군 소위로 임관하여 흑해 함대에 갈 예정이었지만…."

엘레나 소교는 거기까지 말을 잇고 '앗차' 하는 표정으로 나를 노려보았다. 아, 너무 궁금해 하는 티가 났나? 곧 그녀는 열 살배기 어린 아이처럼 볼을 부풀리며 내게 으르렁댔다.

"더 안 알려줄 거다. 반편아."

"저도 딱히 궁금하지는 않았습니다."

포술장이 어린애처럼 이를 드러내자 나도 맞서서 허세를 부렸다. 내 반응에 그녀는 잠시 어이가 없다는 투로 나를 노려보았지만, 곧 어깨를 으쓱거리며 자신의 옛이야기를 어영부영 끝맺었다.

"뭐, 그래도 이 나라를 뛰쳐나온 건 후회하지 않아."

그녀는 다시 술을 한 모금 들이키며 눈살을 찌푸렸다.

"이 나라는 위부터 아래까지 전부 썩었어. 돈만 준다면 함대 사령관의 자리는 물론이고, 아마 서기장 동무의 자리도 살 수 있을 걸? 하하….."

엘레나는 그렇게 말한 뒤 자신이 생각하기에도 어이가 없었는지 맥 빠진 웃음소리를 냈다.

"공산주의의 총본산이라는 이 나라가 가장 자본주의에 물든 나라로 변할 줄이야. 상전벽해로군."

한 때, 러시아는 미국에 맞설 유일한 초강대국이었지만 현재는 연방을 견제하는 것도 버거워할 정도로 쇠락했다. 공산주의의 한계점 때문만은 아니었다. 고급 장교들과 정치인들을 중심으로 부정부패가 만연하고, 뇌물 수수가 당연시 여겨졌기 때문이다.

이는 우리가 현재 머무르고 있는 자루비노 항만 보더라도 알 수 있다. 자루비노 항은 러시아가 연방을 견제할 중요한 전략 거점이었음에도 불구하고, 정치인들과 군인들은 학회에서 건넨 돈 몇 푼에 눈이 멀어 항구의 조차권을 팔아버렸다. 심지어 최근에는 일부 고급 장교들이 몰래 돈을 받고 장비와 기술을 팔아넘긴 일도 있다고 한다. 학회의 입장에서는 아무래도 좋은 일이지만,

국가의 수준에서는 또 어떨까. 국민을 보호해야할 나라와 군대가 뿌리부터 썩어 있다니….

"…망조로군요."

나는 나도 모르게 본심을 중얼거리다 황급히 입을 막았다. 무례한 소리였다. 하지만 엘레나 소교는 내 말에 화를 내기는커녕 오히려 더욱 깊은 냉소를 지어보이며 고개를 끄덕였다.

"어차피 한 번 망했던 나라야. 두 번 망한다고 이상하지도 않아. 오히려 확 망하고 새 나라가 들어서는 게 나을지도 모르지."

쓸쓸하게 말을 잇는 엘레나의 표정에서 묘한 기시감을 느꼈다. 완벽해보이고 약점이라고는 없어 보이는 엘레나 소교도 결국은 잿빛 10월의 승조원이다. 함장의 말대로라면 육지에서 입은 상처를 뒤로하고 바다를 선택한 소녀다. 겉으로는 철의 여인처럼 보이지만 안으로는 말 못할 속병을 앓고 있을지도 모르지.

독한 술에 취한 탓이었을까. 나는 가슴을 탕탕 두드리며 포술장에게 되지도 않는 허세를 부려보았다.

"혹여라도 문제가 있으시거든 제게 말씀해 주십시오. 저라도 도움이 될 수 있을지 모르니까요."

"으엑."

내 딴에는 진지하게 한 말이었건만. 엘레나 소교는 썩은 표정을 지어보이며 노골적으로 불쾌한 기색을 드러냈다.

"이 반편이가 누굴 걱정하는 거야? 쓸데없는 데 걱정을 할 기운이 남아있으면 배에 가서 용두질이나 쳐."

기운차게 독설을 날리며 이죽대는 꼴을 보아하니 평소의 포술장 그 자체였다. 괜한 걱정을 했나 싶어 머쓱하게 목덜미를 긁었다. 정말이지 신경 써주는 보람이 없는 사람이다! 하지만 엘레나 소교는 동상전에 들어선 처녀마냥 계속 기분 나쁘게 히죽거리며 의미심장한 말을 중얼거렸다.

"그보다 시간이 남아돌거든 네 애인이나 챙겨라."

"애인이요…?"

포술장의 시선이 내 뒤편에 꽂혀 있었기에 고개를 돌려 뒤를 바라보았다. 먼 발치에서 해인이 비틀거리며 걸어오는 게 보였다. 걸음걸이가 불안정하고 얼굴이 새빨간 걸 보아하니 루나의 말대로 엄청나게 달린 모양이었다. 그보다 애인이라니, 포술장은 무슨 소릴 하는 거야?

"이, 이해인 조리장은 애인이 아닙니다!"

나는 황급히 변명을 했지만, 엘레나 포술장은 손가락으로 목을 긋는 시늉을 해보이며 반대 방향으로 사라져버렸다. 아, 어째 이 배에는 수병이고 장교고 말귀를 제대로 들어먹는 사람이 하나도 없담. 머리를 긁적이며 짜증을 부리고 있노라니, 어느새 해인이 가까이 다가와 말을 걸었다.

"의무자양… 딸꾹. 여기서 뭘 하고 있는 겁니까아…."

…예상은 하고 있었지만 해인의 혀는 심하게 꼬부라져 있었다. 평소의 해인이라고는 믿기 힘들 정도로 흐트러진 모습. 동영상이라도 찍어두고 싶을 정도인데.

"잠시 술도 깰 겸 포술장님과 앞으로의 함 행동에 대해 이야기를 하고 있었어. 그보다 너는 얼마나 마셔댄 거야?"

해인은 내 질문에 도리질을 치며 씨도 안 먹힐 거짓말을 입에 담았다.

"…안 취했습니다. 딸꾹."

퍽이나. 딸꾹질을 해대는 꼴이 우스꽝스럽다. 해인은 자신의
모습을 인지하지 못했는지 평소처럼 허리에 손을 짚으며 굳어진
혀로 잔소리를 늘어놓기 시작했다.

"그보다, 상사와 부하라 해도 여자를 외진 곳으로 불러내는 게
얼마나 파렴치한 짓인지 알고 계신 겁니까아…."

"파렴치한 건 지금의 네 모습이고. 팔 이리 줘. 숙소까지 부축
해 줄게. 아으, 정말이지 군의관님과 갑판장님께도 나중에 한 마
디 해 두어야겠는걸. 술도 못하는 애한테 이게 무슨 짓이람…."

나는 해인의 한 쪽 팔을 둘러메고 그녀를 지탱했다. 그리 무겁
지는 않지만 축축 늘어지는 사람을 한 팔로 부축하는 건 역시
꽤 어려운 일이었다. 그리고 뭐랄까, 가까이 붙으니 알코올 향 외
에도 달콤한 시트러스 계열의 향도 나는 것 같고… 여러모로 고
역이었다.

한 세 발자국 즈음 걸었을까. 몸을 가까이 한 상태에서 해인이
갑자기 속삭이듯 말을 걸어왔다.

"…이원일 일조."

"왜?"

"저… 왠지 기분이 이상합니다."

해인의 표정은 아까와는 달리 더욱 상기되어 있었다. 갑자기
그녀가 고백 같은 말을 건네는 바람에 나는 숨을 죽였다. 아니,
무슨 소릴 하려는 거야?

"뭐랄까… 속이 답답하고 끓어오르는 게… 마치 무언가 터져
나올 것만 같아서…."

"뭐? 자, 잠깐. 너 혹시—."

"우읍."

조리장의 얼굴이 순간 보랏빛으로 변하는 가 싶더니—
해인은 그대로 내 근무복 위에 토사물을 게워냈다.

3. 생태찌개

-1-

 다음날 아침, 식당에서 마주친 해인은 눈살을 찌푸리며 내 항변을 가볍게 묵살했다.

 "…기억이 안 납니다."

 "아니, 연방 정치인 같은 소리하지 말고. 정말 기억이 안 난단 말이야? 어제 내 옷 위에 잔뜩 토해놓고선!"

 "기억이 난다면 난다고 했겠지요. 그보다 제가 그런 추태를 보였을 리가 없잖습니까."

 "보였어! 끼쳤다고! 안 그래도 여벌 근무복을 세탁 중이었는데…! 씻어도 냄새가 안 빠져서 한밤중에 손세탁을 하느라 얼마나 고생했는지 알아? 심지어 바지를 빨던 중에는 쇼우코 대위에게 들켜서 묘한 시선을 받았다고!"

 새벽에 체육복 차림으로 근무복 바지를 빨고 있는 내 모습을 본 쇼우코 대위는 '사춘기 때의 자식을 보는듯한 부모의 표정'으로 엄지를 치켜 올려 보여준 다음, 빠르게 자리를 피해 버렸다. 아마도 '그거'라고 생각한 모양이겠지….

 아아, 다음에 만나면 또 어떻게 변명을 한담.

 하지만 해인은 생판 남의 이야기를 듣는 것처럼 뚱한 표정으로 고개만 끄덕이며 틀에 박힌 위로를 건넸다.

"유감스러운 일이군요."

"유감은 개뿔! 네 탓이잖아?"

나는 잔뜩 골이 나서 소리를 쳤지만 해인은 귀를 막으며 짜증스럽게 고개를 가로저었다.

"머리가 울리니 소리를 지르지 마십시오."

겉보기에는 멀쩡해 보여도 아직 숙취가 덜 풀린 모양이었다. 억울한 노릇이었지만 이대로 해인을 윽박질러 진심 없는 사과를 들어봤자 개운치도 않다. 나는 결국 사과받는 걸 포기하고 해인이 가져온 아침을 받아 들었다.

오늘의 아침은 보르시와 흰 빵, 그리고 얇게 부쳐 낸 팬케이크였다. 특히 보르시는 토마토와 사탕무로 우려낸 붉은 국물에 사워크림을 쳐 낸 덕분에 달고 새콤한 맛이 일품이었다. 부드럽게 졸여진 순무와 함께 국물을 들이키자 메스꺼운 속이 가시는 느낌이 들었다. 그러고 보니 러시아에서는 숙취 해소용으로 보르시를 먹는다고 했던가. 밤새 독한 술을 마셔댄 승조원들을 배려하여 메뉴를 짠 모양이었다.

"그나저나 어제 그렇게 인사불성이 되도록 술을 마셔놓고선, 아침은 또 제대로 일어나서 한다는 게 신기하네."

나는 조롱 반, 감탄 반을 섞어 중얼거렸다. 분명 숙취로 몸이 무거웠을 텐데 평소처럼 새벽에 일어나 아침을 준비했다니, 무서울 정도의 자제력이다. 해인은 내 말을 어찌 이해했는지 어깨를 펴고 자랑스러운 표정으로 으스댔다.

"술을 마셨든 독을 마셨든 식사는 제 때 해야 합니다. 오히려 속이 안 좋다고 식사를 거르면 몸을 해칩니다."

"옳으신 말씀."

하지만 해인의 그런 노력이 무색하게도 식당에는 사람이 거의 없었다. 밤새 초를 선 위병들과 당직 근무자들을 제외하면 수병 대부분이 아침을 먹으러 나오지 않았다. 어젯밤의 술자리가 워낙 강렬했던 탓이었을까. 수병들은 침실 혹은 과업장에 널부러져 중환자처럼 끙끙 앓고 있었다.

아마도 다들 점심은 되어야 깨어나리라.

해인은 잔뜩 남은 보르시치를 못마땅하게 내려다보며 턱 끝을 가볍게 매만졌다.

"음… 점심에는 생태찌개를 끓여 볼까요."

"생태찌개!"

오랜만에 듣는 연방 요리에 나도 모르게 큰 소리를 내고 말았다. 역시 술 먹은 다음날에는 칼칼하게 끓여 낸 생태찌개가 제일이지. 다른 국가 출신 승조원들은 어찌 생각할지 모르겠지만, 연방에서 해장이라면 뜨끈하고 매콤한 국물 요리를 떠올리는 게 보통이다. 이역만리에서 맛보는 매콤한 생태찌개라. 이것 참 반가운데.

"어…? 하지만 지금 생태 재고는 없잖아?"

어제 해인이 신선도 때문에 새로 들여온 생태를 전부 반품했었으니까.

"안 그래도 오늘 블라디보스토크에 가서 사오려고 했습니다. 하지만 몸 상태가 이 모양이니 직접 가기도 그렇군요. 이원일 일조, 염치없는 일이지만 대신 부탁을 드려도 괜찮겠습니까?"

해인의 부탁 자체는 어렵지 않았지만, 나는 생선을 고르는 안목이라곤 조금도 없었다. 자칫하면 어제 업자가 가져온 생선보다 더 나쁜 걸 고를지도 모르는데. 하지만 해인은 메모지에 주소 하나를 적어주며 내 걱정에 답했다.

"괜찮습니다. 블라디보스토크에 아는 사람이 있습니다. 포키나 제독 거리에 위치한 음식점, 〈성 마르가리타와 흉포한 용〉의 셰프가 요리 학교 선배였습니다. 제가 보내서 왔다고 하면 괜찮은 식재료를 조금 내어줄 겁니다."

"호오, 과연."

해인의 선배라. 어떤 사람일지 상상이 잘 가지 않는다.

그보다 학생이었을 때 해인의 모습은 더욱 상상하기 힘들었다. 이 완벽해 보이는 아가씨가 식칼 쥐는 법도 모르던 시절이 있었을까. 내 속내를 읽었는지 해인은 불쾌한 표정으로 한마디를 덧붙였다.

"…혹여나 해서 말해두는데, 선배에게 쓸데없는 걸 묻지 마십시오."

"걱정 마. 음… 오히려 그 문제라면 내 쪽이 걱정인걸. 나는 러시아어 한 마디도 할 줄 모르는데, 괜찮을까?"

"아마 괜찮을 겁니다. 정 걱정이 되시면 보급용 모노 헤드셋에 번역 프로그램이 깔려 있으니 그걸 써 보십시오."

그러고 보니 일전에 보급 받았던 군용 와이어리스 모노 헤드셋이 하나 있기는 했다. 단순히 입출항 작업시의 통신용으로만 쓰이는 줄 알았는데 그런 기능도 있었다. 하여간 학회제 물건이란 죄 쓸데없이 부가기능이 달려있다니까. 수첩에 적당히 일정을 기입하며 블라디보스토크까지 가는 버스 시간을 떠올려보았다.

"버스를 타면… 점심 전에 돌아올 수 있으려나."

가는 데에만 서너 시간은 걸렸던 것 같은데. 점심은커녕 저녁 전에 돌아올 수 있을지도 확신이 가지 않았다. 하지만 해인은 짐짓 유쾌한 어조로 의외의 드라이버를 추천해 주었다.

"괜찮습니다. 아마 갑판부의 이비 이조가 오늘 비번일 테니, 블라디보스토크까지 차를 태워달라고 하십시오."

"이비? 음, 알겠어."

나는 고지직한 후임의 얼굴을 떠올리며 흔쾌히 고개를 끄덕였다. 이비야 평소에도 일처리가 완벽하니, 운전도 제대로 하리라 생각했기 때문이었다.

나는 곧 왜 해인이 직접 블라디보스토크에 가지 않았는지 알게 되었다.

-2-

"도착했습니다."

이비가 블라디보스토크 중심부에 있는 혁명 광장에 지프를 세웠을 때, 나는 목구멍까지 올라온 욕지기를 다시 되삼키느라 애를 먹고 있었다.

자루비노와 블라디보스토크를 잇는 도로의 포장상태가 좋지 못했던 탓도 있었지만… 너무 빠르다. 일반적인 지프가 낼 만한 속도가 아니었다고!

"200km나 되는 거리를 한 시간 반 만에 주파했잖아! 안전운행 이라는 개념은 어디에 팔아먹었어?"

속사포처럼 항의를 쏟아내는데도, 이비는 귀찮다는 표정으로 귀를 후비적거리며 담담하게 대답했다.

"사고는 안 났잖습니까."

"그게 중요한 게 아니라고!"

누가 중국인 아니랄까봐, 이비는 여전히 천하태평 만만디(慢慢地)다. 운전을 좀 이런 태도로 할 것이지. 뒷 차가 추월을 시도한다고 난폭하게 견제를 가할 때는 다른 사람인 줄만 알았다. 운전대를 잡으면 사람이 바뀐다더니.

"여기서 계속 골만 내실 생각이십니까? 불평을 들어드리는 건 괜찮습니다만⋯."

이비는 진지한 표정으로 은근히 나를 협박하기 시작했다.

"여기서 말싸움을 하느라 시간을 너무 빼앗기면 돌아갈 때는 더 속도를 내야 할 겁니다. 그래도 괜찮으십니까?"

그 말이 농담처럼 들리지 않았기에 나는 한숨을 내쉬며 고개를 끄덕였다. 일단 항구에 돌아가기 전까지는 참도록 하자.

"⋯알았어. 12시에 다시 광장으로 돌아올 테니 그동안 어디 가서 차라도 한 잔 하고 있어."

"예."

이비는 딱딱하게 경례를 올려붙인 다음 차를 몰고 금각만 방향으로 쌩하니 사라져버렸다. 혹시 아직도 전에 납작 가슴이라고 놀렸던 걸 마음에 담아두고 있는 걸까. 그래보이지는 않지만⋯ 아직도 갈 길이 멀다.

일단은 해인이 말한 그 레스토랑이나 찾아보도록 하자. 다행히 주소에 적힌 포키나 제독 거리는 혁명 광장에서 머지않은 곳에 위치하고 있었다.

지하도를 통과하여 포키나 제독 거리까지 이어지는 비탈길을 오르고 있노라니, 생경한 이국의 풍경이 눈앞에 펼쳐졌다. 모던한 디자인의 황토색 건물과 녹이 슬어 붉은 물이 뚝뚝 떨어지는 낡은 관로들. 연식을 알 수 없는 자동차들은 지독한 매연을 내뿜으며 거리를 내달리고 있었고, 나이 든 여인들은 낡은 숄을 뒤집어쓰고 허름한 좌판에서 콜라를 팔고 있었다. 이는 내가 보아왔던 연방의 풍경과는 전혀 달랐다. 그리 멀지도 않은데 사람 사는 모습이 문화에 따라 이리도 다른가. 새삼 낯설었다.

골목을 따라 10분 정도 더 들어가자, 조밀하게 심어진 가로수 사이로 베이지 색 벽돌로 지어진 작은 가게가 눈에 들어왔다. 〈성 마르가리타와 흉포한 용〉. 해인이 말했던 그 선배의 가게였다. 벽에 그려진 포크와 수저 문양이 없었더라면 음식점이라고 알아차리지 못했을 정도로 건물은 지저분했다. 정말 이렇게 더러운 식당에서 해인의 선배가 요리를 하고 있는 걸까?

준비한 헤드셋에 전원을 넣고 귀에 착용했다. 이거, 제대로 작동할까? 심호흡을 하며 천천히 문을 열어젖혔다. 문을 열자마자 가게 한 가운데 테이블에 앉아 감자 껍질을 깎고 있던 젊은 아가씨와 눈이 마주쳤다.

작은 동물을 연상케 하는 순한 인상의 아가씨였다. 앞치마를 걸치고 머릿수건을 둘러맨 차림을 보아하니 이 식당의 주인— 어쩌면 그 선배일지도 모르겠다는 생각이 들었다. 여인은 나를 보자마자 생긋 웃으며 말했다.

"연방인이신가요?"

    번역 프로그램을 켜기도 전에 상대의 입에서 유창한 연방어가 흘러나왔다. 놀란 나는 눈앞의 러시아인보다 더 어눌한 발음으로 질문을 던졌다.

    "여, 연방어를 할 줄 아시나요?"

    내가 생각해도 한심한 질문이었지만, 안주인은 놀리는 기색 없이 환하게 웃으며 고개를 끄덕여주었다.

    "요새는 발길이 끊겼지만, 예전에는 연방인들도 꽤 많이 왔었으니까요. 그보다 식사를 하시겠어요? 오전에 들어온 물 좋은 생선이 있어요."

    "아뇨, 식사를 하려는 게 아닙니다. 사실 어… 이해인 셰프에게 부탁을 받고 왔거든요. 생태를 몇 뭇 살 수 있을까요?"

    "이해인 셰프…?"

    해인의 이름을 듣자마자 여인의 눈썹이 미묘하게 꿈틀거렸다. 아무래도 이 여인이 가게의 주인이자 해인이 말한 선배 셰프가 맞는 모양이다. 나는 조금 더 능청을 떨며 말을 이어갔다.

    "네. 이곳의 셰프께서 이해인 셰프와 잘 아는 사이라고 들었습니다만…."

    하지만 젊은 안주인은 후배의 소식을 듣고도 반가워하기는커녕 오히려 의심스럽다는 투로 이맛살을 찌푸렸다. 그리고 그녀는 곧 감자를 내려놓은 채 칼끝을 내게 겨누며 차갑게 물었다.

    "당신, 뭔가요?"

    "네, 넷? 뭐냐고 물으셔도…."

    "그 깐깐한 해인이 식재료를 구하는 데 직접 오지 않고, 그것도 남자를 대신 보내다니… 믿을 수가 없네."

3. 생태찌개

평소에 잘 벼려놓았는지 칼날이 유난히 반짝거렸다. 나를 향해 겨누어진 칼끝을 신경 쓰느라, 나는 안주인이 장난스러운 미소를 짓고 있다는 걸 알아차리지 못한 채 허둥거리며 변명만 늘어놓았다.

"아. 저, 저는 해인과 같은 직장에서 일하는 동료입니다. 이, 이해인 셰프는 오늘 몸이 안 좋다고 해서요."

"몸이 안 좋다니. 혹시 해인이… 임신 했나요?"

"아니야!"

안주인의 입에서 어처구니없는 농이 흘러나오는 바람에 평소에 상관들에게 하던 것처럼 고함을 치고 말았다. 하지만 여인은 놀라는 기색도 없이, 오히려 대놓고 깔깔 웃기 시작했다.

…어째 함장이나 군의관과 비슷한 과의 누님인걸. 나는 머쓱하게 머리를 긁적이며 아까의 폭언에 대해 사과부터 올렸다.

"죄, 죄송합니다. 어쩐지 주변에 비슷한 사람이 많아서 나쁜 습관이 들었나 봅니다. 그보다 생태를 내어주시는 건은…."

"그거야 어렵진 않지요. 하지만 정말 수상쩍네요. 그 귀염성 없는 해인이가 대뜸 선배에게 남자를 보내다니."

젊은 안주인은 손가락으로 입술을 훔치며 묘한 미소를 내게 흘렸다.

"아무래도 식재료의 대금(代金)으로 보내준 남자라고 생각하는 편이 좋을까요?"

나는 그 '대금'이라는 표현이 나를 가리킨다는 걸 알아채고 얼굴을 빨갛게 물들이고 말았다. 좀 더 내게 숫기가 있었더라면 능청스럽게 넘길 수도 있었을 텐데. 허둥거리며 말을 돌리는 게 고작이었다.

"그, 그게 무슨 말씀이신지… 저는 잘….”

안주인은 내 미숙한 반응이 마음에 들었는지 다시 생글생글 웃으며 감자 하나를 꺼내들었다. 한 손으로 껍질을 벗기는 게 퍽 능숙해 보였다. 그녀는 칼에서 눈길을 떼지 않은 채 지나가는 말처럼 해인의 근황을 물었다.

"그래서. 해인이는 요새 어떻게 지내고 있나요?”

하지만 나는 그 질문에도 바로 답할 수가 없었다. 일단 학회에 대한 일을 민간인들에게 발설하는 건 금지되어 있었거니와, 이 아가씨가 해인에 대해 어디까지 알고 있는지도 확신할 수 없었기 때문이다.

"그, 글쎄요…. 별일 없이 잘 지냅니다만….”

"흐음.”

내 답변에 안주인은 불만스럽게 눈썹을 찌푸렸다.

사각. 사각. 사각.

이미 두 개째, 손질된 감자가 광주리 안으로 들어갔다. 이대로 가다가는 생태는커녕 북어도 얻지 못할 판이다. 숨을 고르고 다시 용건을 꺼냈다.

"저, 그러니까 생태를—.”

말이 끝나기도 전에 안주인은 깊게 한숨을 내쉬며 고개를 가로 저었다.

"하아, 귀염성 없는 게 해인이랑 딱 붕어빵이네요.”

"닮았다니… 제가 해인이랑요?”

전에 샤오지에도 그런 이야기를 했었는데. 내가 그렇게 성격이

나빠 보이나? 하지만 내 얼빠진 반응이 마음에 들었는지, 안주인은 주머니칼을 빙글빙글 돌리며 해인의 부탁을 수락했다.

"좋아요. 생선은 바로 업자에게 말해 직접 가져다줄게요. 아, 주소는 필요 없어요. **자루비노 항**에 머물고 있지요? 하여간 '그 아이'도 위험한 데 머리를 들이민다니까."

"가, 감사합니다."

어라, 우리가 자루비노 항에 머무르고 있다는 걸 이 여인은 어떻게 알고 있었던 걸까? 생각할수록 의심스러웠다. 하지만 방금의 대화만으로도 나는 충분히 질렸기 때문에, 더 이상 질문을 던질 엄두를 내지 못하고 꼬리를 내려버렸다. 안주인은 흙이 묻은 앞치마를 가볍게 털어내며 자리에서 일어났다.

"그리고 해인에게 이렇게 전해주세요. '다음부터 얼빠진 초식남을 혼자 보내오면 선물로 알고 잘 요리해 먹겠다고.' 이 언니가 지비에(Gibier, 사냥한 야생 짐승의 고기) 요리의 전문가라는 걸 까먹은 걸까?"

…역시 고단수다. 눈앞에서 '얼빠진 초식남'이라고 매도당했는데도 항의할 엄두도 나질 않았다. 잿빛 10월의 승조원들이 무심하게 던져오는 패설과는 달리, 이 안주인의 농담은 상대의 반응을 철저하게 계산해서 날리는 비수에 가까웠다. 과연 여러 사람을 접대해야 하는 대중요리점의 셰프답다고 해야 할까.

"저, 실례가 되지 않는다면 이름을 들을 수 있을까요?"

내가 이름을 묻자 안주인은 약간 놀란 표정으로 어깨를 으쓱거렸다.

"의외로 빈틈이 없네요. 뭐, 상관없으려나. 마르가리타에요.

편하게 메그라고 불러주세요."

"예, 감사합니다. 메그 셰프. 좋은 점심되시길."

고개를 숙여 인사를 올린 다음 도망치듯 가게를 빠져 나왔다. 어째 마녀의 성에서 간신히 도망쳐 나온 기분이로군. 전력질주를 하고 나온 것 마냥 온 몸이 피로하다. 문득 가게의 앞에 내걸린 용 모양의 입간판이 눈에 들어왔다.

…뭐가 〈성 마르가리타와 흉포한 용〉이냐. 그냥 흉포한 용 한 마리만 있잖아.

한숨을 내쉬며 시계를 다시 확인했다. 오전 열한시. 바로 혁명 광장으로 가기에는 시간이 이르다. 이렇게 된 이상 잠시 이국의 도시를 감상하기로 할까. 나는 혁명 광장 쪽으로 천천히 발걸음을 옮겼다.

-3-

헤드셋에 내장된 번역 프로그램은 생각 외로 훌륭했다. 매끄럽지는 않지만, 헤드셋이 외국어를 인식하면 적당히 문장을 번역하여 무미건조한 투로 읽어주었다. 덕분에 어렵잖게 좌판에서 파는 피료시키 하나와 병 콜라를 살 수 있었다. 분명 보온통 안에 넣어둔 것일 텐데도 피료시키는 차게 식어 있었다. 콜라는 얼음장처럼 차갑고. 차가운 콜라에 식은 피료시키라… 음료라도 따끈한 걸로 살 걸 그랬다.

외진 곳에 앉아 간식을 먹으며 지나가는 사람을 관찰했다. 뚱뚱한 중년의 부인부터 인민복을 입은 깡마른 노인까지… 그렇게 군상을 관찰하는 것도 나름 재미가 있었다. 순간, 나는 눈에 익은 사람을 발견하고 자리에서 벌떡 일어섰다.

머리를 틀어 올려 묶고, 그 위에 검은색 군모를 꾹 눌러쓰고 있었지만, 특유의 그 사나운 눈매와 매끄러운 이목구비는 틀림없는 잿빛 10월의 포술장인 엘레나 소교였다.

엘레나 소교는 처음 보는 노인 하나와 살갑게 대화를 하고 있었다. 여기에서 뭘 하고 있는 거람?

나는 헤드셋의 감도를 높이고 몸을 숨긴 채 엘레나와 노인을 뒤에서 조심스럽게 관찰했다.

"오랜만이구나, 유스포브. 한동안 안 보여서 죽은 줄로만 알았는데… 안색을 보아하니 밥은 빌어먹고 다니는 모양이구먼."

"이반 할아버지도 여전하시네요. 듣기로는 대조국 전쟁 때부터 살아계셨다고 들었는데, 용케도 죽지 않으셨어요. 올해 연세가 어떻게 되시죠?"

처음 보는 사이가 아니었는지, 노인과 엘레나는 서로 장난스럽게 독설을 주고받았다. 노인은 싸구려 샬루트를 꺼내 물고 느긋하게 연초를 태우며 엘레나의 근황을 물었다.

"그런 쓸데없는 건 안 세. 그보다 블라디보스토크엔 무슨 일이냐? 사관학교에 들어갔다고 들었는데, 그럼 지금 장교 일을 하고 있는 게야?"

그러고 보니 포술장은 잿빛 10월에서도 몇 안 되는 사관학교 출신 장교였다. 하지만 어제의 대화에서 들었던 것처럼 엘레나는 끝까지 사관학교를 마치지는 못했다.

"…사정이 있어서 그만 두었어요."

엘레나가 쓴 웃음을 지어보이며 고개를 가로저었다. 그녀가 애매하게 말끝을 흐리자, 노인은 더 이상 꼬치꼬치 캐묻지 않고 콧방귀만 뀌었다.

"그래, 사람 살다보면 여러 가지 일이 있는 법이지."

화제를 돌리려 했는지 포술장은 지나가는 말처럼 다른 사람의 안부를 물었다.

"그보다 미하일 씨 못 보셨나요? 오는 길에 선창에 들렸는데 안 보이던데요."

"미하일? 그러고 보니 그 녀석 요즘 안 보이던데… 게공선이라도 타러 갔나."

"안 보인지는 얼마나 되었나요?"

"한 석 달쯤 되었나. 왜, 무슨 볼일이라도 있냐?"

"별 일 아니에요."

엘레나는 어깨를 으쓱거리며 노인에게 샬루트 한 대를 받아 물었다. 연초의 매캐한 향이 얼굴을 덮어버려서 그랬을까, 그녀의 표정은 아까 전보다 훨씬 어두워 보였다. 노인은 탁한 목소리로 새삼 그녀의 이름을 불렀다.

"유스포브."

"네?"

"무슨 일인지는 몰라도 위험한 짓 하지 말거라."

엘레나는 다시 쓰게 웃으며 고개를 끄덕였다. 하지만 노인도 분위기로 눈치를 챘으리라. 그녀가 이미 빠져나올 수 없는 위험한 일에 발을 들여놓고 있다는 것을. 노인은 먼 여행을 떠나는 손녀에게 하는 것처럼 덕담을 던져준 다음, 다시 제가 가던 길로 사라져버렸다. 노인의 모습이 보이지 않게 되자 엘레나 소교는 한숨을 푹 내쉬며 혼잣말처럼 중얼거렸다.

"…거기서 뭐 하는 거야, 반편아."

이런, 들켰나? 나는 엉거주춤하게 가로수 앞으로 걸어 나와 손을 내저었다.

"우, 우연이에요. 우연! 지나가던 길에 포술장님이 우연히 보이셔서…"

"범죄자들은 다 그렇게 말하지. 스토커로 전직하기라도 했냐. 블라디보스토크에는 왜 왔어?"

"말이 심하십니다. 해인의 부탁을 받아서 식재료를 주문하고 오는 길이었다고요."

하지만 포술장은 들은 체도 않고 혀를 비죽 내밀고선 샬루트를 다시 입에 물었다. 역시 어울리지 않아…. 어제 보드카를 마실 때도 느꼈던 거지만. 싸구려 샬루트를 피우는 엘레나의 모습은 이질적이었다. 그런 동안으로 담배 피우지 말라고. 나는 노인이 사라진 골목을 힐끗거리며 관심 없는 척 말을 흘렸다.

"아까 그 분은 친할아버지신가요?"

"아니, 그냥 예전에 알던 사람이야. 어차피 고아인데, 친할아버지가 있을 리가 없잖아."

이 역시 처음 듣는 이야기였다. 그러고 보니 엘레나 포술장에 대해 아는 게 거의 없구나.

"아… 실례했습니다."

"사과할 거면 아예 말을 말던가."

엘레나는 퉁명스럽게 대꾸한 다음 꽁초를 비벼 껐다. 하지만 짜증이 가시지 않았는지, 오른손으로 머리를 마구 헝클어트리며 중얼거렸다.

"그보다 미하일 이 녀석 어디 갔지."

"미하일이 누군데요?"

"학회에서 블라디보스토크에 심어놓은 정보원."

"아, 휴민트로군요."

휴민트(HUMINT)라 하면 정보원이나 협력자를 통해 얻는 첩보를 이르는 말이다. 자세히 들은 적은 없지만 학회 역시 군대를 운용하고 있으니 휴민트 정도는 있을 터였다. 그런데 엘레나 소교는 이어서 의외의 말을 꺼냈다.

"이상하네…. 블라디보스토크에 상주하던 정보원들이 계속 사라지고 있어. 우연이라고 하기엔 너무 수상쩍군."

"전에 작전이 새어나간 것과 관련이 있을까요?"

"십중팔구 관련이 있겠지."

전에 있었던 자루비노 항 탈환 작전 당시, 샤오지에 갑판장과 나는 침투 경로가 미리 적에게 누출되는 바람에 역으로 기습을 당하여 거의 죽을 뻔했었다. 하지만 정보가 어디서 새어나갔는지는 아직도 확실하게 밝혀지지 않았다. 그런 와중에 정보원까지 모두 실종되었다니, 엘레나 소교의 말마따나 너무나도 수상쩍었다.

엘레나 소교는 한동안 이 문제를 고민하느라, 맞은편에서 걸어오던 사람의 기척을 알아차리지 못하고 그대로 부딪히고 말았다.

"어이쿠…."

엘레나와 부딪힌 사람은 7피트는 될법한 거구의 사내였다. 체격이 너무 우람하여 사람이 아니라 코트를 걸친 곰처럼 보일 정도였다. 하지만 사내는 험상궂은 외모와는 달리 상냥하게 손을 내밀어 넘어진 엘레나를 일으켜 세워주었다.

"조심해야지, 아가씨."

"실례했습니… 어?"

사내의 얼굴을 보자마자 엘레나 소교의 얼굴에서 갑자기 핏기가 가셨다. 사내도 엘레나의 얼굴을 마주하자 표정을 일그러트리며 낮게 신음을 흘렸다.

"…엘레나 유스포브?"

처음 보는 사내의 입에서 포술장의 이름이 흘러나온다.

아는 사람인가? 하지만 엘레나 소교는 불안한 표정으로 고개를 숙인 채 짐짓 사내의 시선을 피했다.

"어… 으음…."

"이런 곳에 있었을 줄이야. 정말 오랜만이네. 그동안 무얼 하며 지냈어? 그보다… 옆의 이 남자는 누구지?"

사내의 시선이 내게 내리꽂혔지만 나는 못알아듣는 체 하며 엘레나 포술장을 내려다보았다. 도대체 이게 무슨 상황이람? 엘레나 소교는 여전히 묵묵부답이었다.

상황을 보아하니 이 거구의 사내는 확실히 엘레나 소교와 구면인 모양이었다. 그러나 어째서인지 엘레나 소교는 의도적으로 사내를 모른척했다. 껄끄러운 일이라도 있었던 걸까? 하지만 이름까지 기억하고 있는 사내를 이 상황에서 모른다고 하기는 어려울 것이다.

"그러니까… 음."

포술장은 한동안 괴로운 표정으로 말을 골랐다. 하지만 끝내 이렇다 할 변명을 찾지 못했는지, 엘레나 소교는 결국 어울리지 않게… 무리수를 두었다!

"우웅~? 엘레나? 그게 뭐예여?
전 어려서 그런 거 몰라여!"

엘레나 소교는 양 손을 귀엽게 말아 쥔 채 혀 짧은 소리를 냈다. 평소의 포술장이라고는 상상도 할 수 없을 정도로 깜찍한 모습이었지만, 나는 등줄기를 타고 식은땀이 흘러내리는 걸 느꼈다.

…이게 뭐하는 짓이야. 나이는 먹을 대로 먹은 아가씨가 부끄러운 줄도 모르고! 게다가 이런 눈에 뻔히 보이는 연극을 한다고 상대가 믿을 리가 없잖아?

하지만 거한의 눈은 옹이구멍인 모양이었다.

"아, 그냥 닮은 어린 아이였나. 실례했군."

믿는 거냐고!

나는 어이가 없어져 허탈한 표정으로 엘레나 소교와 사내를 번갈아 보았다.

"하기야 엘레나는 지금 20대 중반일 텐데, 아직도 이렇게 어린 아이의 모습을 하고 있을 리가 없지."

아니, 맞는데요. 지금 여기서 귀여운 척을 하고 있는 이 아가씨 20대 중반 맞아요. 하지만 엘레나 소교는 무슨 생각에서였는지 내 등 뒤에 숨은 채 혀 짧은 목소리로 더욱 징징거리기 시작했다.

"오, 오빠. 나 이 아저씨 무서워…."

"오빠라니 그게 무슨 소리십니까. 포술장님 지금 나이를 생각하… 윽."

연상의 상관이 귀여운 척을 하는 게 한심해 무어라 잔소리를 해 주려고 했지만, 엘레나 소교는 말을 마치기도 전에 내 정강이를 힘껏 걷어차며 낮게 으르렁댔다.

"지금은 닥치고 말이나 맞춰, 반편아!"

아무래도 여기서 비협조적으로 굴면 나중에 된통 욕을 먹을 것 같았기에, 나는 억지 미소를 지어보이며 엘레나 소교의 사기극에 동참해 주기로 했다.

"괘, 괜찮습니다. 제 여동생이 결례를 끼쳤네요. 하, 하하…"

"여동생? 하지만 자네는….."

사내는 곰 같은 눈을 끔벅거리며 나와 엘레나 소교를 번갈아 보았다. 아마 인종이 다르지 않냐고 묻고 싶었던 모양이다.

"사, 사촌 동생입니다. 큰어머니가 러시아인이거든요!"

즉석에서 지어낸 변명이었지만 놀랍게도 사내는 바로 납득해 버렸다.

"그랬군. 놀라게 해서 미안하네."

거구의 사내는 사과를 하며 옷매무새를 바로잡았다. 지금에야 안 것이었지만 사내가 입고 있었던 검은색 외투는 단순한 방한용 코트가 아니라 러시아군 장교에게만 지급되는 제복 코트였다. 그 위에는 금실 자수로 스테판 코르사코프라는 이름이 새겨져 있었다.

그럼 이 스테판이라는 사내는 현직 러시아군 장교인가? 귀찮은 일이 되지 않도록 빨리 피하는 게 좋겠는걸. 하지만 스테판은 내 얼굴을 계속 주시하며 또 다른 질문을 던져왔다.

"그보다 자네는 연방인이 아닌가? 요새 같은 시기에 관광이라니 드문 일이군."

확실히, 저번 달에 조차 지역을 연방 해병대가 점거한 이후로 러시아와 연방의 관계는 살얼음판을 걷고 있었다. 당장이라도 전쟁이 날지 모른다는 긴장이 계속되었던 탓에 러시아로 관광을 가는 연방인은 최근 거의 없었다.

"아, 넵. 브, 블라디보스토크에는 전부터 꼭 오고 싶었거든요!"

나는 다시 어설픈 변명을 늘어놓았지만 사내는 진지한 표정으로 고개를 끄덕이며, 내 말에 공감해 주었다.

"…아름다운 도시지. 부디 즐겁게 즐기다 돌아가게."

"가, 감사합니다."

외모는 조금 무섭게 생겼지만 생각 외로 순박하고 상냥한 사람이었다. 스테판이라는 사내가 사라진 이후에야 나는 비로소 한숨을 돌릴 수 있었다.

하지만 그가 돌아간 이후에도 엘레나 소교는 한동안 얼굴을 빨갛게 물들인 채 몸을 부들부들 떨고 있었다. 그도 그렇겠지. 상대를 속인답시고 나이에도 맞지 않는 애교를 부렸으니… 부끄러워하지 않는 게 더 이상할 정도다.

"…아는 사람인가요?"

"응. 안다면 아는 사람이지만…."

"천하의 포술장님이 혀 짧은 소리를 낼 정도라니. 만나고 싶지 않았던 사람인가 보네요."

대답 대신 걸진 욕설이 돌아올 거라고 생각했건만, 놀랍게도 엘레나 소교는 얼굴을 붉히며 짧게 답했다.

"…전 남친이야."

"아, 남친… 네? 남친이라고요?"

"목소리가 크잖아, 이 멍청아!"

포술장이 내 정강이를 힘껏 걷어찼다.

"윽… 말로 하십쇼, 말로!"

포술장의 폭력에 항의하려던 찰나, 갑자기 어디선가 귀에 익은 셔터 음이 들려왔다.

찰칵.

소리가 난 곳을 바라보니 마찬가지로 사복을 입은 루나 일등수병이 핸드폰 카메라를 이쪽으로 향한 채 싱글벙글 웃고 있었다. 하지만 곧 그녀는 자신이 찍은 상대가 얼마나 무서운 사람이었는지를 깨닫고 황급히 핸드폰을 등 뒤로 숨겼다.

"아, 그러니까… 죄송합니다!"

하지만 이미 늦었다. 말이 끝나기가 무섭게 루나는 반대 방향으로 도망치기 시작했고, 엘레나 소교도 지지 않고 그녀를 쫓아 뛰어가기 시작했다.

"너 잡히면 죽는다, 루나 클라인!"

때 아닌 달음박질에 지나가던 사람들이 호기심 어린 눈길을 보내왔다. 모던한 베이지색 건물 사이로 추격전을 벌이는 두 명의 금발 소녀라. 어쩐지 영화의 한 장면 같아서 현실감이 느껴지지 않았다.

음… 일단 내버려둘까. 루나에게는 원한도 있고.

-4-

결론부터 말하자면 엘레나 소교는 루나를 저지하는 데 실패했
다. 한참의 추격전 끝에 루나를 붙잡긴 했지만, 이미 루나가 녹화
한 영상은 클라우드를 통해 함 내 통신망에 업로드 된 이후였다.
덕분에 다시 자루비노로 돌아왔을 무렵에는 잿빛 10월의 승조원
모두가 엘레나 소교의 꼴사나운 애교를 감상한 이후였다.

어린아이 흉내를 내며 애교를 부리는 엘레나 포술장의 모습이
어찌나 우스꽝스러웠는지, 이해인 조리장도 영상을 보자마자 웃
음을 참지 못하고 입을 틀어막았을 정도였다. 하지만 그걸 본인
의 앞에서 직접 놀려댈 정도로 간이 큰 사람은 잿빛 10월에 존재
하지 않았다.

단 한명만 제외한다면….

"전 어려서 그런 거 몰라여…!"

보글보글 끓는 생태찌개를 앞에 두고 함장이 엘레나의 흉내를
냈을 때, 나는 포술장이 함장의 얼굴을 찌개에 쳐 박아 버리는 게
아닌지 내심 걱정을 했다. 하지만 다행스럽게도 엘레나 소교는
평소처럼 짜증만 내며 함장에게 핀잔을 주었다.

"시끄럽습니다, 함장."

물론 함장에게 욕지거리를 한다는 점에서 이미 충분히 화가 나
있는 것 같지만… 함장은 눈치도 없이 계속 깔깔거리며 엘레나의
흉내를 내고 있었다.

"'오빠─' 라니, 정말 웃겨서. 크크크…, 엘레나, 물론 네가 동안이기는 하지만 지금 몇 살인 줄 알아? 스물여섯이야, 스물여섯! 정말 웃긴다니까! 크크크… 천하의 포술장도 급하니까 이런 모습을 다 보이네. 귀중한 영상을 제공해 준 루나한테 정말 포상이라도 내리고 싶다니까."

"포상이라니요. 상관을 기만한 루나 일등 수병은 영창에 쳐 넣을 겁니다."

하지만 함장은 시원스럽게 고개를 가로저으며 선언했다.

"음, 함장으로서 그 제안에는 반대한다!"

"포술장으로서 기각하겠습니다."

하급자가 단칼에 자신의 말을 끊어버리자 함장은 입을 비죽 내밀며 작게 툴툴거렸다.

"우… 너무해! 소교 주제에."

"못 미더운 대교보다야 낫지요."

엘레나는 함장을 쳐다보지도 않은 채 통통하게 잘 익은 생태살 한 조각을 입에 던져 넣었다. 불편한 침묵이 다시 사관실 안에 가득 퍼져나갔다. 식사 시간의 분위기가 매일같이 살얼음판을 걷고 있으니… 이래서야 해인이 맛있는 음식을 해줘도 즐길 기분이 나지 않는다.

나는 한숨을 내쉬며 전골냄비에서 생태찌개를 조금 덜어내 앞접시에 담았다. 우선은 식사부터 하자. 수저로 국물을 떠 조심스럽게 한 모금 들이키자, 따끈한 온기가 등줄기를 타고 흘러내렸다.

"크으…."

역시 숙취에는 찌개지.

파와 고추, 마늘로 간이 된 양념이 시원한 생선 육수와 어우러져 느끼한 속을 씻겨내려 주었다. 이번에는 쑥갓과 두부를 얹어 다시 한 입. 씹을 때마다 두부가 입 안에서 부드럽게 바스라지고, 쑥갓의 상큼한 향이 코를 찌른다. 두부의 고소한 풍미는 자극적인 맛에 쉼표를 찍어주고, 강렬한 쑥갓의 향이 느끼한 국물의 기름 맛을 상쇄해준다. 역시 제대로 된 생태찌개에는 쑥갓이 들어가야지.

밥과의 조화는 어떨까. 밥알에 국물이 배어들도록 밥 공기 위에 국물을 끼얹은 다음 그 위에 살이 잘 오른 생태 살을 한 점 올린다. 그리고 수저로 한 입 떠 입안에 밀어 넣는다. 단단하게 잘 여문 생선살과 국물이 배어 부드러워진 밥알은 식감만으로도 완벽했다. 아무래도 메그 셰프가 좋은 생선을 가져다 준 모양이다. 싸구려 생선으로는 절대 낼 수 없는 고급스러운 맛이다.

아, 정말 이 배에 탈 수 있어서 다행이야⋯.

"뭘 그렇게 바보 같은 표정을 짓고 있는 거냐, 반편아."

한동안 맛을 음미하느라 정신을 놓고 있었더니, 엘레나 소교가 짜증스러운 목소리로 시비를 걸어왔다.

"⋯아무것도 아닙니다."

아쉽게도 현실에서는 아직 살얼음판 같은 대화가 계속 되고 있었다. 행복한 미식의 세계에 계속 머물렀으면 좋았을 텐데. 나는 툴툴거리며 젓가락 끝을 가볍게 빨았다. 한 편, 엘레나 소교가 더 이상 대꾸를 해주지 않자 함장은 끝내 실망한 표정으로 화제를 갑자기 바꾸었다.

"그런데 말이야. 그 만났던 남자… 전 남친 이었다며?"

'남친'이라는 말에 사관들이 눈을 크게 떴다. 다들 관심 없는 척 하고 있었지만, 실제로는 함장만큼이나 궁금해 하던 모양이었다. 사관들의 시선이 자신을 향하자 엘레나는 짜증스러운 표정으로 한숨을 푹 내쉰 다음, 아무것도 아니라는 투로 답했다.

"…그렇습니다."

"어떻게 만난거야?"

"어떻게 만났긴요. 사관학교 선배였습니다."

"오오…"

때 아닌 염문에 사관들이 여고생처럼 탄성을 내질렀다. 하지만 당사자인 엘레나 포술장은 이 대화 주제가 영 마뜩잖은 모양이었다.

"…그보다 블라디보스토크에서 만난 정보원들 이야기를 해도 되겠습니까?"

"에이 그런 지루한 이야기 하지 말고. 전 남친 이야기 좀 더 해 봐. 어디까지 갔어?"

함장이 능글맞은 미소를 지으며 엘레나의 과거에 대해 계속 떠봤지만, 포술장은 함장을 무시한 채 제 할 말만 계속했다.

"현재 블라디보스토크에 상주중이던 정보원 중 세 명이 행방불명되었습니다."

"우우— 우우!"

함장이 옆에서 야유를 보내며 방해를 계속하자, 결국 엘레나 소교는 홀스터에서 권총을 뽑아들며 싸늘한 목소리로 말했다.

"계속 칭얼대시는 걸 보아하니 식사에 납 성분이 좀 부족하신 모양입니다?"

"지, 진정하세요. 포술장님!"

옆에 있었던 나스챠 중위가 타이밍 좋게 권총을 빼앗았다. 함장은 방금 자신이 프래깅(Fragging) 당할 뻔했다는 걸 알아차리지 못했는지 해맑은 표정으로 다시 입을 열었다.

"그러니까 그 남자친구는 어땠어?"

"함장님도 좀 닥치십쇼!"

결국 다른 사관들에게 욕을 먹고 나서야 함장은 포술장의 전 남자친구에 대해 캐묻는 걸 그만두었다. 하지만 엘레나는 그 이후에도 한동안 분이 풀리지 않았는지 깊게 호흡을 내뱉으며 욕지거리를 중얼거렸다. 아주 잠시 동안 침묵이 흐른 뒤, 엘레나는 보고를 이어서 하기 시작했다.

"…여하튼 정보원들이 동시에 행방불명된 건 단순한 사고가 아닙니다. 아마 저번 작전이 유출된 일과 무관하지도 않을 겁니다."

"우연은 아니군."

함장도 그제야 진지하게 턱을 괴고 엘레나가 제기한 사안에 대해 고민을 하는 척 했다.

"정보를 좀 더 구해봐야 할 것 같은데…."

"아예 이렇게 된 거, 우리끼리 정보를 좀 모아볼까?"

"우리끼리요?"

"응. 승조원들도 대부분 한가해보이고. 그렇다고 휴가를 보내기에도 상황이 여의치 않으니까. 여흥을 겸해서 블라디보스토크 시내에서 정보를 모아보자고."

함장의 제안은 일견 상식적으로 들렸지만, 조금만 머리를 굴려

보니 헛소리라는 게 드러났다.

"시민들이 처음 보는 외지인에게 순순히 사정을 이야기 해 줄 리가 있겠습니까? 게다가 수병들 중 러시아인은 거의 없다고요. 바로 눈에 띌 겁니다."

하지만 카밀라 함장은 무슨 흉계를 꾸미는지 턱을 괸 채 키득 거리며 뜬금없이 다른 이야기를 꺼냈다.

"아까 생선을 가져다 준 아가씨가 그랬는데, 얼마 전에 러시아 군 장교들이 자주 가던 사교 클럽 하나가 문을 닫았대. 그 클럽 안에서라면 의심받지 않을 거야."

순간, 엘레나 포술장의 표정이 일그러졌다.

"함장 설마…."

"손무도 그랬잖아? 병법 제 31계… 미인계!"

"하아…."

사관들이 약속이라도 한 듯 동시에 한숨을 내뱉었다. 그러니까 요는 승조원들에게 사교 클럽의 아가씨 흉내를 내며 러시아군 장 교들로부터 정보를 털어오라는 소리였다. 벌써부터 사관들 사이 에서 볼멘소리가 들려오기 시작했다.

"어째서 우리가 그런 짓을…."

뭐, 지원자가 있을지는 차지하더라도, 잿빛 10월의 이 말괄량 이 아가씨들이 제대로 남자를 꾈 수나 있으려나.

…아무리 생각해도 안 좋은 예감 밖에 들지 않았다.

4. 오므라이스

-1-

"어서오세요, 주인님!"

화사한 조명과 아기자기하게 꾸며진 인테리어. 스피커에서는 듣기만 해도 정신이 사나워지는 전파계 유행가가 흘러나오고 있었고, 종업원들은 프릴이 잔뜩 달린 고딕 롤리타 풍의 메이드복을 입은 채 손님들에게 아양을 떨고 있다. 이런 게 사교 클럽이라고?

나는 한숨을 푹 내쉬며 얼굴을 손에 파묻었다.

아니야. 가본 적은 없지만 분명 내가 아는 사교 클럽은 이렇지 않아….

"왜 그렇게 울상을 짓고 있어?"

옆에 앉아 술을 홀짝이던 카밀라 대교가 재미있어 죽겠다는 표정으로 말을 걸어왔다. 함장 역시 다른 종업원들처럼 프릴이 잔뜩 달린 고딕 롤리타 풍의 메이드복을 입고 있었지만 특유의 육감적인 몸매 탓이었을까, 함장의 메이드복 차림은 귀엽다기보다는 어쩐지 야해보였다.

나는 재차 한숨을 푹 내쉬며 입을 열었다.

"함장, 이건…."

"이런. 여기선 직책을 부르지 말라고 했잖아? 아가씨 혹은 주인님… 그도 싫다면 카밀라 짱이라고 불러도 좋아."

정말로 나잇값을 못하는 건 이 사람이 제일이다.

"그럼 아가씨로 통일하겠습니다."

'짱'이라고 불러주지 않은 게 불만이었는지, 카밀라 함장이 뾰로통한 표정으로 볼을 부풀리며 우우 소리를 냈다.

"우우… 분위기를 못 읽네, 원일이는."

"누가 할 소리입니까. 아가씨, 그보다 이건 사교 클럽이 아니라 오타쿠들한테나 먹힐 법한 메이드 카페입니다. 근엄한 장교들을 상대로 이런 게 먹힐 리가 있겠습니까? 사교 클럽이라면 좀 더 고급스럽고 우아한 분위기로 나가야…!"

"하지만 실제로 잘 먹히고 있잖아?"

"그건…."

카밀라 함장의 말에 나는 말문이 막히고 말았다. 확실히 함장의 말대로 가게는 대 호평이었다. 단순히 젊은 오타쿠 취향의 시민뿐만 아니라, 장교 출신의 나이든 사내들도 간간이 눈에 띄고 있었다. 어째서 근엄해야 할 장교들이 이런 마니악한 가게에 방문한 거람?

"뭐, 아마 원래 자주 오던 사교 클럽 터에 새로운 가게가 문을 열었으니, 어떤 가게인지 한 번 보러 온 거겠지. 게다가 젊은 아가씨들이 귀여운 옷을 입고 아양을 떨어주는 데 싫어할 사람은 없다고?"

함장은 엄지로 자신을 가리키며 으쓱거렸다. 자기자신을 귀여운 젊은 아가씨라고 오인하고 있는 것만 빼면 틀린 소리는 아니었기 때문에 군이 지적하지 않았다. 카밀라 함장은 무어가 즐거운지 계속 히죽거리며 이제는 비싼 코냑을 병째로 홀짝거리기 시작했다.

"캬…. 게다가 진짜 메이드 카페는 이런 퇴폐적인 분위기도 아니야. 격벽으로 폐쇄된 룸에서 손님과 종업원이 가까이 달라붙어 술을 주고받는 메이드 카페가 어디 있겠어? 복장과 분위기만 그렇지, 여기는 평범한 카페와는 달라."

함장이 그렇게 말하니 그 점에 대해서는 조금이나마 납득 할 수 있었다. 상대를 홀릴 수만 있다면 메이드복을 입든 바니옷을 입든 무슨 상관이랴. 하지만 지금의 내게 가장 못마땅한 건 이 가게의 분위기도, 제복도 아니었다.

그건 바로…

"왜 저까지 메이드복을 입고 있는 겁니까!"

"쉿, 쉿. 원일 짱. 은연중에 남자 목소리가 나와 버렸잖아. 좀 더 미성으로 말하라고."

"누가 원일 짱이야! 그런다고 손님들이 속겠냐!"

함장은 가게에 도착하자마자 내게 메이드복과 스타킹을 입혀 다른 승조원들처럼 남자 손님들을 접대하도록 시켰다. 물론 가발을 눌러써 여장을 하기는 했지만, 메이드복과 스타킹을 착용한 내 모습은 아무리 보아도 이질적이었다.

얼굴이 곱상하면 무엇 하랴. 다른 승조원들보다 한 뼘은 큰 키에, 마른 몸에 근육까지 붙어 있는 녀석이 프릴이 잔뜩 달린 원피스를 입었으니 아무리 뜯어보아도 여장 남자로밖에 보이지 않았다.

"에이, 자신감을 가져! 충분히 여자 같아 보인다니까?"

"이런 걸로 자신감을 갖고 싶지는 않습니다만….".

가발을 쥐어뜯으며 짜증을 내고 있노라니, 갑자기 룸 안쪽에서 누군가 혀가 꼬인 목소리로 나를 불렀다.

"어이…. 거기 키 크고 깡마른 계집…. 여기 와서 술 좀 따라 봐. 언제까지 혼자 자작하도록 둘 생각이야?"

"거봐, 바로 지명 들어왔잖아! 가서 손님을 기쁘게 해 줘야지, '원일 양'?"

"으으….".

나는 속으로 이를 갈면서도 지금은 순순히 지시를 따르기로 했 다. 여기서 내가 혼자 마뜩잖다고 난동을 부렸다간 다른 승조원 들의 수고를 허사로 돌리고 만다.

술병을 들고 룸에 들어서니 수염이 비죽비죽하게 난 사내가 홀 로 앉아 보드카를 들이키며 추레한 꼴로 널브러져 있었다. 남자 인 내가 보기에도 진저리가 쳐질 정도로 추하게 생긴 사내였다. 나는 그래도 억지로 미소를 지어보이며 인사를 건넸다.

"아, 안녕하세요. 워, 원이라고 합니다….".

"으음, 가까이서 보니 그리 예쁘지도 않군."

초면에 무례한 말을 던지는 녀석이었다. 하지만 나는 억지웃음 을 계속 지어보이며 그의 기분이 상하지 않도록 곁에 앉아 술을 따라주었다.

"그, 그런가요. 일단 술부터 받으세요. 호호….".

최대한 본심을 숨기려 했지만 사내의 입에서 풍겨져 나온 독한 술 냄새를 맡는 순간, 표정이 일그러지고 말았다. 미소에 가식이 섞인 걸 알아차렸는지 사내는 짜증을 내며 술잔을 받아들었다.

"기분 나쁜 미소를 짓는 녀석이로군. 뭐, 여기는 제법…."

동시에 사내는 솥뚜껑 같은 투박한 손으로 내 허벅지를 가볍게 문질렀다. 스타킹을 신고 있기는 했지만, 사내의 손바닥이 민감한 곳에 문질러지자 나는 계집아이처럼 비명을 지르고 말았다.

"흭…!"

"뭐야, 귀여운 소리도 낼 줄 알잖아?"

그제야 사내는 만족스러운 듯 호탕한 웃음소리를 내며 술을 들이켰다. 아아, 정말 내가 남자이기에 망정이지. 이거 완전히 성추행이잖아?

나는 몸을 뒤로 빼며 사근사근하게 주의를 주었다.

"소, 손님. 저희 가게는 그런 서비스는 제공하지 않습니다만…."

하지만 그 말이 또 사내의 기분을 거슬렀는지, 무례한 취객은 다시 소리를 질러가며 화를 내기 시작했다.

"뭐어? 서비스라니. 네가 할 소리냐? 너처럼 남자 같은 가슴을 가진 계집에게 서비스 받을 생각은 없어!"

물론 그렇겠지요. 진짜 남자니까요.

하지만 묘하게 기분이 나빠졌다. 뭐지. 여장을 하니 심리도 여자처럼 변해버린 건가? 뭐, 내 심리야 어찌되었든 이 사내가 무례하다는 것만큼은 확실했다.

"하, 하하. 진정하세요."

평정을 유지하려고 했지만, 짜증이 머리끝까지 치솟은 탓에 나는 계속 가식적인 웃음밖에 낼 수 없었다. 사내 역시 내 웃음소리에 기분이 나빠졌는지, 곧 술잔을 내 던지며 행패를 부리기 시작했다.

"…술 맛도 없군. 야, 다른 가슴 큰 년을 데려와."

"하지만…."

"정말 너 내가 누군지 알고나 그러는 거야? 내가 이래 보여도 이 블라디보스토크의…."

아아, 진짜 한 대 치고 싶다. 어디를 가격해야 한 방에 쓰러트릴 수 있을까 진지하게 고민하고 있을 무렵, 룸의 입구에서 갑자기 푸른색의 인광이 반짝거리는 게 보였다.

저건 설마….

"어라, 원일이 너 여기서 혼자 마시고 있었어?"

뾰족한 귀를 가진 금발의 미인이 푸른색의 후광을 흩뿌리며 문간에서 고개를 내밀었다. 예상은 했지만, 잿빛 10월의 기관장인 가브리엘라 소교였다. 그 모습이 어찌나 비현실적이었는지 구면인 나조차도 무의식적으로 뺨을 잡아당길 뻔했다. 하지만 가브리엘라는 생글생글 웃으며 태연히 다른 종업원을 한 사람 더 불러냈다. 그리고 뒤이어 나타난 건 갑판장, 샤오지에 병조장이었다.

"큰 소리가 나서 와 봤는데, 무슨 일 있었나요?"

메이드복 차림의 샤오지에 병조장을 마주하자 나는 입을 딱 벌렸다. 갑판과 기관의 최선임 간부인 두 사람이 직접 메이드복을 입고 이런 곳에 나왔을 줄이야! 나는 너무 당황하여 기명을 말하는 것도 잊은 채 두 사람을 직책으로 불렀다.

"기, 기관장님? 그리고 갑판장님도 도대체 왜…? …읍!"

말을 마치기도 전에 가브리엘라 기관장은 자신의 풍만한 가슴에 내 얼굴을 묻어 입을 막아버렸다.

"헤헤, 여기는 우리에게 맡겨줘."

순간적으로 폭신한 감촉이 안면을 부드럽게 감싸왔다.

우와, 이거 뭐야… 엄청나게 위험해…! 그보다 눈앞에 파란빛이 아른거리는 데, 피폭 되는 거 아니겠지? 내가 가브리엘라 소교의 가슴에 파묻혀 정신을 못 차리고 있는 사이 샤오지에 병조장은 사내의 곁에 가까이 다가가 머리를 굽히며 사과를 했다.

"죄송합니다, 손님. 저희 신입이 폐를 끼친 모양이지요?"

"오오, 이건 제법 절경이구만!"

사내는 가브리엘라 소교와 샤오지에 병조장을 마주하자 기분나쁘게 이죽거리며 눈을 가늘게 떴다. 그도 그럴 것이 두 사람은 전형적인 동양계·서양계 미인이었을 뿐더러 몸매 또한 승조원 중 가장 빼어났기 때문이다.

사내의 음흉한 시선이 자신의 가슴팍에 꽂히는데도 샤오지에는 싫은 기색 하나 없이 다소곳하게 몸을 숙였다.

"저희가 한껏 서비스 해 드릴 테니 기분 푸세요."

그리고 샤오지에 갑판장은 살짝 입술을 핥으며 매혹적인 미소를 흘려 보였다. 어라, 내가 아는 샤오지에가… 저런 캐릭터였던가? 하지만 사내는 두 사람이 아주 마음에 들었는지 탁자까지 두들겨가며 호탕한 웃음을 지어보였다.

"물론이지! 하하, 이제야 격에 맞는 대우가 나오는군!"

"격이요…? 실례가 아니라면 어떤 일을 하시는지 여쭈어도 괜찮을까요?"

"내가 말이야. 사실은 이 블라디보스토크 시를 지키는 제 3 해군보병 대대의 대대장이라고!"

"어머, 대단하신 분이었네요. 그럼 노고에 감사드리는 의미로 서비스를 조금 해 드릴까요? 가브리엘라 선배, 다구와 찻잎을 주시겠어요?"

"응, 여기."

가브리엘라가 호주머니에서 찻잎을 꺼내 내밀자 샤오지에는 능숙한 솜씨로 차를 달여 내기 시작했다.

"자, 다 되었습니다. 드세요."

샤오지에가 차를 달여내는 과정은 나무랄 데 없이 완벽했지만, 사내는 그녀가 낸 차를 마주하자마자 굳은 표정으로 말을 더듬었다.

"저, 저기 이 홍차… **푸른색으로 빛나고 있지 않나?**"

"알칼리 성분이 풍부해서 그래요."

"하지만 이건 아무리 보아도 과거의 그 서기장 동무가 타줬다던 그 폴로늄 홍차…."

사내가 거듭 머뭇거리자 샤오지에는 다시 매혹적인 미소를 흘기며 그를 가볍게 도발했다.

"어머, 대대를 호령하시는 대대장님께서 홍차 한 잔을 못 드신단 말씀이신기요?"

"그럴 리가 있겠어? 이깟 홍차 정도는…!"

사내는 기세 좋게 찻잔을 들어 홍차를 단숨에 들이켰지만, 곧 어찌된 영문인지 토할 것 같은 표정으로 비틀거리기 시작했다.

"아… 아아…."

그리고 사내는 외마디 비명도 지르지 못한 채 풀썩 쓰러지고 말았다. 사내의 입에서는 하얀 게거품이 흘러나왔다.

"죽었어!"

"안 죽었답니다. 잠시 기절한 것뿐이에요."

샤오지에는 사내에겐 신경도 쓰지 않은 채 그의 품을 뒤적여 신분증과 수첩 몇 개를 꺼내들었다.

"해군 중좌에 제 3 해군보병 대대장이라. 아까 하던 말이 허언은 아니었네요. 재미있는 내용은 없고…."

하지만 아직도 내 시선은 푸른 인광을 뿜어내고 있는 찻잔에 꽂혀 있었다. 저게 뭐야. 진짜 폴로늄 홍차?

"저, 기관장님. 이 홍차는 대체…."

내가 공포에 질려 홍차를 가리키는데도 가브리엘라 기관장은 쾌활하게 웃으며 손을 내저었다.

"아, 신경 쓰지 마, 갑판장과 함께 개발한 새로운 품종의 홍차야. 무례한 손님들을 조용히 만드는 데 효과가 있지."

"하지만 그래도 이거…."

"…너무 궁금해 하면 다칠 텐데."

일순 기관장의 등 뒤에서 일렁이던 푸른색의 체렌코프 광이 더욱 진해지며 그녀의 얼굴에 그늘이 졌다. 동시에 어디선가 싸한 마늘향이 풍겨왔다. 나는 묘한 피로감을 느끼며 경례를 올려붙였다.

"…실례했습니다."

잿빛 10월의 승조원들은 군인이기 이전에 사람 수준에서도 꽤 이상하지 않나— 그런 생각이 문득 들었다.

옷매무새를 바로잡고 앞섶의 리본을 고쳐 매고 있는데, 누군가가 맞은편 복도에서 어슬렁거리며 다가왔다. 엘레나 포술장이었다.

엘레나 소교는 여장 차림의 나를 보자마자 눈을 가늘게 뜨며 악담을 퍼부어댔다.

"너, 이상한 취미에 눈을 떴냐?"

"저도 원해서 이러고 있는 게 아닙니다! 그러는 포술장 님도 완전히 로리콘 취향의⋯."

"아앙?"

"아무것도 아닙니다."

말을 얼버무리긴 했지만 메이드복을 차려입은 엘레나 소교의 모습은 정교하게 만들어진 구관인형 같았다. 이렇게 자그마한 체구인데 몸매만큼은 성인 여성 못지않게 글래머러스하니, 기관장과는 다른 의미로 외모에 현실감이 결여되어 보였다. 그보다 지금 함장, 기관장, 포술장이 모두 여기에 있는데, 잿빛 10월은 괜찮은 건가?

"혹시 간부들 다 여기 나와 있는 겁니까?"

"아니, 위관급 장교들 몇은 남아있어."

"그래도 배의 지휘체계라는 게 있는데⋯ 어째서 다 가게에 나오신 겁니까?"

"싫은 녀석이 와 있거든."

엘레나 소교는 머리칼을 손가락으로 돌돌 감으며 언짢은 기색을 숨기지 않았다.

"학회 사령부에서 전투에 대해 보고를 듣는다고 감찰관을 보내왔어. 배에 있어봤자 감찰관의 떽떽거리는 잔소리를 들을 게 뻔하니 다들 피해 나온 거겠지."

"그럼 더더욱 여기 계시면 안 되잖습니까!"

어쩐지 장교들이 자원해서 다 나왔더니만, 꿍꿍이가 있었던 모양이다. 하지만 엘레나 소교는 하품을 내쉬며 귀찮다는 투로 손을 내저었다.

"너까지 떽떽거릴 셈이냐, 반편아. 괜찮아. 어차피 우리는 엄밀히 말해 군대도 아니야. 용병이라고. 성가신 상사를 피해 출장을 다니는 직장인이나 마찬가지야."

"하지만…."

"게다가 정작 문제가 되는 건 이 녀석들이지."

엘레나는 조소를 흘기며 룸 너머의 장교들을 가리켰다. 그 곳에 있는 장교들은 제복도 갈아입지 않은 채 처음 보는 종업원들을 상대를 허세를 부리고 있었다.

"정보를 캐내기가 너무 쉬워서 오히려 맥이 빠질 정도야. 묻지도 않았는데 여자들 앞에서 허세를 부리느라 1급 기밀을 술술 뱉어내고, 장교들끼리는 서로 험담하기 바빠. 이게 진짜 군대란 말이야? 한심하기 짝이 없군."

엘레나 소교는 혀를 차며 연신 자국의 장교들을 비판하고 있었다. 그 비판에 동조하기도, 반박하기도 어려워 나는 말을 흐리며 화제를 빠르게 돌렸다.

"아… 휴민트에 대한 단서는 조금 얻으셨나요?"

"애석하게도 이 바보들은 아는 게 없군."

엘레나는 어깨를 으쓱거리며 문간에 있던 지포 라이터 하나를 집어 들고 가게 밖으로 나갔다. 담배를 피우려는 모양이었다.

"…사관학교 동기들과 마주치지 않으면 좋으련만."

기분 탓이었을까. 문을 나서기 직전에 엘레나 소교가 작게 뇌까린 말이 유난히 슬프게 들렸다.

"어이, 거기. 주문 좀 받게."

계속 복도에 우두커니 서 있노라니 오픈 테이블 쪽의 누군가가 다시 나를 불렀다.

"네, 넵. 뭘 도와드릴까요?"

이번에는 나이가 지긋한 반백의 중년 사내였다. 아까의 일이 떠올라 나는 계속 치맛단을 끌어당겨 허벅지를 숨기려 했지만, 이번의 손님은 정작 내게는 눈길도 주지 않은 채 전채(前菜)로 나온 샐러드를 곁들여 럼만 홀짝거리고 있었다.

그는 다른 장교들과는 다르게 사복 코트를 걸치고 있었지만, 손을 움직일 때마다 코트 사이로 해군 대좌 수장이 힐끗 보였다. 생각보다 거물인걸. 접대를 잘못했다가는 일을 그르치게 될지도….

나는 마른침을 삼키며 손님의 말을 기다렸다.

"으음… 전에 오던 가게와는 분위기가 사뭇 다르군. 이 가게의 추천 메뉴는 뭐지? 럼과 곁들여 즐길만한 일품요리를 추천해주었으면 좋겠는데."

아무래도 이 초로의 대좌는 예전에 오던 클럽을 떠올리고 술이

나 한잔 하러 온 모양이었다. 하지만 지금 이 가게에서 내올 만한 고급 안주가 있었던가? 나는 잠시 말을 고르며 고개를 숙였다.

"음, 죄송합니다. 잠시만 기다려 주시면 바로 셰프에게 추천 메뉴를 듣고 말씀드리겠…."

"잠시 기다려주세요!"

갑자기 말이 끝나기도 전에 루나가 난입해왔다.

뭐야, 너도 여기에 있었냐! 뜨악한 표정으로 노려보는 나를 신경도 쓰지 않은 채 루나는 기세 좋게 메뉴 하나를 추천했다.

"특별한 안주를 찾으신다면 셰프 특선 '오므라이스'를 추천 드릴게요!"

"오… 오므라이스?

"네! 원하신다면 예쁜 그림도 그려드린답니다!"

"어, 어이. 잠깐만 루나….

"왜요? 오므라이스 맛있잖아요?"

나는 루나의 옆구리를 찌르며 눈치를 주었지만, 그녀는 계속 모르겠다는 표정으로 미소만 생글생글 짓고 있었다. 결국 초로의 해군 대좌는 그녀의 흉계에 넘어가 '오므라이스'라는 이름의 낯선 요리를 주문하고 말았다.

"음, 그럼 그 오므라이스라는 음식을 하나…."

"네— 여기 오므라이스 하나—!"

으아, 저질러 버렸다! 럼 안주로 오므라이스라니!

내가 혼란스러워 하는 사이 루나는 주방으로 들어가 예의 주문을 전달했다. 나는 그 뒤를 황급히 쫓아가 루나의 뒤통수를 메뉴

판으로 후려갈기며 소리쳤다.

"지금 뭐하는 짓이야!"

"네? 평범하게 주문을 받았을 뿐인데요?"

"럼과 어울리는 식사가 어째서 오므라이스야!"

"의무장님도 참… 자고로 메이드 카페에서 나오는 일품요리라면 나폴리탄과 오므라이스가 정석이죠!"

"옷만 그렇지 여기는 메이드 카페가 아냐! 장교들을 만족시킬 고급 요리를 내와도 모자랄 판에, 어린애들이나 먹을 법한 싸구려 요리를 추천해주면 어떡해?"

"…시끄럽습니다, 주방에서는 조용히 해 주십시오."

언성을 높여가며 루나와 만담 같은 말싸움을 하고 있노라니, 안쪽에 앉아 양배추를 썰고 있던 해인이 언짢은 표정으로 이를 드러냈다. 그녀 역시 다른 승조원들처럼 레이스가 나풀나풀하게 달린 메이드복을 입고 있었지만, 팔뚝을 걷어 올리고 앞치마를 두르고 있었던 탓에 조금 더 정갈한 인상을 주고 있었다.

해인은 아주 잠시 동안 여장을 한 내 모습을 한심한 듯 노려보다가 곧 담담히 질문을 던졌다.

"의무장, 오므라이스를 어째서 '어린애들이나 먹을 법한 싸구려 요리'라고 생각하신 겁니까?"

"그, 그야 계란과 볶음밥은 적당히 만들어도 잘 어울리는 소재 잖아? 나도 오므라이스 정도는 자주 해 먹었고…."

"범인의 수준이라면 그렇겠지요. 전에도 한 번 말했지만, 계란 한 알도 제대로 조리하면 미슐랭의 별을 받을 만한 진미가 됩니다."

해인은 남은 양배추 채를 샐러드 볼에 털어 넣은 다음 옷매무새를 바로잡으며 자리에서 일어났다.

"오므라이스는 양식의 기초인 오믈렛과 중식의 기초인 볶음밥을 동시에 내야 하는 어려운 요리입니다. 오므라이스만큼 요리사의 실력을 가늠하기 좋은 요리도 없지요."

해인은 묘하게 투지를 불태우며 머리를 가볍게 틀어 올렸다. 해인답다면 해인다운 태도였지만… 아마 루나가 생각했던 오므라이스와 해인이 생각하는 오므라이스는 꽤 다를 것이다. 이를 아는지 모르는지, 해인은 셰프 나이프를 집어든 다음 차분한 목소리로 조리의 시작을 알렸다.

"드롭(DROP)."

말이 끝나기 무섭게 해인은 능숙한 솜씨로 양파를 썰어냈다. 가로 세로로 가볍게 칼집이 들어가는가 싶더니만, 곧 양파는 작은 큐브 형태로 잘게 다져졌다. 이어서 닭고기에 소금과 후추로 염지를 하며 해인은 주방 보조로 일하고 있던 트리샤에게도 지시를 해 두었다.

"트리샤, 계란을 체로 걸러 알끈을 없애두세요."

"네, 셰프. 우유는 얼마나 넣을까요?"

"세 스푼이면 됩니다."

트리샤 역시 옆에서 해인에게 식재료를 가져다주고 밑 손질을 도우며 보조를 맞추어나갔다.

뭐랄까, 매사에 늘 진지한 해인이기 때문이었을까. 나풀거리는 메이드복을 입고 요리를 하는데도 주방만큼은 평소와 다름없이 진지하게 분위기로 가득 차 있었다. 가게 안은 얼빠진 메이드 카

페 그 자체이건만.

재료의 손질이 모두 끝나자 해인은 팬에 버터를 바르고 재료를 센 불에 볶아내기 시작했다. 이윽고 양파의 색이 갈색으로 변하자 해인은 추가로 밥을 넣고 힘껏 팬을 흔들어 재료를 볶아냈다. 팬을 휘두를 때마다 몽치지 않은 밥알이 튀어 오르며 고소한 향기가 퍼져 나갔다. 무거운 주철팬을 휘두르는 건 남자인 내가 해도 꽤 힘들겠지만, 해인은 눈 하나 깜짝하지 않은 채 팬을 자유자재로 놀렸다. 가녀린 팔 어디에서 저런 힘이 나오는지 감탄스러울 정도였다.

재료에 소스가 고루 배어 고슬고슬하게 볶아지자 해인은 공기에 밥을 옮겨 담아 모양을 냈다. 이것만으로도 훌륭한 치킨라이스지만, 아직 가장 중요한 과정이 남아있었다.

해인은 깨끗하게 닦아낸 팬에 다시 버터를 바른 다음 알끈을 제거한 계란 물을 풀었다. 평범한 오므라이스의 경우라면 여기서 계란이 완전히 익을 때까지 기다렸다 뒤집으면 된다. 하지만 해인은 계란을 마구 휘저어 팬 위에서 거품을 낸 다음, 팬을 가볍게 퉁겨 반달 모양으로 오믈렛을 만들기 시작했다.

알끈 하나 없이 선명한 색의 오믈렛은 일견 고무 점토로 만든 모형처럼 보일 정도였다. 하지만 이 반달 모양의 오믈렛을 치킨라이스 위에 올려 나이프로 가운데를 가르자, 안쪽에서 물기를 가득 머금은 반숙 계란이 터져 흘러나왔다.

"우와…."

기교에 가까운 요리 솜씨에 나는 나도 모르게 탄성을 내질렀다. 그보다… 이게 오므라이스인가? 생전 이렇게 호화로운 퀄리

티의 오므라이스는 본 일이 없다.

"대단한 건 아닙니다. 그저 오믈렛을 수플레 형식으로 구워냈을 뿐입니다. 식감이 좀 더 부드럽지요."

그리고 해인은 완성된 오믈렛의 위에 데미글라스 소스와 바질을 뿌렸다. 낯선 오므라이스의 등장에 충격을 받아 자리에 우두커니 서 있노라니, 해인이 어깨를 툭 치며 접시를 내밀었다.

"다 되었습니다. 손님께 내어가세요."

나는 속는 기분으로 해인이 만든 오므라이스를 들고 반백의 대좌에게 가져다주었다. '계란을 덮은 필라프'라는 설명에 대좌는 잠시 눈살을 찌푸렸지만, 곧 흥미로운 표정으로 수저를 들었다.

"보기에는 훌륭하군. 하지만 어째서 이게 럼과 어울리는 요리란 말인가…?"

옳으신 말씀. 하지만 나는 일단 드셔보라는 말 밖에 할 수 없었다. 대좌는 반신반의하는 표정으로 수저 위에 밥과 계란을 조금씩 퍼 담았다. 그리고 수저를 입에 넣어 요리의 맛을 느긋하게 음미했다.

"허어…."

손님의 표정이 일그러졌다.

아, 역시 술안주로 어울리지 않는다고 화를 내시려나? 하지만 내 예상과는 다르게 대좌는 연신 수저를 놀려 음식을 입에 퍼 담았다.

"말도 안 돼…. 블라디보스토크의 고급 레스토랑에서도 이런 맛은 보지 못 했어…. 이 부드럽고 감미로운 필라프는 대체 뭐지…?"

이미 그의 머릿속에서 럼은 까맣게 잊힌 모양이었다. 그가 허겁지겁 오므라이스를 먹어치우자 주변의 다른 사내들도 흥미가 동한 표정으로 주문을 하기 시작했다.

"나도 저 오, 오므라이스 하나!"

"나도 부탁하겠네!"

순식간에 오므라이스 주문이 몰려들기 시작했다. 아무래도 좋은 일이지만… 이국의 장교들에게 오므라이스가 이렇게 호화로운 요리라는 선입견을 심어줘도 괜찮은 걸까? 나중에 이들이 한국이나 일본에 와서 케첩을 뿌린 싸구려 오므라이스를 먹는다면 크게 실망할지도 모르겠다.

해인의 요리가 나가고 난 이후 가게의 분위기는 확실히 부드러워졌다. 장교들은 독한 술 대신 차와 요리를 즐기며 화기애애한 어투로 담소를 나누기 시작했다.

"이 가게의 음식이 이렇게 맛있을 줄은 몰랐는데."

"그래, 정말 의외군. 다음 월급날에 다시 오자고."

"애국자(патриоты) 녀석들에게는 비밀로 하고 말이지."

중년의 장교 두 사람이 킬킬거리며 낯선 단어를 입에 담자 마침 그 옆에 앉아 있던 카밀라 대교가 호기심 어린 표정으로 말을 걸어 왔다.

"애국자라니요? 그게 누군가요?"

"장교들 중에 입만 산 이상주의자들이 몇 있어. 특히 55연대 쪽 해군 보병 놈들이 유난스럽지."

"그래, 꼭 저들만 애국심이 투철하고 정의로운 줄 알잖아? 어머니 러시아에 부끄러운 줄 알라느니, 소비에트 연방 때가 더 좋았다느니…."

"소비에트 연방이래, 소비에트 연방! 그게 언제적 이야기야? 크하하…."

"뭐, 직접 겪어보지 않은 녀석들에게 과거의 영광은 언제나 달콤한 법이지. 〈여행자의 아침식사〉 같은 거나 나눠주니까 배급 식량을 그리워하는 거 아냐?"

"소련 붕괴 당시의 그 혼란을 떠올리면… 어이구, 아무리 배부르고 등 따스운 세상이 온다 하더라도 그런 난리는 다신 겪고 싶지 않아."

나는 언제나 흐리멍덩하던 카밀라 대교의 눈에 잠깐 생기가 도는 걸 놓치지 않았다. 카밀라 대교는 들고 있던 럼을 따라주며 중년 장교에게 자신의 풍만한 가슴을 밀어붙였다.

"…그 애국자라는 사람들 이야기, 더 해주실 수 있나요?"

장교는 카밀라 대교의 교태어린 몸짓에 얼굴을 붉히면서도 짐짓 실망한 척 툴툴거렸다.

"뭐야, 그런 샌님들이 더 취향이야? 이거 실망인걸."

"그럴리가요. 역시 여자라면 야망이 있는 남자를 더 좋아하는 법이지요."

"하하, 역시 뭘 좀 아는데? 그래, 그래. 그 중에서도 제일 눈엣가시인 녀석 하나를 고르자면…"

사내가 말을 꺼내려는 순간 입구에 달아놓은 풍경이 딸랑거렸다. 그와 동시에 거구의 사내가 가게의 문을 열고 들어섰다. 사내의 얼굴을 확인하자 중년의 장교는 코웃음을 치며 낮게 중얼거렸다.

"양반은 못 되는 군. 어이, 저기 메드베지가 들어왔어."

"뭐야, 메드베지 녀석도 이런 가게에 온단 말이야? '애국자' 놈들도 결국은 사내라는 건가."

"누구지? 어디서 많이 봤는데…."

함장이 낮게 뇌까렸다.

하지만 나는 그 사내의 얼굴을 보자마자 그 자리에 얼어붙고 말았다. 그 얼굴을 어찌 잊겠는가. 그 장교는 일전에 블라디보스토크 시내에서 마주쳤던 엘레나 포술장의 전 남자친구인 스테판 코르사코프 중좌였다!

"저, 부장(部長)님. 이런 가게는 좀…."

스테판은 이런 자리가 익숙지 못했는지 머리를 긁적이며 눈을 내리깔았다.

"자네도 가끔은 어깨에 좀 힘을 빼야지. 너무 무뚝뚝하게 구니 부하들이 메드베지라고 부르는 게 아닌가?"

"아마 제가 메드베지라고 불리는 이유는 그 때문이 아니라… 아무것도 아닙니다."

그는 곰과 같은 몸을 움츠리며 계속 주위의 눈치를 살폈다. 반면 부장이라고 불린 장년의 사내는 자신만만하게 가슴을 펴며 가게를 가볍게 둘러보고 있었다.

"그보다 가게가 많이 바뀌었는걸. 난방도 과해. 어쩐지 조금 후텁지근하군…."

사령관이 외투를 벗어 들자 가장 가까이에 있던 종업원이 달려와 그의 외투를 받아들었다.

…운 나쁘게도. 그 종업원은 엘레나 소교였다.

엘레나 소교는 평소의 쌀쌀맞은 태도가 거짓말처럼 느껴질 정도로 환한 영업용 미소를 가득 지어보인 채, 스테판과 그 일행에게 말을 걸었다.

"어서 오세요, 주인님! 두 분이신가요?"

"주, 주인님?"

익숙지 못한 호칭에 부장은 놀란 표정으로 말을 더듬었다. 표정을 보아하니 썩 싫지는 않은 것 같다.

"예, 지금 자리로 안내해 드리겠습니… 아."

예상했던 일이었지만.

스테판과 눈이 마주치자 엘레나는 전처럼 그 자리에 얼어붙고 말았다. 마찬가지로 스테판도 눈을 크게 뜬 채 입을 딱 벌렸다. 잠시 동안 가게 안에 불편한 침묵이 흐르고, 엘레나 소교는 말을 더듬으며 시선을 돌렸다.

"아… 그게… 그러니까…."

"역시… 잘못 본 게 아니었어. 유스포브."

그녀도 더 이상 발뺌하기는 어렵다고 생각했는지, 이번만큼은 순순히 자신의 정체를 시인했다.

"…못 본 척 해주세요, 선배."

하지만 그 말은 스테판을 더욱 자극하고 말았다.

"내가 어떻게 그럴 수 있겠어? 지금 이 꼬락서니가 뭐야. 이 가게는 또 뭐고! 도대체 너는 지금…!"

갑자기 입구에서 소동이 벌어지자 가게 안의 시선이 둘에게 꽂혔다. 그리고 눈치도 없이 함장은 방글방글 웃으며 내 옆구리를 쿡쿡 찔렀다.

"뭐야, 뭐야. 무슨 일이야?"

"너무 즐거워하는 티를 내지 말아주세요. 함장."

나는 함장에게 짧게 면박을 준 다음, 상황을 설명했다.

"전에 마주쳤다는 그 '남자친구'입니다."

"엘레나의 전 남자친구?"

"포술장님의 전 남자친구라고요?"

어찌된 영문인지 다른 종업원들까지 눈을 빛내며 스테판과 엘레나를 흥미롭게 쳐다보기 시작했다. 아아, 나는 몰라. 여기까지 와서 치정극을 보고 싶지는 않다고! 하지만 카밀라 함장은 미리 준비했던 것 마냥 주머니에서 폭죽을 꺼내 터트린 다음 둘에게 다가갔다.

팡!

"축하합니다! 오늘 방문해 주신 100번째 손님이세요! 특별히 이 가게에서 가장 호화스러운 룸에서 모시겠습니다!"

함장이 속사포처럼 말을 꺼내자 스테판은 벙찐 표정으로 손을 내저었다.

"자, 잠깐. 나는 여기에 이러려고 온 게…."

"에이, 저희 가게에서 가장 인기 있는 간판 아가씨인 레나 짱과 함께 단둘이 이야기를 나눌 수 있는 기회라고요? 대실도 무제한으로 해 드릴 테니 서두르지 말고 찬찬히 즐겨주세요!"

그리고 함장은 반 강제로 엘레나와 스테판을 붙잡고 가장 안쪽에 있는 고급 룸에 밀어 넣었다.

"자, 잠깐 함장… 아니 카밀라 선배!"

엘레나 소교가 무어라 반박을 하려고 했지만, 함장이 워낙 막무가내로 밀어붙이는 바람에 포술장은 제대로 말도 꺼내지 못했다.

"그럼 부디 오붓한 시간되시길."

그렇게 말하고 함장은 문의 잠금쇠를 걸어버렸다.

"…저기요, 왜 문이 바깥쪽에서 잠기는 겁니까."

하지만 함장은 내 항의에는 신경도 쓰지 않은 채 악당처럼 음침한 미소를 흘기며 마리아 수병장을 불렀다.

"후후… 마리아, 이 룸에도 도청 장치는 구비해 뒀겠지?"

"…세팅 완료."

마리아 수병장이 작은 도청용 스피커 하나를 들어보였다. 이런 건 언제 또 준비한 거야. 이 인간들.

나는 마리아의 손에서 감청 장치를 빼앗으며 화를 냈다.

"그만두십쇼. 아무리 후임이라 하더라도 사생활에 이렇게 참견하는 거 아닙니다. 누구나 들키고 싶지 않은 과거 정도는 있으니까요."

"하지만, 원일이 넌 레나의 과거가 신경 쓰이지 않아?"

"관심 없… 지는 않지만. 그래도 세상에는 지켜야할 선이라는 게 있다고요!"

하지만 함장은 뻔뻔하게도 고개를 가로저으며 태연히 대답했다.

"잿빛 10월에는 그런 거 없어."

"쓰레기다! 여기에 인간쓰레기가 있어!"

함장과 으르렁대며 말싸움을 하고 있노라니, 스테판에게 부장이라 불렸던 중년 사내가 머쓱하게 손을 들며 물었다.

"저, 아가씨들? 나는…?"

"아… 할아버지는 그냥 적당한 데 앉으세요. 뭐 드실 거라도 주문하시겠어요?"

"하, 할아버지라니! 이래 보여도 내 나이가…!"

함장의 무례한 말에 나이든 사내가 골을 내기 시작했다. 머리는 지끈거리고 가슴팍에 밀어 넣은 보정용 속옷은 따끔거린다. 정말 최악의 기분이었다. 나는 마리아에게 압수한 도청 장치를 쓰레기통에 던져버리며 작게 뇌까렸다.

빨리 망해버려라 이딴 가게.

-2-

룸에 단둘이 남겨진 이후에도 엘레나와 스테판은 한동안 서로 시선을 마주치지 못했다. 격 없이 안부를 묻기엔 너무나도 시간이 오래 흘렀던 데다가, 술집 작부와 손님으로 재회한 지금의 상황이 영 좋지 못했다.

오랜 침묵 끝에 먼저 입을 연 것은 엘레나였다.

"아직도 군에 계셨나요? 중좌 계급장을 달고 계시던데. 승진이 빠르시네요."

"그럴 수밖에. 매일같이 상관들이 비리에 휘말려 불명예제대를 하고 있으니. 자리 채우기 식으로 진급한 거야. 그보다 너는…."

스테판은 무어라 말을 하려다 말고, 전에 있었던 일을 일부러 물어 확인했다.

"역시 저번에 거리에서 마주친 것도 너 맞지?"

"네, 부인하지는 않을게요."

엘레나는 시원스럽게 답했다. 조금 전까지 긴장했던 게 거짓말처럼 느껴질 정도로 엘레나는 태연했다. 솔직하게 실토하기로 마음을 먹으니 생각 외로 말이 입에서 술술 흘러나왔다. 하지만 스테판은 아직도 땀을 뻘뻘 흘려가며 힘겹게 말을 고르고 있었다.

"…그 때 옆에 있었던 그 곱상한 녀석은 뭐야. 포주?"

곱상한 녀석? 아, 이원일 의무장 말인가.

엘레나는 저도 모르게 웃음을 터트리고 말았다. 포주라고 의심하고 있는 그 사내가, 아까 자신을 맞았던 아가씨들 사이에 여장을 한 채로 섞여있었다는 걸 알면 스테판은 무슨 표정을 지을까. 엘레나는 쿡쿡 웃으며 일부러 답을 피했다.

"좋으실 대로 생각하세요."

하지만 스테판은 그 대답이 마음에 들지 않았는지 곰과 같은 얼굴을 더욱 험상궂게 찌푸리며 따져 물었다.

"여기서 뭘 하고 있는 거야."

"보시면 알잖아요? 술도 팔고 웃음도 팔아요."

"…그런 소릴 들으려는 게 아니야!"

엘레나가 오래된 고전에 나오는 창녀의 흉내를 내자 스테판은 격분하며 탁자를 내리쳤다.

물론 엘레나는 술집 작부가 아니라 첩보전을 수행하는 군인으로서 작부 흉내를 내고 있을 뿐이었지만… 스테판이 이를 알 방법은 없었다. 그는 그저 자신의 옛 연인이 타락해버렸다는 사실에 절망하며 머리를 쥐어뜯었다. 순간 엘레나는 괴로워하는 스테판이 너무 가여워 자신의 진짜 정체를 말해줄까 고민했지만, 차마 그러지 못했다.

지금의 엘레나는 학회의 장교로서 첩보 업무를 수행중이고, 스테판은 학회와 잠재적으로 적대하고 있는 러시아 해군의 현직 장교였기 때문이다.

사소한 감정 때문에 일을 그르칠 수는 없다. 엘레나는 태연을 가정하며 탁자에 놓여있는 술을 혼자 따라 홀짝거렸다. 스테판의 눈에 그런 엘레나의 모습은 완전히 타락한 창부처럼 보였다.

"역시… 그 때 널 붙잡았어야 했어."

스테판이 괴로운 목소리로 중얼거렸다. 하지만 엘레나는 더욱 냉소 섞인 목소리로 그를 되레 조롱했다.

"선배에게 절 붙잡을 힘이 있었나요? 만일 그랬다면 선배도 비난을 면치 못했을 텐데… 자책 말아요, 선배. 저는 어차피 이렇게 될 수밖에 없었어요."

자신에 대한 마음을 완전히 버려주길 바라며, 엘레나는 스테판을 조롱했지만 그는 여전히 괴로워했다.

"난… 이 나라가 싫어."

"우연이네요. 저도 그래요."

아마 이유는 다르겠지만.

엘레나는 술잔을 완전히 비우고 치마에 달린 프릴로 입가를 닦으려 했다. 점잖지 못한 행동에 스테판이 혀를 차며 손수건을 꺼내 그녀의 입가를 닦아 주었다.

문득 두 사람의 시선이 다시 마주쳤다.

외모만 두고 본다면 엘레나는 눈의 요정처럼 섬세할 것 같고, 스테판은 야생의 곰처럼 거칠 것 같지만 실상은 정반대였다. 사관학교에서도 이 때문에 오해를 많이 받았었지.

과거의 추억이 아스라이 떠오르자 스테판은 엘레나와 재회한 이후 처음으로 미소를 지어 보였다.

"유스포브 생도."

스테판이 예전의 호칭을 입에 담자, 엘레나는 질색하며 고개를 가로저었다.

"그렇게 부르지 말아주세요. 지금은 생도가 아녜요."

"좋아, 레나. 군에 돌아올 생각 없어?"

그건 엘레나에게도 의외의 제안이었다. 잠시 농이 아닐까 의심도 해 보았지만, 스테판은 정말로 진지하게 엘레나의 눈을 마주한 채 묻고 있었다. 엘레나는 순간적으로 자신이 잿빛 10월의 포술장이었다는 것도 잊은 채 혹할 뻔 했지만 곧 현실의 무게가 그녀의 어깨를 짓눌렀다.

"농담 마세요. 군을 떠난 지 너무 오래되어서 저는 총 잡는 법도 잊어버렸어요. 게다가 저처럼 힘없는 계집아이를 어디에 쓰나요?"

그건 거짓말이었다. 엘레나의 사격 실력은 아직도 녹슬지 않았다. 하지만 어째서인지 스테판은 엘레나가 술집 작부라고 믿으면서도 권유를 그만두지 않았다.

"너에게는 재능이 있어. 잊어버렸다 하더라도 총을 잡으면 그 재능을 다시 일깨울 수 있을 거야. 동기 중에서… 아니, 내가 만나 본 그 어떤 사수보다 너는 우수했어."

"말씀은 고맙지만 저는 돌아가지 않아요."

무엇보다도 지금의 엘레나에겐 소중한 전우와 부하가 있다. 이를 모두 던져버리고, 자신을 죽이려 한 조국으로 돌아갈 만큼 엘레나는 멍청하지 않았다.

"분명 돌아가면 '그들'은 절 핍박하고 죽일 거예요."

"그들이라."

엘레나는 '그들'이라는 애매한 표현으로 과거의 원수를 가리켰다. 아마도 스테판은 '그들'이 엘레나를 괴롭히던 비열한 남자 생도들을 가리킨다고 생각하겠지만, 사실 엘레나를 도망치게 만든 건 다른 이유였다. 쿠즈네초프 사관학교의 급진파 장교들과 거리의 혁명가들… 그리고 높은 곳에 앉아 체스 말을 놀리는 제독들과 정치인들.

엘레나는 이들에게 살해 위협을 받고 도망쳤다. 하지만 '그들'은 엘레나를 내치는 데 만족하지 못하고, 끝내 파멸시키려 했다. 엘레나를 하찮게 여겼다면 이런 수고를 할 필요도 없었을 것이다. **오히려 그들은 엘레나를 두려워했다.** 그녀가 자신들의 목에 총검을 겨눌까 두려워, 그들이 먼저 칼을 빼들었다.

…운 좋게 학회에 몸을 의탁하지 못했더라면, 길 한복판에서 개처럼 죽었거나, 아니면 그보다 더 끔찍한 꼴이 되었을지도 모른다.

스테판이 그 사실을 알까? 모르겠지.

그 사실을 말 해줄 생각도 없었다.

"그럼 **그들**이 없어지면 돌아올 거야?"

갑자기 스테판의 목소리가 싸늘하게 내려앉자, 엘레나는 놀라 고개를 들었다. 스테판의 시선이 생기를 잃은 채 흔들리고 있었다. 하지만 정작 그가 입에 담은 말 자체는 너무나도 허황된 것이었기에, 엘레나는 코웃음을 쳤다.

"하, 선배. '그들'을 무슨 수로 없애시려고요? 선배는 분명 엘리트 장교지만 아직은 일개 중좌에 불과해요. 이 나라를 바꾸기엔… 저도 선배도 아직 너무 어려요."

"나는 바꿔내겠어."

하지만 스테판은 고개를 가로저으며 허공에 시선을 주었다. 마치 보이지 않는 무언가를 잡으려는 것처럼. 스테판은 손을 휘저으며 힘 있게 말했다.

"이 썩어빠진 군대와 러시아를 무너트리고… 우리의 자랑스러운 조국을 되찾을 거야."

그의 말에는 단단한 뼈가 있었다. 엘레나는 스테판의 그 단단한 뼈가 어떤 모양을 하고 있는지 짐작조차 할 수 없었다. 다만 말끝을 더듬어 그에게 묘한 꿍꿍이가 있다는 것 정도만 어림짐작할 뿐이었다.

스테판이 엘레나의 정체를 알지 못하는 것처럼, 엘레나 역시 그가 무슨 꿍꿍이를 갖고 있는지 알지 못했다. 아니면 그냥 허장성세일지도 모른다.

엘레나는 다시 심한 갈증을 느꼈다.

"멋진 이야기네요. 술 한 잔 하시겠어요?"

엘레나가 진을 흔들어 보이자 스테판은 말없이 고개를 끄덕였다. 그리고 두 사람은 한동안 서로 말없이 술잔만을 주고받았다.

-3-

함장은 미련을 버리지 못하고 엘레나 소교가 있는 방에 귀를 대 대화를 엿들으려 했지만, 다른 장교들이 방해된다고 쫓아내 버리는 바람에 결국 포기하고 말았다.

나는 의욕 없이 농땡이만 치고 있는 함장을 구석으로 밀어 넣은 채, 복도 청소를 하며 손님들과 대화하는 다른 종업원들을 힐끔거리며 관찰했다.

"오므라이스 나왔습니다!"

"고마워, 아가씨. 그보다 루나라고 했던가? 어디 살아? 전화번호 알려 줄 수 있어?"

"우웅… 지금 작업 거시는 거예요? 저 비싼데요, 후후."

"에이, 그렇게 빼지 말고."

"그럼 여기 샬리아핀 스테이크 하나 시켜주시면 한 번 생각해 볼게요."

"그거야 어렵지 않지. 여기 스테이크 하나 추가로….''

'천직이군. 천직이야.'

종업원들 사이에서도 루나의 접객 솜씨는 눈에 띌 만큼 **빼어났**다. 평소의 게으름 부리기 좋아하고 실수 잦은 루나라고 생각되지 않을 만큼, 그녀는 넉살 좋게 손님들과 어울렸다. 평소에 누차 지적받던 특유의 **뻔뻔한** 말투도 남자 손님들에게는 사랑스럽게 느껴졌는지, 루나가 눈웃음을 칠 때마다 손님들은 껌뻑 죽는시늉을 하며 비싼 요리를 연달아 시켜댔다.

…어쩌면 이 아가씨는 군대보다 메이드 카페에서 일하는 게 더 잘 어울릴지도 모르겠다. 그런 생각을 하고 있는데 갑자기 루나가 식사를 하려던 다른 장교에게 다가가 능글맞은 미소를 흘리며

말을 걸었다.

"잠깐만요, 손님. 제가 음식을 드시기 전에 맛있어지는 마법을 걸어드릴게요."

"마, 마법?"

"네. 이렇게 손을 고양이처럼 모으고 따라 해주세요."

그리고 루나는 아동용 애니메이션에 등장하는 마법사처럼 의미 불명의 주문을 외우며 손을 요리 위로 가져갔다.

"맛있어져라~."

과연, 메이드 카페에서 자주 보여주는 서비스인가. 손님은 그런 루나의 애교에 홀딱 반했는지, 그녀의 얼굴만을 쳐다보고 있었지만… 나는 루나의 손에서 정체불명의 하얀 가루가 흘러내리는 걸 놓치지 않았다.

"…잠깐, 루나. 손 좀 펴봐."

나는 손님에게 인사를 건네고 돌아서려는 루나를 붙잡으며 손을 잡아당겼다.

"네, 네? 왜 그러세요?"

억지로 루나의 손을 펴보니 역시 정체불명의 하얀 가루가 가득 묻어 있었다. 이게 뭐지? 소금? 설탕? MSG?

"이 하얀 가루는 뭐야?"

하지만 루나는 어째서인지 내 시선을 회피하며 말을 더듬었다.

"으, 음식이 맛있어지는 마법의 허−브에요!"

"허브(Herb)…? 대마초잖아!"

손님의 음식의 약을 타다니, 도대체 무슨 생각이야? 하지만 루나는 예의 뻔뻔한 표정을 지어보이며 적반하장으로 화를 냈다.

"아이 참, 마리화나 정도는 담배랑 비슷한 거예요! 먹으면 모두 해피해지는 마법의 향신료죠. 이 향신료만 살짝 뿌려주면 다들 기분이 고양 되어서 있는 말 없는 말 다 해준다니까요?"

"…."

아까 한 말 취소. 이 아가씨는 군대도 메이드 카페도 어울리지 않는다. 그냥 사회에서 격리해야 해.

"마법이 아니라 마약이겠지! 아무리 그래도 이건 위험하잖아? 그보다 대마 가루는 어디서 구한거야?"

"비. 밀."

"비밀이고 자시고 너 이리와. 이 약물 사범이!"

나는 이번에야말로 진지하게 화가 나서 루나의 목덜미를 잡은 채 가게에서 끌어내리려 했지만, 운 나쁘게도 또 다른 손님이 문을 열고 들어서는 바람에 루나를 놓치고 말았다.

"앗, 선배. 손님이 오셨어요!"

"…너, 이따 봐. 어서오세…."

나는 이를 갈며 돌아서려다 방금 들어선 손님의 얼굴을 확인하고 그 자리에 얼어붙었다. 머리를 짧게 깎은 동양인 사내가 웃으며 나를 내려다보고 있었다. 조각처럼 벼려진 미형의 얼굴과 그 위에 사선으로 난 큰 흉터. 저 기분 나쁜 미소를 잊어버릴 리가 없다. 가게에 들어선 사내는 지난번 자루비노 상륙전 당시 마주쳤던 그 연방 육군 소령이었다.

"오랜만입니다. 이원일 하사."

그는 나를 내려다보며 태연히 말을 꺼냈다. 사복을 입고 있었지만 온몸에서 뿜어져 나오는 특유의 위압감은 여전했다. 그보다 이 사내는 어째서 여기에 온 거지? 그 때 보았던 광경이 환영이 아니었단 말인가. 게다가 이 사내는 전에 우리를 죽이려 했던 적이다. 지금 당장 신병을 확보하지 않으면….

"감히 여기가 어디라고 기어오시는 거죠?"

누군가 뒤에서 잽싸게 달려들어 소령의 목에 나이프를 들이댔다. 샤오지에 갑판장이었다. 샤오지에 또한 그의 얼굴을 기억하고 있으리라. 소령은 목에 칼이 들어왔는데도 당황해하기는커녕 태연히 웃으며 인사를 건넸다.

"하하, 그 때 뵀었던 갑판장님이 아니십니까. 이거 실례 했습니다. 그 때는 워낙 경황이 없었던지라…."

하지만 샤오지에는 격렬한 적의를 드러내며 소령을 더욱 압박했다.

"쓸데없는 소리 마세요. 제가 지금이라도 마음만 먹으면 당신의 목을…."

"날려버리실 수 있다는 말이죠? 음, 유감이네요."

"…!"

소령의 모습이 허공으로 사라지는가 싶더니만, 곧 갑판장의 등 뒤에 나타나 하품을 하고 있었다. 샤오지에가 들고 있던 나이프 또한 어느새 소령의 손에 들려 있었다. 어느 틈에 나이프를 채 간 거지?

이전의 해병들이 보여준 카모플라쥬 기술과는 다르다.

소령의 움직임은 '진짜 귀신'과도 같았다. 잘은 모르겠지만 아무리 샤오지에 갑판장이라 하더라도 맨손으로는 이 사내를 제압

할 수 없으리라.

분위기가 심상치 않음을 눈치챘는지 메이드로 위장한 승조원들이 하나둘 몰려들기 시작했다. 승조원들은 메이드복 아래에서 권총을 꺼내 다른 손님들에게 들키지 않도록 주의해서 소령을 겨누었다. 하지만 소령은 총구가 자신을 향하는데도 여전히 긴장감 없는 미소를 지으며 어깨를 으쓱거렸다.

"너무 환영이 과한 거 아닌가요? 그보다 왜 여기 다 모여 계시지요? 카밀라 함장님부터, 가브리엘라 기관장님, 샤오지에 갑판장님… 그리고 우리 연방의 영웅인 이원일 하사까지…."

소령은 승조원들을 한 명씩 지목하며 이름을 읊었다.

마지막에 이르러서는 여장을 한 내 모습을 보고 웃음을 억지로 참으려 하는 시늉을 해 보였지만, 거기에 분개할 상황도 아니었다.

게다가 가게 안의 승조원들이 제복을 입고 있지 않았음에도 불구하고, 사내는 한눈에 승조원들의 계급과 직책을 정확히 맞췄다.

더 이상 술집 작부 흉내를 낼 수는 없다고 생각했는지, 함장은 팔짱을 낀 채 소령 앞에 나섰다.

"처음 보는 사내로군. 무슨 꿍꿍이로 왔지?"

"아, 인사가 늦었군요. 이원일 하사에게 들으셨는지 모르겠습니다만 다시 한 번 제 소개를 하지요. 저는 연방군 정보부 제4과에 근무하고 있는 '체셔'라고 합니다."

체셔? 그 동화에 나오는 고양이 말인가?

카밀라 함장도 그 가명이 어처구니가 없었는지 코웃음을 치며 고개를 가로 저었다.

"그런 유치한 가명을 믿으라고? 수상하기 짝이 없네."

"아, 이쪽도 사정이 있어서 말이지요. 부끄럽습니다. 그래도 너무 경계하지는 말아주세요. 저도 일단은 이 가게의 손님으로 왔다고요? 소속이 다르다고 특별 취급을 하시면 서운합니다. 게다가… 소란을 피우면 곤란한 건 여러분들이 아닌가요?"

체셔가 은근한 협박을 하자 카밀라 함장은 낮게 신음 소리를 냈다. 그의 말이 옳다. 여기서 이 사내를 잡겠다고 소란을 피워봤자 잡을 수 있을 거라는 확신도 없을뿐더러, 가게 안에 있는 다른 러시아인 장교들에게 우리의 정체를 들키게 된다. 지금은 능청을 떨며 체셔 소령과 말을 맞추는 게 최선이었다.

"…원일, 이 남자를 안 쪽으로 안내해 줘."

"알겠습니다, 아가씨."

다른 손님들과 마찬가지로 체셔를 적당한 룸으로 안내한 다음 메뉴판을 건네며 물었다.

"주문은 무엇으로 하시겠어요?"

체셔는 정말 음식을 먹으러 온 손님처럼 평범하게 앉아 메뉴를 골랐다. 그 표정이 어찌나 느긋해 보였는지, 진짜 이 사내가 음식을 먹으러온 건 아닐까 의심스러울 정도였다.

"음, 그럼 이 필렛 스테이크를 부탁하죠."

나는 주문을 받고 그대로 주방에 전달했지만, 정작 그의 앞에 던져진 건 조금도 익혀지지 않은 날고기 덩어리였다.

"셰프 특선 '레어 스테이크' 나왔습니다, 주인님."

샤오지에 갑판장은 그의 앞에 피가 뚝뚝 떨어지는 날고기 덩

어리를 던져주며 온화한 미소를 지어보였다. 물론 눈만큼은 웃고 있지 않았지만. 아직 전에 당한 굴욕을 잊지 못한 모양이었다.

"이것 참 손님 대접이 박하네요."

체셔는 실망한 표정으로 생고기를 찌르며 작게 중얼거렸다. 물론 그의 입가에는 아직도 예의 그 미소가 맺혀 있었다.

"뭐 화를 내시는 것도 무리가 아니지요. 전에 그렇게 심한 일을 했으니, 저라도 화가 났을 겁니다."

체셔는 유감스럽다는 표정으로 고개를 숙였지만, 어쩐지 그 말투에는 긴장감이 잔뜩 결여되어 있었다. 사람이 총에 맞고 눈앞의 당사자가 죽을 뻔 했는데, 체셔는 마치 짓궂은 장난에 대해 사과하는 것 마냥 가볍게 사과를 던졌다.

"말장난을 주고받는 건 이제 질렸습니다. 본론이나 말씀하시죠."

나는 탁자에 물 잔을 쾅 소리가 나게 내려놓으며 이맛살을 찌푸렸다. 여장을 한 채 위협해 봤자 우스울 뿐이겠지만, 이게 내 최선의 협박이었다. 다행스럽게도 체셔는 표정을 조금이나마 진지하게 고쳐주었다.

"제가 여기에 온 이유는 잿빛 10월의 여러분들께 한 가지 제안을 건네기 위해서입니다."

"…그게 뭡니까."

체셔가 눈을 가늘게 뜨며 의미심장한 질문을 던졌다.

"최근 학회의 정보원들이 사라져서 곤란하지 않으신가요?"

"또 당신들 짓이었습니까!"

나도 모르게 목소리에 날이 섰다. 체셔는 황급히 손을 내저으며 눈에 뻔히 보이는 거짓말을 했다.

"에이, 설마요. 저희도 그렇게 속 보이는 방해 공작은 하지 않는답니다."

'그동안 너희가 한 짓이 얼마인데…!' 라고 따지고 싶은 걸 목 뒤로 간신히 삼키며, 숨을 가까스로 골랐다.

"이번 사건은 연방과 관련이 없다는 뜻인가요?"

"네. 오히려 저희도 하소연을 하고 싶을 정도라고요. 몇 달 전부터 연방의 정보원들도 귀신에라도 홀린 것 마냥 다 사라져버려서 저희도 곤란해 하던 차였어요."

물론 이쪽에서 확인할 방법은 없다. 나는 관자놀이를 손으로 꾹꾹 누르며 지끈거리는 골을 다스렸다.

"…저희더러 그걸 믿으라고요?"

"믿지 않으셔도 상관은 없습니다만. 저희를 도와주신다면 '저'도 좋은 정보를 제공해드리지요."

체셔는 '저희'가 아니라 '저'라고 협상의 주체를 확실히 못 박아 두었다. 즉, 이 거래는 연방이 공식적으로 제안한 게 아니라, 체셔가 단독으로 제안한 것이라고 봐도 무방하리라. 체셔는 이쪽에서도 뿌리치기 힘들 만큼 달콤한 정보를 거래 대가로 제시했다.

"지난번 상륙 작전 때 정보가 어디서 새어나갔는지 궁금하지 않으신가요?"

나는 잠시 그의 제안에 혹해 고개를 끄덕일 뻔 했지만, 곧 그 속뜻을 알아차리고 인상을 찌푸렸다.

물론 상륙전 당시 아군의 작전을 연방 측에 넘긴 사람은 학회로서는 배신자이지만, 연방 쪽에선 보호해야 할 조력자다. 그런데 체셔는 지금 연방을 위해 헌신한 그 조력자의 정보를 더 이상 필요가 없다며 적에게 넘겨주겠다고 제안한 것이다. 당장이라도 더 큰 이득을 볼 수 있다면, 연방을 위해 헌신한 장병들도 헐값에 팔아넘길 수 있다는 건가. 남의 일이 아니다. 과거의 나 역시도 연방을 위해 고문까지 견뎌가며 충성을 맹세했지만, 내게 돌아온 건 조국의 영광을 위해 죽어달라는 차가운 말뿐이었다.

오심이 밀려들었다. 나는 간신히 욕지기를 참아가며 빈정거렸다.

"연방은 당장 이득만 된다면 누구나 팔아넘기는군요. 부하도, 조력자도… 당신도 언젠가는 그런 식으로 팔려간다는 생각, 해보지 않으셨습니까?"

하지만 체셔는 배알도 없는지 여전히 방글방글 웃으며 고개를 끄덕였다.

"늘 하고 있답니다."

"말 뿐이겠죠."

나는 한숨을 내 뱉으며 얼굴을 감싸쥐었다. 더 이상 이 사내와 말을 나누고 싶지 않다. 내가 입을 다물어버리자 대신 샤오지에 갑판장이 나를 뒤로 물리며 체셔에게 다가갔다. 샤오지에와 체셔, 둘 다 미소를 짓고 있었지만 이상하게도 양 쪽 모두 웃고 있는 것처럼 보이지 않았다.

"그래서 잿빛 10월이 무얼 해주길 바라는 건가요?"

연방도 단순히 선의로 정보를 제공해주려는 건 아니리라. 이건 협상이다. 조금이라도 수지타산이 맞지 않으면 아무도 움직이지 않는다. 체셔는 샤오지에의 질문에 고개를 끄덕이며 갑작스럽게 엄청난 정보를 입 밖으로 흘렸다.

"러시아에 곧 쿠데타가 일어날 겁니다."

쿠데타? 너무나 의외의 단어라 머리가 제대로 돌아가지 않았다. 반면 체셔는 너무 즐거워서 참을 수 없다는 것처럼 환히 웃으며 양손을 들어 보였다.

"이 쿠데타를, 막아주세요."

5. 컵라면

러시아 연방, 극동 연방관구, 프리모리예
블라디보스토크 시, 루스키 섬 교외

루스키 섬은 블라디보스토크 본토의 곶과 사장교로 연결된 작은 섬이다. 섬의 한가운데에 프리모리예 최대의 종합대학교인 극동연방대학이 위치하고 있었지만, 섬의 대부분은 아직도 개발되지 않은 야지로 남아있었다.

낚시 배가 드나들던 선창의 창고 역시 오랫동안 사람이 오지 않은 탓에 여기저기 먼지가 쌓여있었다. 하지만 오늘은 이 작은 창고에서도 희미한 인기척이 느껴지고 있었다.

타닥, 타다닥.

창고 한 가운데 위치한 커다란 드럼통에 사람 하나가 묶여 있었다. 그 옆에서는 20대 중반의 슬라브계 여인이 모닥불을 쬐며 하품을 하고 있었다.

어쩐지 그녀의 표정은 묘하게 졸려보였다.

"하암…."

"으으… 으으윽…."

반면 드럼통에 묶인 사내는 몸을 비틀며 괴로워했다. 드럼통

안에서는 아지랑이가 끊임없이 피어오르고, 통과 맞닿은 사내의 옷에서는 탄내가 나고 있었다. 한 눈에 보기에도 사내가 묶여있는 드럼통은 뜨겁게 달궈진 상태였다. 여인은 사내에게는 눈길도 주지 않다가 갑자기 무언가를 떠올렸는지 황급히 일어나 모닥불 위에 올려둔 주전자를 집어 들었다. 그리고 준비해 온 가방을 뒤져 네모난 박스 형태의 컵라면을 꺼냈다. 이 네모난 형태의 컵라면은 '도시락'이라는 이름의 연방제 인스턴트 라면으로, 반 연방 감정이 고조되고 있는 현재의 러시아에서도 꾸준히 팔리고 있었다.

여인은 콧노래까지 흥얼거리며 용기에 스프를 뿌리고 끓는 물을 부어 라면을 조리했다. 금세 컵라면 특유의 매콤한 향이 창고 안을 가득 메웠다. 여인은 라면이 익을 때까지 초를 센 다음, 라면이 충분히 익자 그 위에 마요네즈 튜브를 짜 포크로 휘저었다. 마요네즈의 하얀 기름이 둥둥 뜬 라면은 일견 비릿해 보였지만, 여인은 상관하지 않고 라면을 입에 밀어 넣었다.

"음… 마요네즈가 부족한가."

여인은 눈을 감은 채 맛을 천천히 음미한 다음, 다시 마요네즈 튜브를 들어 컵라면 위에 잔뜩 짜 넣었다. 이 광경만 두고 본다면 교외에 피크닉이라도 나온듯한 모양새였다. 하지만 그사이에도 드럼통에 묶인 사내는 표정을 일그러트리며 신음을 흘렸다.

"하아… 넌 누구지…?"

사내가 거칠게 숨을 고르며 질문을 던졌지만, 여인은 여전히 라면을 호록거리며 무뚝뚝하게 답했다.

"조국의 배신자에게 알려 줄 정보는 없어."

"으으윽…."

사내가 다시 낮게 신음했다. 서서히 어디선가 고기가 타는 냄새가 나기 시작했다. 달궈진 드럼통에 사내의 살갗이 그슬리자 환부에서 체액이 뚝뚝 흘러내렸다. 하지만 여인은 그 광경을 보고도 역겨워하는 기색도 없이 마지막까지 라면을 깨끗이 먹어치웠다.

후루룩.

"하…, 이거 맛있네. 다음번에는 송아지 고기 맛에도 도전해 볼까?"

여인은 빈 라면 용기를 내려다보며 아쉬운 듯 중얼거렸다. 이미 그녀에게 눈앞에서 신음하는 사내는 보이지 않는 모양이었다.

"으윽… 으으… 으아아…."

"왜, 추워? 추우면 춥다고 말을 하지."

사내가 눈물까지 흘려가며 앓는 소리를 내자, 여인은 모닥불 사이에서 빨갛게 달아오른 돌 하나를 화덕 집게로 집어든 다음 사내가 묶여 있는 드럼통 안에 던져 넣었다.

딸그랑.

달궈진 돌이 통에 부딪히며 청명한 소리를 냈지만, 사내의 얼굴은 더욱 일그러졌다. 돌의 온도로 드럼통이 더욱 달아오르자 사내는 몸을 비틀며 절규했다.

"도대체 뭘 원하길래 이런 짓을 하는 거야!"

"우린 아무것도 원하지 않아. 다만 너를 최대한 고통스럽게 죽여서 다른 매국노들에게 효시할 뿐이지."

"매국노라니 나는…!"

"아직도 부인할 셈이야, 미하일?"

여인은 미하일이라고 부른 사내에게 더욱 가까이 다가가 머리 채를 잡아당기며 경멸스러운 눈초리로 노려보았다.

"너는 자본주의자 학회 놈들에게 돈을 받고 조국의 정보를 팔아넘겼어."

"…!"

그녀의 말은 사실이었다. 미하일이라고 불린 이 사내는 몇 년 전부터 돈을 받고 태평양 함대의 동향을 학회에 보고해주고 있었다.

"어부인 너라면 쉽게 알 수 있었겠지. 군항에 배가 몇 척 기항하고 있는지, 어떤 배가 출항을 했는지…. 너는 알량한 돈 몇 푼에 나라를 팔아먹었어. 이 매국노."

미하일은 몸을 비틀며 격렬하게 소리쳤다.

"내가 그들에게 알려준 건 대단찮은 정보뿐이야! 누구나 알 수 있는 그런 정보들뿐이었다고!"

"네, 다우트(Doubt)."

여인은 다시 새빨갛게 달궈진 돌 하나를 다시 드럼통에 던져넣었다.

딸그랑.

"으아아아악!"

드럼통이 작열할 때마다 미하일은 벗이나려 몸을 비틀어댔지만, 그럴수록 통증은 거세져 왔다. 미하일은 서서히 죽음의 공포를 느꼈다. 이대로 가다가는 산 채로 타 죽게 될 거라 생각했는지, 미하일은 태도를 바꾼 채 비굴한 어투로 목숨을 구걸했다.

"제발… 제발 목숨만 살려줘. 내가 아는 건 다 말할게. 그래, 다른 정보원들의 자료는 필요 없어? 알파 은행의 주임 이반 녀석은…."

미하일이 다른 정보원의 이름을 말하려는 찰나, 여인이 그의 말을 자르고 한 무리의 이름을 나열하기 시작했다.

"이반, 드미트리, 게오르기, 유리, 니콜라스…."

여인이 손가락을 꼽으며 이름을 언급할 때 마다 미하일의 표정이 하얗게 질려갔다. 여인이 방금 언급한 이름들은 자신과 마찬가지로 학회에 정보를 넘겨주던 동료들이었기 때문이다.

"우리가 그렇게 허술할 거라고 생각했어? 이미 다 죽었다고. 네가 마지막이야."

"아… 아아."

미하일의 입에서 풍선 바람 빠지는 소리가 흘러나왔다. 더 이상 살 방법은 없다고 생각했는지, 그는 죽은 눈으로 여인을 똑바로 노려보며 저주의 말을 던졌다.

"…사람을 죽였다는 사실이 밝혀지면 너라도 무사하지 못할걸."

"목숨 구걸에 이어 이제는 협박인가. 웃기지도 않는군. 괜찮아, 모두 대의를 위한 일이니까… 혁명이 성공하면 사령관 동지도 이 정도의 일은 눈감아 줄 거야. 아니, 표창을 내리실지도 모르지."

"혁명…?"

미하일의 눈이 가늘어졌다. 여인은 순간 '아차' 싶은 표정으로 미간을 찌푸렸지만, 곧 어깨를 으쓱거리며 말을 이었다.

"이런 말해버렸네. 뭐 죽을 목숨이니 상관없으려나. 그래, 우리는 혁명을 준비하고 있어."

여인은 과장스럽게 양 팔을 펼쳐 보였다.

"소비에트 연방이 무너진 이후로 러시아 인민들은 심각한 경제난에 허덕이고 있어. 의료는 물론이고 사회 전반의 복지 시스템이 붕괴하며 약을 얻지 못해서, 먹을 것이 없어서 죽어가는 인민들이 셀 수 없이 많아. …이게 다 자본주의자 놈들 때문이야. 자본주의가 모든 걸 망쳐놓았어!"

여인은 격앙된 표정으로 고성을 내지른 다음 숨을 가다듬으며 자랑스럽게 선언했다.

"우리는 붉은 군대를 재건하고 소비에트가 남긴 혁명의 유산을 되찾을 거야."

"소비에트 연방? 소비에트라고?"

여인의 말을 듣던 미하일이 끝내 웃음을 터트렸다. 고통으로 인해 미소를 짓기 힘든 상황일 텐데도 그는 우스워서 견딜 수가 없다는 것처럼 파안대소를 터트리며 여인을 조롱했다.

"하, 하하! 이런 짓을 해가며 네놈들이 이룩하려는 이상의 나라가 겨우 소비에트라니…! 하느님 맙소사!"

"뭐가 그리 우습지?"

여인은 노골적으로 불쾌한 기색을 내비치며 사내의 머리채를 다시 잡아당겼지만, 사내는 굴하지 않고 여인을 노려보았다.

"보아하니 세상 물정 모르는 어린 아가씨 같은데… 소비에트는 서방 자본주의자들이 작당해서 무너트린 게 아냐. 공산주의의 한계를 견디지 못하고 스스로 자멸한 거라고."

"…."

여인의 얼굴이 서서히 일그러지기 시작했다. 그녀는 아까와는 달리 평정을 유지하지 못한 채 몸을 바들바들 떨었다.

"게다가 민주주의의 달콤함을 맛 본 시민들이 자발적으로 공산당에 의한 일당독재체제를 다시 수립하려 들까? 꿈같은 소리군."

"…닥쳐."

"소비에트는 끝났어. 너희는 실패하고 말거야."

"닥치라고!"

여인이 품에서 마카로프 권총을 꺼내 사내의 머리를 겨누었다. 하지만 사내는 권총의 총구를 똑바로 노려보며 비죽 웃었다.

"스탈린 동지가 있는 지옥에서 먼저 기다리고 있으마—."

탕.

미하일의 말이 끝나기도 전에 총성이 울려 퍼졌다. 발사된 9mm의 마카로프 탄환이 미하일의 아래턱을 완전히 부숴놓았지만, 그는 아직 죽지 않았다.

"아… 아아."

"젠장."

원래는 정확히 이마를 노려 한 번에 죽이려 했는데, 분노로 손이 떨렸던 탓에 조준이 흔들렸다. 여인은 더욱 가까이 다가가 미하일의 이마에 직접 총구를 겨눈 다음 방아쇠를 당겼다. 이번에는 확실히 미하일의 숨을 끊어 놓을 수 있었지만, 너무 가까워서 쏜 탓에 피가 그녀의 손에 튀었다.

"젠장… 젠장, 젠장!"

여인은 자신의 손에 묻은 체액을 닦아내며 연신 욕지거리를 내뱉었다. 그래도 성이 풀리지 않았는지 그녀는 미하일의 사체를 드럼통에 풀어 낸 다음, 거칠게 걷어차기 시작했다. 죽은 사내는 더 이상 비명을 지르지 않았다.

그 때, 7피트는 될법한 우람한 체구의 사내가 창고의 문을 벌컥 열고 들어섰다. 스테판 코르사코프 중좌였다.

그의 손에 들린 건 묵중한 스테츠킨 권총이었지만, 중좌의 체구가 워낙 컸던지라 스테츠킨 권총도 정보요원용 PSM 처럼 보였다. 여인은 스테판의 얼굴을 확인하자마자 미소를 지으며 경례했다.

"아, 메드베지 동지."

하지만 여인의 표정과는 정반대로 스테판 중좌는 눈살을 찌푸리며 툴툴거렸다.

"부관인 자네까지도 나를 메드베지라고 부르는 건가."

"실례했습니다, 스테판 동지."

여인은 유쾌한 목소리로 다시 호칭을 고쳐 불렀다. 스테판은 여인의 손에 들린 마카로프 권총을 확인하자마자 자신의 권총을 다시 허리춤에 찔러 넣었다. 그리고 창고 한 가운데 놓인 낯선 사내의 시체를 흘겨보며, 그는 자신의 부관을 타박했다.

"…또 이런 짓을 했군."

"혁명을 위해서라면 어쩔 수 없습니다."

여인은 일말의 죄책감도 느끼지 못한다는 표정으로 콧방귀를 뀌며 고개를 가로저었다.

스테판은 몸을 굽혀 쓰러진 사체를 뒤집어 보았다. 비릿한 피

냄새와 함께 고기가 익을 때 나는 특유의 누린내가 사체에서 풍겨 나왔다. 시신은 엉망진창으로 훼손되어 있었지만, 직접적인 사인은 머리와 아래턱에 난 총상이었다. 의도한 건지, 조준이 엇나간 건지는 잘 모르겠지만. 그의 부관은 사내의 숨을 한 번에 끊지 못한 모양이었다.

스테판은 한숨을 내쉬며 작게 뇌까렸다.

"…엘레나였다면 500야드 밖에서도 한 번에 숨을 끊어 놓았을 텐데."

"무어라 말씀하셨습니까?"

"아무것도 아니야."

스테판은 손에 묻은 피를 사내의 옷에 닦아내며 무뚝뚝하게 쿠데타에 관한 일을 물었다.

"그보다 동지들을 모으는 일은 얼마나 진행되었지?"

"군수과장과 정보과장께서도 혁명에 동참한다고 하셨습니다. 이로서 준비는 모두 끝났습니다. 다만 인사과장께서는 혁명에 참여하지는 않겠지만, 중립을 유지하겠노라고 약속해 주셨습니다."

"그 양반은 기회주의자니까. 그럴 줄 알았어."

스테판은 그마저도 고마웠다. 지금 가장 우선시해야 할 건 동지를 만드는 것보다 적을 배제하는 일이었다. 그런 점에서 스테판은 부관이 쓸데없이 연방이나 학회의 정보원을 잡아 죽이는 게 마뜩잖았지만, 대의를 위해 배신자를 처단한다는 걸 만류할 수도 없었다.

"그리고… 경리 쪽의 소비노프 중좌 말입니다…."

이야기를 이어가던 부관이 갑자기 뜸을 들이며 말끝을 흐렸다.

"소비노프 과장이 왜?"

"…솔직히 말씀드리자면 그에게는 혁명에 동참할지 묻지 않았습니다."

"왜?"

"소비노프 중좌는 자신의 권위를 이용하여 군수품을 시장에 빼돌리는 부패한 장교입니다. 설령 그가 혁명에 동참할 마음이 있다 하더라도 다른 동지들은 탐탁지 않게 여길 겁니다. 재고해 주십시오."

부관이 힘겹게 말을 꺼낸 것과는 달리 스테판은 시원스럽게 그 제안을 받아들였다.

"그럼 소비노프 중좌는 배제하게. 그런데 어째서 그렇게 주저한 겐가?"

"소비노프 중좌는… 과장님과 동문이기 때문이었습니다."

그녀의 말대로 소비노프 중좌는 스테판과 같은 쿠즈네초프 사관학교 출신의 장교였다. 하지만 스테판은 소비노프에게 어떠한 호의도 갖고 있지 않았다. 오히려 부패한 후배 장교의 모습에 경멸을 했으면 모를까.

스테판은 음울한 표정으로 고개를 가로저었다.

"…나는 학연이나 지연 때문에 대의를 그르치는 소인배가 아니야."

"실례했습니다."

부관은 부끄러워하는 표정으로 사과를 건넨 다음, 화제를 돌리려는 것 마냥 황급히 다음 계획을 읽어 내렸다.

"그리고 말씀하신대로 페트로파블롭스크에 해군보병 155 여단의 일부 연대를 파견해 거사 당일 그 쪽 군항을 제압하도록 해 두었습니다. 이제 캄차카 반도는 신경 쓰지 않으셔도 됩니다."

"그 건에 대해서는 작전참모가 무어라 하지 않던가?"

"상륙 훈련 때문이라 둘러대니 기안한 서류를 읽지도 않고 허가를 내려주었습니다. 자신이 서명한 문서가 어떤 의미를 갖는지도 생각지 못한 채 말이지요."

"한심하군."

스테판은 새삼 김이 빠졌다.

부패한 상관들에게 실망한지는 오래였지만, 막상 반기를 들기로 마음먹으니 그들의 무능함은 더욱 도드라졌다. 혁명 계획이 너무 순조롭게 진행되자, 스테판은 오히려 상관들이 자신을 함정에 빠트리려는 게 아닌가 의심이 들 정도였다. 함대 사령부를 지휘해야 할 참모들은 중요한 업무는 젊은 과장들에게 모두 맡겨놓은 채 주색잡기에 여념이 없었다.

그럴수록 스테판은 자신의 행동에 확신을 느꼈다. 이 썩어빠진 군대와 나라는 개변해야만 한다. 그리고 스테판을 필두로 한 젊은 장교들이 이 개변을 집도할 것이다.

거사 당일에는 블라디보스토크의 태평양 함대뿐만 아니라 러시아 전역에서 뜻을 함께하는 동지들이 동시에 궐기하기로 되어 있다. 그렇게 주요 함대와 사령부가 점거되면 모스크바에서 부통령이 계엄을 선포하고 의회를 해산시킬 것이다. 그 이후는 정치인들의 영역이다.

"콜라 드시겠습니까, 동지?"

스테판이 골똘히 앞으로의 일에 대해 생각하고 있노라니 부관이 가방에서 병 콜라 하나를 꺼내 내밀었다. 받아든 콜라는 쨍하니 아직도 차가웠다. 누린내를 풍기며 너부러진 사내의 시체가 거슬려 스테판은 마시기를 주저했지만, 그의 부관은 신경도 쓰지 않은 채 병 주둥이에 입을 가져다 대고 맛나게 콜라를 들이키고 있었다. 마지못해 콜라를 한 모금 들이키니 탄산이 목을 따갑게 찔러왔다. 독특한 모양의 콜라병을 재차 바라보며 스테판은 문득 묘한 기분에 휩싸였다.

과거 소련 체제에서 미 자본주의의 상징이라고 할 수 있는 콜라를 마시는 건 당 차원에서 금지되어 있었다. 대조국전쟁의 영웅인 게오르기 장군조차도 서기장의 눈치를 보느라 콜라를 보드카 병에 담아 몰래 밀수했을 정도니… 당시의 인민들은 콜라의 존재조차 알지 못했다. 하지만 지금은 러시아 어디에서나 쉽게 콜라를 구할 수 있다. 아니, 이제 러시아 인민들은 콜라 없는 삶을 상상할 수 없게 되어버렸다.

다른 식료품들도 마찬가지이다. 커피, 라면, 초콜릿… 온실과도 같은 공산주의 체제 하에서 자라온 자국 브랜드는 자유시장 하에서 참패를 면치 못했고, 해외의 값싸고 맛있는 식료품들이 개방을 타고 순식간에 국내로 밀려들었다. 상황이 이렇다보니 공산주의 정권 수립을 부르짖는 그의 부관조차도 미제 콜라와 연방제 라면을 먹는 데에는 거리낌이 없었다.

달콤한 음식은 사상보다 더욱 빠르게 전파되었고, 인민의 혀를 현혹시켰다. 이 상태에서 소련으로 돌아간다면, 과연 우리는 콜라를 포기할 수 있을까? 병사들이야 명령과 총검으로 굴복시킬 수 있다. 하지만 인민들은 어떤가. 달콤한 미제 청량음료에 중독된 인민들이 과연 콜라를 포기하고 대조국의 영광을 따라올 것인가?

스테판은 쉽게 확신할 수 없었다.

과거 소비에트의 의원들은 이 달콤한 서방의 문물을 퇴폐의 결정이라고 불렀다. 그리고 소비에트의 순수한 유산을 계승하기 위해서는 이러한 퇴폐를 지양해야 한다고 인민들에게 부르짖었다. 하지만 그들은 자본주의자들보다 더욱 속물이었다. 인민들에게는 절제와 인내를 강요하면서 뒤로는 추잡한 사리사욕을 채우기에 급박했다.

그래서 소련은 멸망했다고, 스테판은 그리 생각해왔다.

'우리는 퇴폐에 물들지 않을 것이다.'

'그들은 절 핍박하고 죽일 거예요.'

스테판은 불현듯 엘레나의 얼굴을 떠올렸다.

퇴폐를 몰아내고 순수한 소비에트를 재건하면 엘레나도 '그들'을 피해 숨어 다닐 필요가 없다. 아니, 오히려 혁명이 성공하면 엘레나는 소비에트의 정통 후계자로서 인민들에게 추앙받을 것이다.

그럼 더 이상 술집 작부 같은 천한 일을 하지 않아도 된다. 다시 양지에 나와 스테판과 함께 일할 수 있다. 이번에는 절대로 놓치지 않는다. 다른 연인들처럼 평범한 가정을 이루고 사는 그런 미래를….

생각이 거기까지 미쳤을 무렵, 스테판은 순간 스스로에게 혐오감을 느꼈다. 퇴폐와 사리사욕을 내몰고 순수한 혁명의 정신을 개선한다고 떠들어대고선, 정작 자기 자신은 한 여인에 대한 욕망으로 가득 차 있지 않은가.

설마… '엘레나'를 '혁명'보다 더 중요하게 생각하고 있는 건 아니겠지?

"…스테판 동지?"

스테판이 식은땀을 흘리자 부관이 걱정스러운 눈초리로 그를 쳐다보았다. 하지만 스테판은 괜찮다는 말조차 꺼내지 못했다.

어째서 엘레나와 관계되면 이렇게 마음이 약해지는 걸까? 이런 마음가짐으로는 아무것도 해낼 수 없다. 그는 안주머니에서 구깃하게 접힌 명함 한 장을 꺼내들었다.

…혁명 전에 그녀와 다시 만나서 마음을 정리해야겠다.

스테판은 그렇게 다짐하며 빈 콜라 병을 모닥불 위에 집어던졌다.

6. 마가목 열매

러시아 연방, 북서 연방관구, 상트페테르부르크 연방시
브세볼로시스크 인근 숲

한 무리의 보병 대대가 총을 든 채 속보로 숲 한가운데를 가로
지르고 있었다. 상트페테르부르크에서 머지않은 이 숲에서 병사
들 간의 실제 교전이 발발한 것은 아니었다.

이 보병들은 쿠즈네초프 사관학교의 생도들로서 모의전 훈련
을 하는 중이었다. 그 증거로서 생도들이 들고 있는 총에는 훈련
용 컨버전 키트가 장착되어 있었다. 이 소총에 장전된 시뮤니션
탄환의 끝에는 탄두 대신 페인트 볼이 들어있기 때문에, 마일즈
장비나 에어 스프레이건보다 더욱 실감 나는 전투를 펼칠 수 있
었다.

다만 스테판 생도 대대장이 소속된 제 1 생도연대는 대항군 역
할을 맡은 제 2 생도연대의 맹공에 부딪혀 심각한 피해를 입고 후
퇴하는 중이었다. 이 상황을 반전시키기 위해 연대장은 스테판에
게 적 연대 본부에 기습을 가하라고 명령을 내렸고, 스테판은 자
신의 대대원들을 수습하여 전장을 우회하는 중이었다.

"헉… 헉…."

평소에도 육체를 단련해 온 생도들이었지만, 무거운 훈련 장비

를 짊어지고 한 식경 넘게 속보를 하는 건 꽤나 고된 일이었던지라, 여기저기서 거친 숨소리가 흘러나오기 시작했다. 실명을 방지하기 위해 머리에 뒤집어쓴 방석모가 호흡을 방해한 탓도 있었다.

이제 적진은 코앞이었다. 스테판은 한심하게 하품을 하며 초병 임무를 게을리 하던 적병 하나를 총검으로 처리하고, 대대원들에게 잠깐 숨을 고를 시간을 주었다.

"잠깐 휴식이다. 하지만 경계를 게을리 하지는 말 것."

"예…."

모두가 숨을 천천히 고르는 가운데, 가장 후미에 선 생도 하나가 스테판의 눈에 들었다. 사관학교 유일의 여성 생도인 엘레나 유스포브 였다.

"헉… 허억… 우윽…."

이상하게도 엘레나는 수 분이 지나도록 호흡을 제대로 고르지 못한 채 식은땀만 뻘뻘 흘리고 있었다. 심지어 호흡을 다스리지 못한 탓인지 이제는 헛구역질까지 하고 있었다. 그 모습이 우스워 보였는지, 옆에 서 있던 소비노프 생도가 혀를 차며 비아냥거렸다.

"거 참 되게 못 따라오네. 여자라고 약한 티 내는 거야?"

"그렇지… 않습니다."

엘레나는 고개를 가로저으며 억지로 아랫입술을 깨물었다.

스테판이 보기에도 엘레나의 상태는 확실히 이상해보였다. 평소에는 다른 남자 생도들과 열을 맞추어 구보를 하고도 숨찬 내색조차 하지 않았던 그녀가, 오늘은 조금만 내달려도 쉽게 지친 기색을 드러내며 거친 호흡을 내뱉고 있었다. 심지어 얼굴도 붉었다. 연일 계속된 훈련 때문에 몸 어디라도 상한 게 아닐까?

그때, 스테판은 엘레나의 하복부에 붉은 얼룩이 스며나오는 걸 발견했다.

"유스포브 생도, 피가…."

"아."

그 검붉은 얼룩은 열매 따위가 묻어서 생긴 얼룩이 아니었다. 하지만 이번 훈련에서 출혈이 생길 정도로 격하게 몸을 굴린 적은 없었다. 어느새 이런 부상을 입었던 걸까.

"당장 의무관을 불러 후송을…."

"아닙니다. 괜찮습니다."

호들갑을 떠는 스테판과는 달리 엘레나는 담담하게 전술 백 팩에서 물수건을 꺼내든 다음, 군복 위로 배어든 피를 문질러 닦았다.

"하지만 피가…."

"저, 그게… 생리입니다."

엘레나는 이맛살을 찌푸리며 말끝을 흐렸다.

"훈련 일정과 주기가 겹쳐 탐폰을 썼습니다만… 탐폰을 자주 갈아줄만한 환경이 아니다보니 칠칠치 못한 모습을 보였습니다. 실례했습니다."

엘레나는 손을 들어 경례를 하려 했지만, 스테판은 무시하고 다가가 엘레나의 이마에 자신의 손을 가져다 짚었다. 솥뚜껑처럼 커다란 스테판의 손이 얼굴의 반을 가려버리자, 엘레나는 불안한 표정으로 얼굴을 붉혔다.

"저어….”

"열이 심하잖아.”

스테판이 못마땅한 표정을 지으며 작게 뇌까렸다. 엘레나의 몸에서는 이미 정상적인 수준 이상의 신열이 느껴지고 있었다. 갑작스러운 오심, 고열, 호흡곤란… 이러한 증상을 전에 군의관에게 들은 적이 있었다.

"TSS(독성 쇼크 증후군)이로군.”

독성 쇼크 증후군은 포도상구균이 화농에서 번식하며 생기는 감염성 질환이다. 일반적으로 다친 부위를 제대로 소독하지 않으면 생기는 질환이지만, 여성의 경우에는 탐폰 착용의 부작용으로도 생길 수 있는 질환이었다. 무엇보다 초기 사망률이 높은 감염성 질환이기 때문에 증상이 나타나면 한시라도 빨리 후송해야 한다.

'곤란하군….'

거듭된 전투 끝에 스테판 대대의 병력은 일개 소대 정도밖에 남지 않았다. 여기서 두 명 이상의 대대원이 후송을 위해 이탈해 버린다면, 적 본부에 대한 기습 공격은 실패로 돌아갈 게 뻔했다. 게다가 방수를 우려하여 무전조차 금지하고 있는 상황에, 후송을 위해 신호탄이나 구조 요청을 할 수도 없는 노릇이었다. 이 기습 공격에 연대 전체의 성패가 달린 만큼 스테판은 더욱 조심스러웠다. …히지만 그렇다고 환사를 방지할 수도 없다.

"작전은 포기한다. 현 시각 부로 본 대대는 훈련장을 이탈하도록 한다.”

스테판의 선언에 대대원들의 얼굴이 일그러졌다. 반나절 넘게 언덕을 돌아온 일이 허사가 되었을 뿐더러, 작전을 포기한다면 스테판 대대의 생도들은 낮은 훈련 점수를 받게 될 게 뻔했다.

"하지만… 그럼 저희 대대는 전원 사망처리 됩니다."

엘레나가 불안한 표정으로 새삼 지적해 주었지만, 스테판은 여전히 완고했다.

"훈련에서의 승패가 사람의 목숨보다 더 중요하다는 말인가? 지금은 고집을 부릴 때가 아니야."

스테판의 말이 떨어지기가 무섭게 여기저기서 불평이 낮게 터져 나왔다.

"젠장, 이래서 내가 여자 생도와 같은 팀이 되고 싶지 않았단 말이야."

"그렇게 민폐를 끼칠 거면 훈련에 나오질 말든지."

"그리고 보니 바실리 녀석 어젯밤 텐트 안에서 용두질 치던 것 같던데 그 녀석도 위험한 거 아냐?"

"그러게 말이야. 그 놈의 냄새나는 밑천에 염증이라도 나면 어쩌려고 말이지."

"…."

여기저기서 저급한 희롱과 험담이 들려왔지만 엘레나는 담담한 표정으로 다른 곳을 노려보고 있었다. 본부를 목전에 두고 아쉬웠던 탓일까. 그녀는 시선을 2연대 본부에 정확히 맞추고 있었다.

"재고해 주시지요, 스테판 대대장님."

대대원들의 원성이 계속 커져가자 부대대장 역할을 맡고 있던 소비노프가 입을 열었다.

"재고라니. 그게 무슨 소린가? 이쪽은 환자라고."

"환자라뇨, 전장에서는 병마가 피해가기라도 한답니까? 실전이라도 이렇게 하셨을 겁니까? 한 사람 때문에 연대가 몰살당할 위기인 데도요?"

"아니, 그렇지는 않겠지. 하지만 지금은 훈련이다. 훈련에서 진다고 사람이 죽지는 않아!"

"실전 같은 훈련을 하라고 누차 말씀하신 건 스테판 대대장님이 아니십니까."

소비노프가 묘한 웃음을 흘리며 어깨를 으쓱거렸다. 순간적으로 스테판은 단순히 이 진언이 작전에 대한 불만에서 비롯된 게 아님을 눈치챘다.

"혹시… 엘레나에게 다른 마음을 먹은 게 아니십니까?"

"그게 무슨…!"

스테판은 순간적으로 큰 소리를 내려다 숨을 삼켰다. 아직 작전 중이다. 게다가 적진이 가깝다. 큰 소리를 내면 적에게 들킬지도 모른다.

어쩐지 지금의 소비노프는 스테판이 화를 내주기를 바라고 있는 것 같았다. 그동안 스테판은 다른 생도들의 이유 없는 괴롭힘으로부터 엘레나를 몇 차례 두둔해주었다. 상급자로서 하급자를 변호해준 것이라면 어쩔 수 없겠지만, 엄연히 군율이 있는 사관학교에서 남녀의 사적인 감정을 우선시했다고 보고되면 스테판도 엘레나도 중징계를 면키 힘들다.

"엘레나 생도야 얼굴도 반반하니, 저희 없을 때 대대장님께 교태를 부려 자기편으로 만들었다 하더라도 누가 알겠습니까? 아니, 어쩌면 **더한 일**을 했을지도 모르지요."

소비노프의 말에 주변의 생도들이 키득거렸다. 여기서 스테판이 소비노프에게 화를 낸다면 그의 꾀에 걸려드는 것밖에 되지 않는다.

…하지만 스테판은 참을 수가 없었다.

"자네, 지금 그걸 말이라고…!"

"이 작전을 끝내버리면 모두 만족하시겠습니까?"

스테판이 큰 목소리를 내려는 순간, 겨울바람과 같은 차가운 목소리가 둘 사이에 끼어들었다. 생도들의 시선이 순간 엘레나에게 꽂혔다.

"기습 작전은 성공해야지만, 돌입할 시간은 없다…. 그렇다면 적 지휘관을 바로 저격해버리면 되잖습니까?"

"뭐?"

스테판은 순간적으로 그녀가 무슨 말을 하는지 제대로 이해하지 못했다. 하지만 엘레나는 묘한 미소를 입가에 띠우며 언덕 아래의 적진 방향을 가리켰다.

그녀가 가리킨 곳에서는 대항군 지휘관 역할을 맡은 2연대장 생도의 모습이 보였다. 그는 기지 밖으로 나와 다른 생도들과 이야기를 나누고 있었다.

실전이었다면 무책임한 행동이라고 지적을 받았겠지만, 이번 훈련에서 생도들에게 지급된 건 기본적인 컨버전 키트가 장착된 훈련용 시뮤니션 소총뿐이었다. 유효 사거리가 30m 밖에 되지 않는 이 소총으로 유효 사거리까지 기어들어가 적 지휘관을 저격하는 건 불가능에 가까웠다. 2연대장 생도도 이 사실을 알기에 여유를 부리고 있는 것이리라. 하지만 엘레나는 지금 이 훈련용 소총으로 멀찍이 떨어진 적 지휘관을 저격하겠다고 말했다. 스테판은 고개를 가로저으며 그녀를 만류했다.

"그건 무리야. 대충 봐도 200m는 떨어져 있다고. 이건 실탄을 쓰는 소총이 아니야."

하지만 엘레나는 확신에 찬 미소를 지어보였다.

"그건 별 문제가 되지 않습니다. 벌써 이 총을 3년이나 썼는걸요. 총알이 어떻게 휘어지는지는 알고 있습니다."

그리고 엘레나는 스테판이 허가를 내리기도 전에 바로 바닥에 누워 엎드려 쏴 자세로 소총을 겨누었다. 여전히 소비노프 생도는 못마땅한 표정으로 혀를 차며 그녀의 행동을 질책했다.

"메드베지 대대장. 이건 바보짓입니다. 쓸데없이 소리를 내서 적에게 전과를 올려줄 기회를 만드느니…."

"쉿."

스테판이 진지한 표정으로 손가락을 입에 가져다대자, 소비노프는 마지못해 입을 다물었다. 순간 귀가 먹먹할 정도의 고요가 숲 한 가운데 휘몰아쳤다.

적 지휘관과의 거리는 약 200m. 실탄이 든 소총을 쓴다면 평범한 생도라도 아슬아슬하게 맞출 수 있는 거리였지만, 지금 엘레나의 손에 들려있는 선 시뮤니션 탄을 쓰는 훈련용 소총이었다. 시뮤니션 탄은 실내전을 상정하여 만들어진 탄환이기 때문에 화약량도 적고, 탄속도 느렸다. 탄 속이 느리다는 건 살상력이 떨어진다는 의미도 되지만, 탄환의 궤적이 환경의 영향을 많이 받게 된다는 뜻도 된다.

바람, 공기저항, 온도, 습도, 텀블링… 조건 하나만 바뀌어도 탄두는 예상한 궤적을 크게 벗어난다. 이 사소한 조건들을 모두 계산하여 정확히 표적을 맞추려면 슈퍼컴퓨터를 가져와도 모자랄 것이다.

하지만 사수의 직감은 때로 컴퓨터보다 정확하다. 수천 번, 수만 번 표적을 쏘며 얻어진 '감'이 머릿속에서 탄두의 궤적을 정확히 그려냈다.

엘레나는 프레임에 뺨을 얹고 오른 눈을 스코프에 가져다댔다. 아릿한 통증 때문에 호흡은 불규칙했지만, 엘레나는 가까스로 숨을 가다듬었다. 숨을 멈추고 표적의 머리 위보다 살짝 높은 곳에 십자선의 중앙부를 맞춘다.

그리고 격발.

퍽.

둔척한 소리를 내며 발사된 탄환이 허공을 갈랐다. 그리고 탄환은 2연대장 생도가 쓰고 있던 방석모에 정확히 착탄해 그의 눈 앞에 붉은색의 페인트를 흩뿌렸다.

"세상에…."

소비노프 생도가 입을 딱 벌리며 신음을 흘렸다. 다른 생도들 역시 믿을 수 없다는 표정이었다.

그 누가 알았겠는가, 이 거리에서 훈련탄으로 상대 지휘관을 저격해 승리를 따낼 줄이야….

훈련통제관이 상황 종료를 외치며 1생도 연대의 승리를 의미하는 깃발을 흔들어 보였다. 반면 난데없이 저격을 당한 2연대장 생도는 페인트가 묻은 자신의 방석모와 탄환이 날아온 방향을 번갈아 보며 한동안 그 자리를 떠나지 못했다.

"…훈련은 끝났습니다. 모두 돌아가 쉬도록 하죠."

생도들의 환호가 울려 퍼지는 가운데, 엘레나는 자리에서 일어나 소총을 다시 어깨에 고쳐 멨다. 하지만 아직 어지럼증이 남아 있었는지, 그녀는 소총의 무게도 제대로 이겨내지 못한 채 그 자리에서 볼썽사납게 휘청거렸다.

"아…."

스테판은 습관적으로 그녀의 손을 다시 잡아끌었다. 그 바람에 엘레나가 발을 헛디디며 스테판의 품 안에 풀썩 안겨왔다.

가슴에 느껴지는 보드라운 여인의 감촉.

그리고 코끝을 간질이는 낯선 마가목 열매의 향.

또 정강이를 걷어차이는 게 아닌가 걱정했지만, 의외로 엘레나는 수줍게 웃으며 제대로 감사를 표했다.

"감사합니다, 메드베지 대대장."

"으음…."

그 살가운 미소 때문이었을까, 아니면 코를 간질이는 듯한 달콤한 마가목 열매의 향기 때문이었을까.

스테판은 지도 모르게 얼굴을 붉히고 말았다.

7. 크바스

-1-

탁…. 탁… 탁….

공을 튀기는 듯한 맥 빠진 소리가 공터에 간헐적으로 울려 퍼졌다. 처음에는 누군가가 건물을 보수하느라 택커(Tacker)를 쓰고 있나 싶었는데, 가까이 가보니 엘레나 포술장이 모래주머니 앞에 설치된 표적지에 소총을 겨누고 있었다.

탁.

다시 특유의 맥 빠진 소리가 울려 퍼지며, 포술장이 들고 있던 소총에서 탄피가 튀어 나갔다. 어쩐지 총을 쏘는 것 치고는 맥 빠진 소리가 난다 싶었더니만, 총구에 소음기가 장착되어 있었던 모양이었다. 하지만 엘레나 소교는 사격용 귀마개를 제대로 착용한 채 정면을 주시하고 있었다.

탁.

또 다시 한 발.

음… 불렀다가 괜히 조준이 빗나갔다고 욕먹는 거 아냐? 나는 포술장이 탄창을 다 비울 때까지 눈에 거슬리지 않도록 그녀의 뒤쪽으로 돌아 살금살금 걸어갔다.

"사선에서 그렇게 수상쩍은 걸음으로 어슬렁거리다간 총 맞는

다, 반편아. 할 말이 있으면 해."

용케도 인기척을 알아차렸는지, 엘레나 소교가 뒤도 돌아보지 않은 채 쌀쌀맞게 쏘아붙였다.

"아… 죄송합니다. 방해가 되었나요? 사격을 마치실 때 까지 기다리려고 했는데."

"기다릴 거면 멀찍이 떨어져서 보던가. 그렇게 가까이서 음침한 숨소리를 내고 있는데 못 알아차리는 놈이 병신이지."

내가 숨소리를 냈다고?

나는 손을 입가에 가져다대고 아까와 같이 천천히 숨을 내뱉어 보았지만 이상한 점을 알아차리지 못했다. 다시 고개를 들어보니 엘레나 소교가 한심하다는 표정으로 나를 노려보고 있었다. 아, 속았구나.

나는 괜스레 머쓱해져서 머리를 긁적였다.

"저… 왜 식사하러 오시지 않는지 다들 궁금해 해서요."

"생각 없어."

포술장은 쌀쌀맞은 투로 딱 잘라 말했다. 하지만 내가 아는 엘레나 포술장은 식욕이 없다는 이유로 식사를 거르는 사람은 아니었다. 게다가 갑자기 사격 훈련이 하고 싶어 식사를 거른 건 아니리라.

나는 분위기를 환기시키기 위해 코트 주머니에서 주전부리를 꺼내 흔들어 보였다.

"아, 마침 초코바와 캔 커피가 있는데, 식사대용으로 이거라도 드시겠습니까?"

"필요 없어."

여전히 쌀쌀맞다.

나는 손이 민망해져서 주전부리를 뒤로 감추었다. 한동안 불편한 침묵만이 흘렀다. 엘레나 포술장은 나를 상대할 필요를 느끼지 못했는지 다시 소총을 집어 들고 표적지를 겨누었다.

탁.

다시 맥 빠진 격발음이 울려 퍼지는 것과 동시에 표적지 뒤에 설치된 모래주머니에서 먼지가 일었다.

"무슨 바람이 드셨기에 사격 연습을 하십니까?"

"군인이 사격 연습 하는 게 새삼스러운 일이냐, 반편아."

옳으신 말씀. 군인이 전투 기술을 갈고 닦는데 특별한 이유가 필요할 리가 없다. 하지만 엘레나 소교는 그 메이드 카페에 다녀온 이후부터 약간 침울해 보였다. 아무도 분명히 입에 담지는 않았지만, 대강의 이유는 어림짐작이 갔다.

"그 남자분 때문인가요?"

엘레나의 몸이 움찔했다. 그녀는 방아쇠에서 손가락을 거둔 채 천천히 뒤를 돌아보며 으르렁댔다.

"아니야."

"그럼 왜 그렇게 저기압이십니까?"

"그걸 왜 네 녀석에게 알려줘야 하는데?"

"그야… 저는 의무장이니까요. 의무장에게는 승조원들의 정신 건강을 책임져야 할 의무가 있답니다."

능청을 떨며 가볍게 가슴팍을 두들긴 다음, 엘레나 소교의 옆으로 한 걸음 더 가까이 다가갔다. 순간 포술장이 살기 어린 눈매로 나를 노려보았지만, 나는 미소를 지어 보이며 억지로 시선을 고정했다.

가벼운 눈싸움이 이어졌다.

"에휴…."

결국 먼저 시선을 피한 건 포술장이었다. 엘레나는 더 이상 총을 쏠 마음이 들지 않았는지, 한숨을 내쉬며 조준간을 안전 위치에 놓고 탄창을 제거했다.

그녀는 천천히 호 밖으로 벗어나 표적지를 회수해 왔다. 포술장의 손에 들린 표적지를 보고 나는 눈을 크게 떴다. 손바닥만 한 표적지의 머리 부분에는 탄착점이 조밀하게 모여 있었다.

"이야… 총 잘 쏘시네요."

단순한 아부가 아니라 정말로 감탄했다. 연방군에 있던 시절에도 이렇게 총을 잘 쏘는 사람은 몇 보지 못했다. 하지만 엘레나 소교는 자신의 표적지를 못마땅한 표정으로 내려다보더니 이내 고개를 가로저었다.

"아니, 이 정도면 못 쏜 거야. 매일 배만 타고 다니니 실력이 녹슬었어."

"에이, 겸손 떠시긴."

"겸손이 아니라 진짜야. 스코프 달린 저격 소총으로 이 정도는 누구나 다 쏠 수 있어. …뭐, 너 같은 손가락 병신만 아니라면 말이지."

엘레나 소교는 끝에 심한 말을 덧붙이고서도 눈 하나 깜짝하지 않았다. 거 참, 성깔머리하고는. 나는 몰래 손을 등 뒤로 돌려 손가락 욕을 날렸다.

엘레나 소교는 여남은 탄창을 정리하며 지나가는 어투로 생뚱
맞은 질문을 던졌다.

"그나저나 저번에 가게에 왔던 그 고양이 같은 녀석이 한 말 말
이야. 너는 어떻게 생각해?"

고양이 같은 녀석이라면 아마도 연방군의 '체셔 소령'을 말하
는 것이리라. 지난 번 전투에서도 악연으로 엮였던 그 사내는 갑
자기 가게에 나타나 뜬금없는 정보를 전해주었다.

'러시아에 곧 쿠데타가 일어날 겁니다.'

그리고 그는 예의 기분 나쁜 미소를 생글거리며 이렇게 덧붙
였다.

'이 쿠데타를 막아주세요.'

쿠데타를 막으라니, 어떻게?

하지만 체셔 소령은 끝내 방법에 대해서는 구체적으로 답해주
지 않고 귀신처럼 사라져버리고 말았다. 이후 함장에게 이 화제
에 대해 조심스레 묻기는 했지만, 함장은 귀찮다는 투로 어깨만
으쓱거리며 대답을 유보했다. 또 다시 국가 간의 음모에 휘말리
게 되었다고 생각하니 골치가 지끈거렸다.

"쿠데타라…."

몇 번이고 그 단어를 입에 담아보았지만, 역시 실감이 잘 나지
않았다. 내가 아는 쿠데타란 근현대사 역사책에서나 마주할 법한
낡은 단어였다. 평화롭다 못해 지루한 삶을 이어가는 연방의 시
민들에게는 낯설기 짝이 없는 단어다.

그 어감이 긍정적인지, 부정적인지는 차지하고서라도 어딘가
마음 한 구석이 마뜩찮았다. 게다가 말이 좋아 쿠데타지, 진압 당

하면 그저 반란이 아닌가.

"이기면 관군이고, 지면 반군이지."

나는 연방의 오래된 명구 하나를 읊조리며 머리를 긁적였다. 러시아 시민들에게는 미안한 소리지만, 사실 러시아에 적(籍)이 없는 나로서는 쿠데타가 성공하든 실패하든 알 바 아니었다. 다만 체셔가 쿠데타를 막는 대가로 정보를 제공해준다고 약속한 이상 남 일처럼 무시하기도 어려웠다. 그런데 연방 군인인 체셔가 왜 러시아의 쿠데타에 그렇게 관심을 갖는 걸까? 그 의문에는 엘레나 소교가 대신 답해 주었다.

"연방 입장에서는 열정 있는 젊은 장교들 보다 멍청하고 자기 보신에만 힘쓰는 얼간이들이 러시아를 다스리는 게 더 좋겠지."

포술장은 지겹다는 표정으로 한숨을 내쉬며 눈을 감았다.

"뇌물만 찔러주면 자원이고 인력이고 모두 헐값에 내어주는데, 이런 황금알 낳는 거위를 잃고 싶겠어?"

"그도 그렇군요. 하지만 연방이 진심으로 쿠데타를 막고 싶다면 공식적으로 적대하고 있는 우리가 아니라 러시아 수뇌들과 접촉하지 않았을까요?"

어제의 적과 손을 잡느니 뇌물을 잔뜩 먹여둔 꼭두각시 정권에게 경고를 하는 게 쿠데타를 막기에는 더 쉬울 것이다. 아무리 달콤한 조건을 내건다 하더라도 러시아 군부와 연관이 없는 우리로서는 혁명이 일어나기 전까지는 손을 놓고 있을 수밖에 없으니까. 하지만 엘레나 소교는 고개를 가로저으며 내 말을 부인했다.

"아니, 연방 입장에서도 쿠데타는 한 번 일어나는 게 좋을 테니까. 준비된 판을 깨고 싶지는 않을 거야."

"준비된 판이라니요?"

"왜, 쿠데타가 일어나고 정권이 한 번 바뀐다면 그 동안 불만이 많았던 놈들이 일시에 다 뛰쳐나올 거 아냐? 그런 다음에 진압을 한다면 앞으로 위협이 될 불순분자들을 뿌리까지 뽑아버릴 수 있을 테지. 물론 러시아 수뇌라면 자기 목숨까지 걸어가며 그런 위험을 감내하려 하지는 않겠지만… 강 건너의 연방군이 그런 사정 따위 알게 뭐야?"

엘레나는 히죽거리며 엄지를 자신의 목에 가져다 대고 옆으로 긋는 시늉을 해보였다.

"그래서 정말로 체셔의 제안을 받아들이고, 쿠데타 진압에 협조하실 겁니까?"

"나도 이 나라에서 일어나는 쿠데타 따윈 내 알 바 아니라며 무시해 버리고 싶지만… 애석하게도 학회의 높으신 분들도 같은 생각을 하신 모양이야. 애국심으로 가득 찬 젊은 장교들보다는 부패에 찌든 정치인들이 물건 팔아먹기에 더 쉽다는 거지."

그러고 보면 학회는 러시아 태평양 함대의 모항인 블라디보스토크로부터 그다지 멀지 않은 곳에 군항을 조차 받고 있었다. 타인의 불행으로 이득을 챙긴다는 점에서는 학회도 연방과 다를 바가 없었다.

의도한 건 아니지만, 사람의 목숨을 하찮게 여기는 조국에서 뛰쳐나와 몸을 의탁한 새로운 조직도 사실은 이 모양 이 꼴이었다니. 자신의 꼴이 하도 한심하고 우스워 나도 모르게 헛웃음이 흘러나왔다.

하지만 엘레나 소교가 마음을 쓰고 있는 건 이런 국가 간의 힘

싸움이 아닐 것이다. 러시아가, 연방이, 학회가 부패하고 타락한 게 어제 오늘의 일인가.

하지만 포술장은 '무슨 고민이 있냐—'고 묻는 내게 굳이 쿠데타라는 화제를 꺼냈다. 아마 이 거대한 계획의 어딘가가 손가락에 박힌 가시처럼 그녀의 심기를 거스르고 있음이 분명했다.

"그래서 무얼 고민하시고 계신 겁니까? 쿠데타가 일어나기 전까지 저희가 할 수 있는 일은 아무것도 없는데."

"…그 남자가 만나자고 연락을 해왔어."

"누구요?"

"스테판 코르사코프 중좌."

너무나도 뜬금없는 화제 전환에 말문이 턱 막혀 버리고 말았다. 이 시점에 뜬금없이 전 남자친구와의 데이트 약속이라도 자랑하려는 건가?

"그게 곧 일어날 쿠데타와 무슨 상관입니까?"

"그러니까… 추측이긴 하지만… 으음."

하지만 포술장은 어째서인지 한동안 말을 잇지 못하고 입을 달싹거리더니 끝내 한숨을 쉬듯 말을 뱉었다.

"…아무래도 그 쿠데타에 스테판 중좌가 관여하고 있는 모양이야."

"네? 그 곰 같은 사람이요?"

나는 나도 모르게 본심을 꺼냈다가 엘레나 소교의 눈총을 받고서 황급히 입을 가렸다. 하지만 나쁜 의미로 '곰'이라고 표현한 건 아니었다. 스테판 중좌의 외모는 불곰처럼 사나워 보였지만, 행동거지나 말에서 느껴지는 분위기는 푹신한 곰 인형 마냥 무르기 짝이 없었다. 날벌레 하나 죽이지 못할 것 같은 사람이라고 할까.

그런데 그 사람이 러시아 전역에 피바람을 일으킬 준비를 하고 있었다니… 쉽게 상상이 가지 않았다.

"물론 선배가 무슨 이유에서 쿠데타를 벌이는지는 내가 신경 쓸 일이 아니야. 부패한 관료들에게 실망을 했는지. 아니면 더 위로 올라가려는 야망을 갖고 있는지… 알게 뭐람."

포술장은 한참동안 상관없다는 식으로 골을 내며 떠들어댔지만, 결국 무언가가 마음에 걸렸는지 기어들어가는 목소리로 작게 한마디를 굳이 덧붙였다.

"…하지만 나 때문이라면 곤란해."

"네? 포술장님 때문이라니요?"

혼잣말을 되받아친 게 부끄러웠는지 엘레나 소교는 시선을 돌리며 횡설수설하기 시작했다.

"시끄러. 무엇보다 이런 반쪽짜리 쿠데타는 실패할 확률이 높아. 게다가 내가 속한 학회는 쿠데타를 막으려는 입장에 섰다고. 어쩌면 우리가 그 선봉에 서게 될지도 몰라. 혹여라도 선배가 나 때문에… 그러니까 쿠데타를…."

"그만두게 하고 싶으신 거군요?"

"…."

엘레나 소교가 말없이 나를 노려보았다.

"윽…."

그 사나운 눈초리를 마주하자 순간적으로 주눅이 들 뻔했지만, 나는 짐짓 어깨를 펴고 당당하게 말을 이어갔다.

"그럼 직접 만나서 말하세요. 위험한 일은 그만두라고."

"내가 무슨 자격으로?"

엘레나 소교의 입에서 신경질적인 즉답이 튀어나왔다.

"나는 이제 그에게 아무것도 아니야. 여자 친구도 후배도 아닌… 그저 자신의 인생조차 감당 못하는 한심한 화류계 여인으로 보이겠지."

그녀는 희미하게 웃으며 고개를 가로저었다.

"그런데 내가 무얼 할 수 있겠어?"

확실히 지난 두 차례의 만남을 통해 스테판은 자신의 옛 연인에게 크게 실망했을지도 모른다. 사관학교를 중퇴하고 몰락한 인생을 살아가다 화류계에 정착한 볼품없는 창녀. 그게 현재의 엘레나가 위장하고 있는 대외적인 모습이다. 이런 여인이 쿠데타에 대해 진지하게 조언을 해 준다고 그가 귀 기울여 들어줄 것 같지는 않았다.

…뭐, 광명학회의 간부라는 진짜 정체를 알려준다고 해서 해결될 문제도 아니지만. 어쩌면 더 심한 소리를 듣게 될지도 모른다.

하지만 나는 확신을 갖고 그녀를 계속 부추겼다.

"그렇다고 해서 포술장이 다른 사람이 되신 건 아니잖습니까?"

엘레나가 그게 무슨 뜻이냐는 투로 눈을 크게 치켜떴다. 그녀의 푸른 눈동자가 이상한 빛깔로 일렁였다.

"솔직해지십쇼, 포술장님."

나는 불벼락이 떨어질 걸 각오한 채, 눈을 딱 감고 말을 제멋대로 털어놓았다.

"제가 아는 포술장님은 하고 싶은 말을 속으로 삭히며 끙끙 앓는 계집아이가 아닙니다. 평소처럼 상대 기분 따윈 신경 쓰지 마시고 욕지거리든 충고든 제멋대로 하십쇼. 옛말에 사람이 안 하던 짓을 하면 금방 죽는다고 했습니다."

나는 말을 마치기도 전에 그녀가 내 얼굴에 주먹을 내지를 거라고 생각했지만, 주먹질은커녕 노성조차 들려오지 않았다. 조심스럽게 눈을 뜨니 엘레나 소교가 이맛살을 찌푸리며 머리를 헝클어트리는 게 보였다.

"으음."

포술장은 한참 동안 머리를 마구 문질러대다가 이내 길게 한숨을 내쉬며 나를 똑바로 응시했다. 머리카락 한 가닥이 어지러이 흘러내려 그녀의 눈을 반쯤 가리고 있었다. 하지만 엘레나 소교는 흐트러진 머리칼을 바로잡을 생각도 하지 않은 채 분한 표정으로 그저 작게 뇌까렸다.

"꽤 성장했군, 의무장."

그리고 입술을 비죽 내밀며 예의 악담도 빼놓지 않았다.

"전에 봤을 때는 자라다 만 괄태충 같았는데."

"그럼 지금은 다 자란 괄태충입니까!"

하지만 엘레나 소교는 콧방귀를 뀌며 내 항의를 묵살해버렸다. 그 표정은 언제나의 포술장처럼 쌀쌀맞기 그지없었지만… 아까전보다는 훨씬 기분이 좋아보였다. 함상생활이 길어지다 보니 이런 사소한 변화 정도는 알 수 있게 되었다. 자부할만한 성장이라고 생각한다.

그 사이 엘레나 소교는 무슨 생각을 하는지 턱 끝을 매만지며 발끝을 부산하게 떨어댔다.

"하지만 선배와 단 둘이서 만나는 건 곤란해."

"그냥 두 분이서 만나는 게 편하지 않나요?"

"이래서 연애 한 번 제대로 못해본 동정 놈들이랑은 말이 안 통한다니까. 야, 전 남친 만나러 가는 자리가 퍽이나 편하겠냐? 게다가 완전히 얕보이고 있는 상황에서."

"거기서 또 얕보일 게 뭐가 있습니까? 애당초 꼬맹이 같은 얼굴을 해 가지고… 윽."

말이 끝나기도 전에 발길질이 날아왔다.

"시끄러워."

엘레나 소교는 샐쭉하니 입을 내밀며 툴툴거리더니, 곧 고개를 들이밀어 내 얼굴을 한동안 가까이서 뜯어보았다. 거리가 가까웠던 탓에 그녀의 숨결이 코끝을 간질이자 나는 남세스러워서 얼굴을 붉혔다.

"흠, 뭐 이 정도면 허우대는 괜찮나."

하지만 엘레나 소교는 내 심중을 읽지 못했는지, 물건을 품평하는 상인 같은 표정으로 알쏭달쏭한 소리만 해댔다. 한참 동안의 품평 끝에 포술장은 무언가를 결심했는지 손을 꾹 쥐어 내게 내밀었다.

"이원일 일조, 명령이다."

그리고 그녀는 지극히 태연한 어조로 터무니없는 소리를 입에 담았다.

"너, 내 남자친구가 되라."

"…네?"

무어라 반응하기도 전에 뒤에서 무언가가 와장창 깨지는 소리가 들려왔다. 고개를 돌려보니 바닥에 나동그라진 식기 위에 해인이 굳은 표정으로 서 있었다.

-2-

엘레나 소교가 스테판 중좌와 만나기로 한 장소는 우연찮게도 전에 생태를 받으러 갔던 음식점인 〈성 마르가리타와 흉포한 용〉이었다. 외진 곳에 위치한 허름한 음식점이니, 옛 연인을 만나는 장소로서는 나쁘지 않은 선택이었지만… 나는 계속 묘한 눈길로 나를 쳐다보는 메그 셰프를 물리치느라 애를 먹고 있었다.

반면에 엘레나 소교는 긴장한 기색도 없이 서비스로 나온 크바스를 맛나게 홀짝거리고 있었다. 이래서야 옛 연인을 만나기로 한 사람이 누구인지 알 수가 없군.

나는 머리를 감싸 쥐며 기어들어가는 목소리로 물었다.

"…제가 뭘 잘못했습니까?"

"왜 갑자기 그런 소리를 해?"

엘레나 소교는 짚이는 게 없었는지 눈을 깜빡거리며 이상한 표정을 지어보였다.

"아무리 그래도 갑자기 남자친구가 되어 달라니요. 그 이해인 조리장이 충격에 끼니를 걸렀단 말입니다."

엘레나 소교가 한 말은 '스테판 중좌와 만나는 자리에서 나더러 대신 남자친구 흉내를 내 달라'는 뜻이었지만, 그 말을 문자 그대로 곡해한 해인은 충격을 먹은 표정으로 도망쳐 나가고 말았다. 그리고 해인에게 그 사정을 설명할 겨를도 없이 끌려나왔으니… 지금 함 내가 어떤 수라장이 되었을지 떠올리는 것만으로도 골치가 지끈거렸다.

엘레나 소교는 남의 불행이 뭐 그리 즐거운지 계속 음침한 미소를 이죽이죽 흘기면서 즐거워했다.

"뭐, 네 애인한테는 내가 나중에 자초지종을 잘 설명해 줄 테니 걱정 마."

"조리장은 제 애인이 아닙니다만."

"뭐 비슷한 거잖아."

"비슷한 거는 또 뭡니까. 비슷한 거는."

이 화제에 대해 더 말을 섞어봤자 만족스러운 대답을 듣지 못할 거라 생각했기에, 한숨을 내쉬며 화제를 바꾸었다.

"그래서, 왜 하필 접니까? 같이 나갈 사람이라면 나스챠 중위도 있잖습니까."

"놀러 나가는 거라면 그렇겠지. 하지만 이건… 전투야."

엘레나 소교는 그렇게 말하며 비장한 표정으로 주먹을 꾹 쥐어 내질렀다.

"예… 어련하시겠습니까."

하여간 사소한 일에 거창한 별명을 붙이는 건 잿빛 10월 승조원들의 공통된 특징이다. 내가 콧방귀를 뀌며 시선을 돌리자, 엘레나 소교는 자신이 업신여김 당했다고 생각했는지 내 얼굴을 강제로 잡아 돌리며 사납게 되물었다.

"어이, 의무장. 뭔가 한심한 생각을 하는 모양인데… 전 남자 친구에게 가장 효과적인 무기가 뭘 것 같냐?"

"자, 잘 모르겠습니다만."

내가 말을 더듬으며 눈알을 굴리자 엘레나 소교는 고개를 더욱 가까이 들이대며 으르렁거렸다.

"새 남자친구다."

"하지만 저는 포술장님 남자친구가 아닌데요."

"나도 너 따위 반편이와 사귀고 싶은 마음은 티끌만큼도 없으니까 걱정 마. 지금은 연기를 하라는 거지, 연기를."

연기를 하라고 해도 마음이 불편한 건 마찬가지다. 결국 누군가에게 미움받을 배역을 떠맡게 된 셈인데, 마음이 편할 리가 있겠는가. 게다가 상대는 그 곰 같은 외모의 소유자, 스테판 중좌다. 스테판 중좌가 진심으로 나를 노려본다면 말 그대로 오줌을 지릴지도 모른다.

나는 한숨을 내쉬며 메그 셰프가 가져다 준 크바스를 홀짝였다. 곡물로 만든 저알코올 양조주라고 해서 맥주와 같은 맛이 날 줄 알았는데, 의외로 크바스는 쓴맛이 전혀 없는 청량음료 같았다. 달착지근하고 알싸한 보리음료에 탄산을 가미한 것 같다고 할까. 이거라면 얼마든지 마실 수 있겠군. 잔을 비우고 다시 한 잔을 주문하자, 메그 셰프가 크바스를 새로 따라주며 너무 많이 마시지는 말라고 충고해주었다. 아무리 도수가 낮다 하더라도 엄연한 술이다.

나는 접시에 담긴 흘렙(Chleb, 검은 빵)을 죽죽 찢어 입에 던져 넣으며 엘레나를 조심스럽게 떠 보았다.

"그래서. 포술장님은 그 곰 같은 사내에게 제가 무얼 하길 바라십니까?"

하지만 엘레나 소교는 의외의 단어에 분개하며 내 말을 지적했다.

"…곰이라고 하지 마."

"왜요?"

"그냥. 기분 나빠."

그리고 엘레나는 사소한 일에 투정을 부리는 어린 아이처럼 콧방귀를 뀌며 고개를 돌렸다. 이래서야 원. 남자친구의 흉을 봤다고 분개하는 계집아이를 보는 것 같지 않은가. 정말로 스테판에 대한 애정이 식었는지도 슬슬 의심스럽다.

나는 그런 엘레나의 태도가 슬슬 짜증나 생각 없이 말을 던졌다.

"아니, 그렇게 신경 쓰이시면 그냥 다시 사귀자고 하면 되잖습니까. 사귀고 나서 애인으로서 '위험한 일은 하지 말'고 권유하시면 되잖아요?"

그 말을 듣자 엘레나의 손이 멈칫했다. 아주 잠깐이나마 그녀는 내 말을 진지하게 고민하는 것처럼 보였지만, 이내 고개를 가로저으며 탄식을 내뱉었다.

"말은 쉽지."

그리고 엘레나는 자신을 검지로 가리키며 어려운 질문을 하나를 던졌다.

"그래, 그래서 네 말대로 고백을 하자 치자. 그럼 스테판에게 사귀어 달라는 건 창녀로서의 엘레나냐, 아니면 학회 간부로서의 엘레나냐?

"그건…."

나는 그제야 또 말실수를 했다는 걸 깨달았다.

옛 연인을 만난다는. 지극히 사적인 상황이기는 하지만, 엘레나는 결국 평범한 여인이 될 수는 없다. 그녀는 하나의 부대를 지휘하는 사관이다. 억울하고 마음이 아리다고 해서 마음 가는대로 행동하다가는 자신의 목숨뿐만 아니라 부하들의 목숨까지도 해칠 수도 있었다. 결국 엘레나는 학회 간부로서 재직하는 이상, 스테판 중좌의 앞에서는 술집 작부의 흉내를 낼 수밖에 없다.

사람을 사귄다는 건 결국 그런 것이다! 첫 단추를 거짓에 끼워 버리면 계속해서 거짓을 끼워 맞춰야 한다.

"마음에도 없는 거짓말을 하는 건 함장과의 대화만으로도 충분해. 이런 데까지 와서 억지웃음을 짓고 싶지는 않아."

포술장은 평소와 같이 차가운 표정으로 계획을 읊었다.

"일단 오늘은 선배를 초조하게 만들어서 쿠데타에 대한 이야기를 들어보자고. 그걸 말릴지 부추길지 결정하는 건 그 다음 문제야."

나는 고개를 끄덕이면서도 입 속이 깔깔해 입맛을 다셨다. 도무지 엘레나 소교의 속이 보이지 않았기 때문이다.

'결국 마음이 없다는 소리는 끝까지 하지 않는군.'

정말로 엘레나 소교는 스테판 중좌에 대한 연애감정을 깨끗이 지운 걸까? 그렇다고 하기엔 묘한 집착이 남아있었고, 아니라고 하기엔 옛 연인을 대하는 태도가 너무 쌀쌀맞았다.

"…크바스 한 잔 더 드시겠어요?"

"이런 밍밍한 음료는 이제 됐어. 거기, 아가씨. 스타우트를 한 잔—."

엘레나 소교가 주문을 하기 위해 손을 든 순간, 가게의 문이 열리며 풍경이 거칠게 흔들렸다.

딸랑.

오후의 햇살이 입구에 서 있는 사내의 몸에 가로막혀 볕을 드리우지 못하고, 긴 그림자를 내리 깔았다. 눈앞에 거한의 그림자가 깔리자 나는 무의식적으로 마른 침을 삼켰다. 엘레나의 선배이자 옛 연인인 스테판 코르사코프 중좌였다. 전에 보았던 것과는 달리 사내의 몸에선 묘한 살기가 흐르고 있었다.

"…그 때 보았던 그 연방인 사내로군."

불행히도 스테판 중좌는 내 얼굴을 바로 기억해냈다. 여장하고 있을 때의 얼굴은 기억해내지 못했다는 게 불행 중 다행일까.

"네, 넵. 오랜만입니다."

그 싸늘한 인사를 듣자마자 꼴사납게 말을 더듬으며 고개를 숙이고 말았다. 옆에서 엘레나 소교가 한심하다는 표정을 지으며 혀를 찼다.

"쳇."

아니, 이 상황에 평정을 유지하는 게 그리 쉬운 줄 아쇼? 나는 포술장에게 불만을 털어놓고 싶었지만, 스테판 중좌의 시선이 신경 쓰여 입조차 떼지 못했다. 스테판이 의자에 앉자마자 메그가 쪼르르 달려와 주문을 받았다.

"주문하시겠어요?"

"압생트 한 잔."

"식사는요?"

"필요 없어."

"옙."

메그 셰프는 흥겨운 말투로 계산서에 주문을 기록한 다음, 다시 주방으로 가 압생트가 가득 든 류모츠카 잔을 들고 나타났다. 스테판은 잔을 받자마자 맹물을 들이키는 것처럼 압생트를 단숨에 들이켰다. 압생트라면 보드카만큼이나 독한 술일 텐데… 그 기세에 눌려 나는 다시 몸을 움찔거렸다.

그가 빈 잔을 탁자 위에 거칠게 내려놓자 팔각의 달콤한 향과 회향의 쌉쌀한 향이 뒤섞여 피어올랐다. 스테판은 한동안 입을 달싹거리며 말을 고르더니, 나를 매섭게 노려보며 천천히 질문을 던져왔다.

"그 때 말했던 것처럼 자네가 엘레나의 사촌일리도 없고. 그래서 자네는 엘레나의… 뭐지?"

뭐냐고 물으신다 해도.

"어… 그러니까 저는 엘레나 **포술장**님의—."

"포술장?"

아차. 당황한 탓에 평소대로 직책을 입에 담고 말았다!

내가 입을 가리는 것과 동시에 엘레나 소교가 탁자 밑으로 힘껏 정강이를 걷어찼다.

퍽.

나는 엄청난 격통에 입만 뻥긋거렸다. 아, 말로 합시다. 말로…!

"넌 입 다물어라, 멍청아."

엘레나 소교는 스테판에게 들키지 않을 만큼의 작은 목소리로 경고를 날린 다음, 금세 아무 일도 없었다는 것처럼 새치름하게 머리칼을 쓸어 넘겼다.

"이 사내는 제 남자친구에요."

"허? 남자친구라고? 하지만 너는….."

"네. 술집 작부에게 남자 친구 한 둘 정도 있어도 이상한 건 아니잖아요, 선배?"

"으음….."

스테판이 다시 괴로운 신음을 흘렸다.

확실히 웃음을 파는 작부에게 애인이 있는 건 이상한 일도 아니었다. 다만 스테판은 내가 억지로 엘레나의 약점을 잡아 부리고 있지는 않나 의심하는 눈치였다.

"그 사내의 뭐가 그렇게 마음에 든 거지?"

"돈이에요."

엘레나는 눈 하나 깜짝 않고 즉석에서 나와의 관계를 지어내기 시작했다.

"여기 계신 원일 씨는 연방과 러시아의 중개 무역으로 엄청난 돈을 벌어들인 젊은 거부에요. 이런 남자에게라도 매달리지 않으면 저는 살 수가 없었거든요."

저… 왠지 제 이미지가 쓰레기가 되어가고 있는데요.

여자를 돈으로 사서 애인처럼 끼고 다니는 남자라니, 저라도 상종하기 싫은 인간이라구요. 하지만 말을 맞춰주기로 한 이상 반박을 할 수도 없는 노릇이었다. 나는 돈 많은 한량처럼 거만한 자세로 다리를 꼬고 앉아 썩은 미소를 흘렸다. 하지만 스테판 중좌가 매섭게 노려보자 나는 엉겁결에 다시 자세를 바르게 고쳐 앉았다. 안 돼, 정말 위험해. 눈을 마주쳤다가는 진짜로 오줌을

지려버릴지도 몰라…. 스테판은 다시 엘레나에게 눈길을 돌리며 무뚝뚝하게 말했다.

"돈이 궁하다면 내가 줄 테니 저런 사내와는 헤어져."

"군인 봉급만으로 저를 만족시킬 수 있겠어요, 선배?"

엘레나 소교는 정말 술집 여자처럼 천박한 웃음소리를 내며 앞섶을 꾹 눌렀다.

"저는 이래 뵈도 굉장히 사치스러운 여자랍니다."

뭐, 내가 보기에도 엘레나 소교는 충분히 사치스럽다.

한 발에 수십만 원 하는 포탄을 기분 내기 용으로 쏴 버리는 아가씨이니, 여간한 재력으로 떠맡기엔 무리가 있겠지. 하지만 스테판은 여전히 엘레나 소교의 거짓을 눈치채지 못했는지 괴로운 표정으로 뇌까렸다.

"세상은 돈 만으로 살아가는 게 아냐."

"레프 백작도 귀족이 아니었으면 그런 소리는 못했겠죠."

"나이가 들면 그런 일도 더 이상 하지 못한다고."

"그러니 젊을 적에는 제가 원하는 대로 살 거예요."

"명예는 젊어서부터 지켜야지."

스테판의 말은 구구절절 옳았다.

그의 강직한 태도에 감탄하여, 나는 스스로의 입장도 망각한 채 고개를 끄덕이고 말았다. 순간, 다시 발길질이 날아왔다.

퍽.

"멍청아, 지금 네 입장을 생각해! 동조하지 마!"

"아얏… 알겠으니까 그만 좀 걷어차요!"

어쩐지 이야기가 엘레나의 갱생 쪽으로 틀어지기 시작하자, 포술장은 초조한 표정으로 나를 재촉했다.

"너도 뭐라고 도발 좀 해봐."

"네? 그랬다가 두들겨 맞으면 어쩌려고요!"

"걱정 마, 선배는 그런 사람이 아니야."

엘레나 소교는 스테판 중좌에 대해 이상한 신뢰를 보내며 내게 엄지를 치켜세워 보여주었다. 정말 괜찮을까.

나는 다시 의자에 등을 기대고 최대한 불량스러운 말투로 스테판을 조롱했다.

"하, 하하. 당신이 과거에 엘레나와 어떤 관계를 갖고 있었는지는 모르겠지만, 지금의 엘레나는 매일 밤 내 품에 안겨 교태를 부리는 한 마리 어린 양…."

"…."

말을 맺기도 전에 엄청난 양의 살기가 나를 압도했다. 나는 스테판 중좌의 몸에서 풍겨 나오는 아우라에 질려 바로 사과를 하고 말았다.

"…죄송합니다."

"여기서 왜 사과를 하는 거야, 멍청아!"

결국 엘레나 소교도 어이가 없었는지 반사적으로 소리를 빽 지르며 내 뒤통수를 후려 갈겼다.

"지금 뭘 하는 거지, 엘레나?"

순간, 나와 포술장은 아차 싶은 표정으로 스테판을 돌아보았다. 스테판은 이제 살기를 모두 거둔 채 의아스러운 표정으로 나와 엘레나를 번갈아 보고 있었다.

아무리 생각해도 방금의 행동은 돈을 대주는 포주와 작부 간의 관계라고 보기는 힘들었다. 눈치 없는 스테판 중좌도 이번만큼은 이상을 알아차렸는지, 손가락으로 관자놀이를 가볍게 긁었다.

"이상하군, 아무리 생각해도 이 사내는 남자친구 같아 보이지는 않아."

"윽…."

엘레나가 당황한 기색을 보이며 몸을 뒤로 빼자 스테판 중좌는 손을 내밀어 그녀의 손목을 붙잡았다.

"엘레나, 솔직히 말해줘."

스테판은 손목을 붙잡은 채로 고개를 들이밀며 진지한 투로 그녀를 다그쳤다.

"내 걱정은 하지 말고 솔직하게 말해. 너는 지금 무슨 일을 하고 있는 거야? 그리고 내게 무얼 바라는 거야?"

"저, 저는…."

엘레나 소교는 드물게 당황한 표정을 내비치며 나를 돌아보았다. 그렇게 도와달라는 신호를 보내신다 하더라도… 임기응변 능력이 떨어지는 나로서는 아무런 말도 할 수 없었다.

그 때였다.

"오, 메드베지 선배. 여기서 뭐하고 계세요?"

반대쪽 테이블에서 해군 제복을 걸친 사내 하나가 가까이 다가왔다. 스테판 중좌보다는 약간 어릴까. 길게 찢어진 눈을 가진 러시아인 청년이었다. 그는 엘레나의 손목을 잡은 스테판을 보고는 눈을 치켜뜨며 기분 나쁘게 웃었다.

"이야, 메드베지 선배가 술집 여자와 함께 있다니. 별일이네요."

"…그게 자네와 무슨 상관이지, 소비노프?"

"아무 상관도 없습니다. 다만 이례적인 일이라는 거죠."

소비노프라고 불린 그 사내는 티 나게 능청을 떨어가며 스테판에게 치근덕거렸다. 대화로 미루어 볼 때 아마도 스테판의 동료이리라.

나는 그가 인사를 마치고 금세 자리를 떠날 거라 생각했지만, 어째서인지 소비노프는 엘레나 소교의 얼굴을 보고는 한동안 고개를 갸웃거렸다.

"어라? 이 아가씨 왠지 낯이 익은데…."

엘레나 소교의 얼굴에 낭패의 기색이 살짝 흘렀다. 구면이었는지 소비노프는 끝내 그녀의 이름을 알아맞히었다.

"…엘레나? 너 엘레나 유스포브 맞지?"

"…."

하지만 엘레나는 아무런 대답도 하지 않고 고개를 돌렸다. 명백히 싫어하는 기색이 역력했지만, 소비노프는 되레 친한 척 유세를 떨며 그녀의 어깨를 가볍게 두들겼다.

"와, 이거 오랜만이네. 쿠즈네초프의 스네구로치카라고 불리던 그 엘레나 유스포브 맞지? 진짜 하나도 안 변했네."

나는 눈을 가늘게 뜨며 새로 나타난 불청객을 유심히 살폈다. 이 사내는 누구지? 학회와 관련된 사람처럼 보이지는 않았다. 그렇다면 포술장이 전에 말했던 쿠즈네초프 사관학교의 동문인가?

나는 조심스럽게 엘레나 소교에게 눈짓을 보내봤지만, 그녀는 여전히 불안한 표정으로 시선을 내리깔며 커프스의 단추를 만지작거렸다. 이 소비노프라는 사내가 누구인지는 모르겠지만, 엘레나에게도 스테판에게도 달가운 상대는 아닌 모양이었다.

"…비켜주세요, 소비노프 선배."

엘레나 소교답지 않은 정중한 부탁이었지만, 소비노프는 눈을 부라리며 되레 그녀를 조롱했다.

"뭐, 선배? 누가 네 선배야? 너는 졸업장도 못 받은 낙오자잖아. 어디서 감히 사관 흉내를 내고 있는 거야."

"…."

얼굴에 드리워진 그늘 아래로 엘레나 소교가 이를 가는 게 보였다. 하지만 그녀는 성질을 죽여 가며 재차 공손하게 부탁을 건넸다.

"좋아요, 소비노프 중좌님. 저는 이 자리에서 스테판 중좌님께 볼일이 있으니 지금은 자리를 비켜주시지 않으시겠습니까?"

"지금 그 말을 나보고 믿으라는 건가, 판나(панна, 영애) 동무?"

그 말에 갑자기 엘레나의 얼굴이 하얗게 질렸다.

하지만 나는 그게 무슨 뜻인지 바로 이해하지 못했다. 영애라니, 엘레나가 도대체 누구의 딸이기에? 스테판 중좌는 군모를 꾹 눌러쓴 채 그늘 아래에서 천천히 입을 열었다.

"그게 무슨 소리지, 스테판?"

엘레나가 작게 신음을 흘렸다. 하지만 소비노프 중좌는 뜸을 들여가며 말을 비비꼬았다.

"뭐야, 메드베지 선배. 이 계집애가 왜 쿠즈네초프 사관학교를 중퇴했는지 모르고 계셨던 거예요?"

"표면상으로는 다른 생도들의 괴롭힘을 못 이기고 자퇴한 것으로 처리되어 있지."

"맞아요. 하지만 그런 걸로 중퇴를 하기로 마음먹었다면 1학년 때 그만두었겠지요. 그런데 이 계집애가 왜 하필 졸업을 앞둔 '그 시기'에 학교를 그만뒀겠습니까?"

"그만 둬….""

엘레나 소교가 꽉 잠긴 목소리로 애원했지만, 소비노프는 들은 체도 하지 않고 말을 이어갔다.

"진짜 웃기지도 않는 이유라니까요, 정말."

"그 입 닥쳐, 소비노프!"

끝내 엘레나의 입에서 거친 욕설이 터져 나왔지만, 소비노프는 정색하며 이를 드러냈다.

"시끄러, 엘레나 **블라디미로브나** 유스포브. 지금 네가 누구보고 닥치라고 할 처지냐?"

블라디미로브나? 이는 낯선 부칭(父稱)이었다. 나는 눈을 크게 뜨고 엘레나를 쳐다보았다. 분명 블라디미로브나라는 이름은 러시아어로 '블라디미르의 딸'이라는 뜻이었다.

그리고 블라디미르라 하면….

"선배. 이 계집애의 아버지가 누군지 아십니까? 소비에트 연방의 마지막 서기장… 블라디미르 유스포브라고요!"

"설마…."

나는 그제야 '유스포브'라는 성을 전에 어디에서 들었는지 기억해냈다. 소련의 마지막 서기장이자 연방최고회의장이었던 블라디미르 유스포브의 성이었다. 소련 해체 이후 그는 정권을 장악한 정적(政敵)들에 의해 살해당했지만, 아직까지도 대중들의 입에 자주 오르내리는 영향력 있는 인물이었다.

그런데 엘레나 소교가 그 서기장의 딸이라니. 나는 충격에 한동안 숨을 죽인 채 묵묵히 귀만 기울였다.

"이 계집애가 무슨 연줄로 사관학교에 입학했나 했더니, 고귀하신 서기장 동무의 사생아였다는 겁니다. 정말 웃기는 일이지요."

소비노프는 그리고 부정한 계집을 비난하듯 그녀를 손가락 끝으로 가리키며 입 꼬리를 비죽거렸다.

"따돌림? 내무부조리? 이 독한 계집애가 그런 걸로 학교를 그만둘 리가 없잖습니까. 소련이 붕괴하고 블라디미르 서기장이 총살을 당하니 쥐새끼처럼 제 살길을 찾아 도망친 게지요. 그게 다입니다."

"…."

한동안 불편한 침묵이 가게 안을 가득 메웠다. 갑자기 정체를 폭로당한 엘레나 소교는 물론이고, 스테판 중좌 역시 아무 말도 하지 않은 채 바닥을 내려다보고 있었다.

이 침묵을 어찌 이해했는지 소비노프 중좌는 어깨를 으쓱거리며 계속 말을 이어갔다.

"그런데 참 이상하지요. 그 이후로 상트페테르부르크는 물론이고 블라디보스토크에서도 보이지 않던 서기장의 딸이 갑자기 이 시국에 어울리지도 않는 창녀를 자처하며 옛 전우들 앞에 나타나다니…. 메드베지 선배. 어딘가 수상하지 않나요?"

소비노프의 말에 순간 심장이 덜컥 내려앉는 줄 알았다. 방금 한 그 대사야 말로 진짜 엘레나의 정체에 가장 근접한 추리였기 때문이다.

"어이, 블라디미로브나. 아버지의 영광을 되찾아 다시 소련을 부활시키기라도 할 작정이었나? 아무래도 우리 감찰국의 조사가 필요하겠는데."

소비노프는 엘레나를 조롱하느라 내게는 신경을 쓰지 않고 있었다. 나는 조심스럽게 샤슬릭용 나이프에 손을 뻗으며 엘레나의 눈치를 살폈다. 여차하면 나이프로 소비노프를 찌르고 그 틈을 타 도망칠 작정이었다.

하지만 엘레나 소교는 단단히 화가 났는지, 내 신호를 무시한 채 소비노프에게 시비를 걸고 있었다.

"아니야…."

"뭐…? 뭐가 아닌데?"

"나는 너처럼 사관학교에 빽으로 입학한 게 아냐, 이 저능아 새끼야!"

엘레나가 욕설을 내뱉자마자 소비노프의 표정이 차갑게 식어 내렸다. 그는 순간적으로 평정을 잃고, 손을 높게 치켜들었다.

"이 암캐가 어디서 감히…!"

나는 소비노프가 엘레나를 치기 전에 나이프를 휘둘러 그의 팔을 그어버리려고 했다. 하지만 내가 몸을 일으키기도 전에 스테판 중좌가 날쌔게 그의 팔목을 붙잡았다.

"…뭐하시는 거죠, 메드베지 선배?"

소비노프의 눈썹이 불만스럽게 씰룩였다.

"무고한 사람을 잘못 잡았다네, 소비노프 과장. 그녀는 혁명과 관계가 없어."

"또 시작이시군요."

소비노프는 지긋지긋하다는 표정으로 짜증을 내며 스테판을 흘겨보았다.

"사관학교 때부터 지금까지. 왜 그렇게 이 계집애를 싸고도시는 겁니까? 선배가 뭘 안다고—!"

그의 말이 끝나기도 전에 스테판이 품에서 무언가를 꺼내들었다. 스테츠킨 기관권총이었다.

"그야 혁명은 그녀가 아니라… 내가 주도하고 있으니까."

큼지막한 스테츠킨 권총의 총구가 자신을 향하자 소비노프의 눈이 동그랗게 변했다. 하지만 그는 현실을 받아들이지 못하고 되레 실소를 터트렸다.

마치 끔찍한 백일몽을 꾸는 것 마냥.

소비노프는 고개를 가로저으며 혼잣말을 했다.

"하, 하하. 말도 안 돼. 이럴 수는 없….."

하지만 그 끔찍한 백일몽은 사라지지 않고 현실이 되어 그의 머리를 꿰뚫어 버렸다.

탕!

한 발의 총성이 울려 퍼지는 것과 동시에 그 불운한 해군 중좌는 피를 흩뿌리며 바닥에 쓰러졌다.

그 누구도 비명을 지르지 않았다. 가게 안에 있던 사람들 모두가 소비노프의 시체가 피를 토해내는 걸 말없이 바라만 보고 있었다. 그의 머리에서 흘러나온 피는 어느새 바닥을 물들여 나뭇결 위에 묘한 수채화를 자아내기 시작했다.

"이런… 나무 바닥에 배어든 피는 닦기 힘든데."

메그 셰프의 맥 빠진 혼잣말을 들으며 나는 머리를 감싸 쥐었다. 예상했던 것 보다 훨씬 더 빨리.

말썽이 찾아왔다.

8. 블린

-1-

영창이나 교도소에 구금될 줄 알았는데.

가게에서 스테판을 붙잡은 헌병들은 그를 구금 시설로 데려가는 대신 평소에 근무하던 사령부 내 작전과로 데려갔다. 그리고 이상하리만큼 예의 바른 말투로 그를 작전부장실까지 안내했다. 혹시 그가 모르는 사이에 부관이 멋대로 쿠데타를 진행시킨 걸까? 그렇다 하더라도 시내에서 사람을 쏴 죽인 범죄자를 대하는 것 치고는 태도가 너무 나긋나긋하다. 스테판은 문득 자신이 수갑조차 차지 않았다는 사실을 알아차렸다.

"여자 때문에 사적인 결투를 벌이다니, 지금이 중세 시대인 줄 알아?"

방에 들어서자마자 부장이 짜증을 내며 담배를 권했다. 스테판은 얼떨떨한 기분으로 담배를 받아들었다. 들고 보니 시중에서는 구할 수도 없는 비싼 시가릴로였다. 스테판은 시가릴로를 피우지 않고 손아래에서 만지작거리기만 하며 부장의 말을 조용히 경청했다.

"안 그래도 요새 처리해야 할 일이 얼마나 많은데 자네까지 말썽인가."

부장은 계속 불만스럽게 툴툴거렸다.

"…이보게, 메드베지."

그가 계속 대꾸를 하지 않자 부장은 양 손을 깍지 끼운 채, 좀 더 누그러진 말투로 말을 꺼냈다.

"나는 이번 마슬레니차는 평온하게 보내고 싶어. 한 번에 장교를 둘이나 잃고 싶진 않단 말이야."

이미 하나는 죽었다. 스테판이 아까 소비노프의 머리에 총구멍을 내버렸으니까.

"그 말씀은…?"

"자네 하기에 따라 없었던 일로 해 줄 수도 있다는 뜻이네."

부장은 연기를 깊이 들이마시며 대수롭지 않다는 표정으로 자비를 베풀었다. 자신의 죄를 탕감해준다고 하는데도, 스테판은 부장이 달가워 보이지 않았다.

결국 그는 개인의 권력을 이용해서 한 사람의 죽음을 없었던 걸로 만들려 하고 있는 것이다.

"…사람이 죽었습니다."

스테판은 무뚝뚝한 표정으로 입을 뗐다.

"그것도 해군 중좌가 다른 해군 중좌에게 총을 맞아 죽었는데."

전혀 가벼운 일이 아니다. 술집에서 취한 장교들이 난동을 부린 것도 아니다. 심지어 대단찮은 소인 잡배가 죽은 것도 아니다. 정규 해군의 좌관급 장교 하나가 다른 장교에 의해 살해당했는데. 그걸 개인의 편의 때문에 무마시키려는 부장의 태도에 스테판은 환멸을 느꼈다.

"뭐 어때, 적당히 조서를 꾸미면 사고로 처리하는 것도 어렵지 않아. 소비노프의 유족들에게는 연금이 돌아갈 테고… 나도 자네도, 모두가 샤스띠예(행복)한 결말이지."

부장은 '샤스띠예'라는 말이 무척이나 마음에 들었는지 한 동안 '샤스띠예, 샤스띠예'라고 흥얼거리며 콧노래를 불렀다. 하지만 행복을 논하기에는 너무 멀리 와버렸다.

부장도, 스테판도.

"부장님, 제가 왜 소비노프를 죽였는지 궁금하지 않으십니까?"

스테판이 희망을 걸며 재차 질문을 던졌지만, 부장은 무심하게도 관심 없다는 표정으로 손을 내저었다.

"응? 뭐 계집 아이 하나가 같이 있었다고 들었네만. 여자일로 싸운 게 아닌가? 알아, 알아. 젊은 사내라면 피가 끓어 실수를 저지를 수도 있는 법이지. 게다가 소비노프는 적이 많았어. 자네를 나무라진 않을 걸세."

결국 이 남자에게 스테판은 쓰기 편한 장기 말에 불과한 모양이었다. 그가 성실한 장교이든, 쾌락 살인마든 그에게는 별 상관이 없는 것이다.

아니, 더 쓸모 있는 다른 장교가 스테판을 죽였다 하더라도 부장은 똑같이 반응했으리라.

"부장님, 그럼 마지막 질문을 드리겠습니다."

스테판은 숨을 깊게 들이 마시며 마지막 질문을 던졌다.

"11 구축함 전대는 지금 어디에 있습니까?"

"그야 자네가 저번주에 제출한 보고서에 따르면 지금 포시예트 앞바다를 초계중이지 않···."

뿌우우우—

부장의 말이 끝나기도 전에 항구에서 묵직한 기적 소리가 들려왔다. 배마다 기적 소리는 조금씩 미묘하게 다르다. 아무리 게으르고 무능한 부장이라고 하지만, 11 구축함 전대의 기함인 바랴그(Varyag)의 묵직하고 중후한 기적 소리는 그의 귀에도 충분히 익었다.

"어이, 왜 바랴그가 항구에 정박 중이지?"

"현장에 나와 보지도 않고 도장을 찍으시니 이런 일이 생기는 겁니다."

스테판이 힘 있게 말하며 자리에서 벌떡 일어섰다. 순간 눈치를 챈 부장은 재빨리 책상 서랍에 손을 넣어 권총을 꺼내려 했지만, 스테판이 조금 더 빨랐다.

스테판은 그 육중한 거구를 날려 부장의 손목을 완전히 꺾어 버렸다. 부장은 손목을 붙잡은 채 바닥에 나뒹굴며 비참한 신음 소리를 흘렸다.

"윽···!"

스테판은 그 위에 올라타 부장을 완전히 결박한 채 띄엄띄엄 말을 이었다.

"소감은, 어떠십니까?"

부장은 그제야 상황을 완전히 깨닫고, 쓴웃음을 흘리며 빈정거렸다.

"이야. 설마 자네가 그 소문 자자한 쿠데타군의 수뇌였을 줄이야···. 이거 한 방 먹었구먼."

그리고 그는 아쉬운 표정으로 입맛을 다시며 낮게 중얼거렸다.

"아무래도 이번 마슬레니차엔 느긋하게 블린(блины)을 구워먹는 건 포기해야겠군."

"걱정 마십시오. 얌전히만 계신다면 사식으로 블린 쯤이야 배터지게 넣어드릴 테니까요."

스테판은 잡담을 나누듯 평온한 표정으로 부장의 손목을 뒤로 결박한 채 방을 빠져나왔다. 방을 빠져나오자 기다렸다는 듯이 문 앞에 부관이 서 있었다. 그가 무사한 걸 확인하자마자 부관은 안도의 한숨을 내쉬며 경례를 올려붙였다.

"무사하셨군요. 스테판 동지."

"음. 혁명은 이미 시작되었나?"

스테판은 자신의 코트를 어깨에 걸치며 상황을 물었다.

"포섭한 경비대대원들이 사령부 건물을 확보했습니다. 각 부부장과 부사령관을 사로잡는 데에는 성공했습니다만… 함대 사령관은 눈치를 채고 달아났습니다."

"상관없어. 그 늙은이가 무얼 할 수 있다고."

하지만 부관은 불편한 표정으로 아랫입술을 씹으며 고개를 가로저었다.

"게다가 거사일이 앞 당겨지는 바람에 캄차카에서 101 해군보병 연대가 돌아오지 못했습니다. 현재 가용 가능한 병력으로는 도시를 봉쇄하는 게 한계입니다."

"그럼 그렇게 하지."

"…도시 외곽 방어는 몰라도, 내에서 소요 사태나 민병 조직이 발생해도 자력으로는 진압할 수 없다는 뜻입니다."

"어차피 내일이면 돌아올 테니 서두르지 마."

스테판은 느긋한 투로 부관의 머리를 쓰다듬으며 사람좋은 미소를 지어보였다. 하지만 부관은 못마땅한 표정으로 자신의 헝클어진 금발을 바로잡으며 입을 비죽 내밀었다.

"스테판 사령관 동지."

그녀는 심기 불편한 목소리로 따져 묻듯이 물었다.

"그 계집은 대체 누구입니까?"

"옛 인연일세."

하지만 부관은 여전히 책망하는 눈길로 스테판을 노려보았다.

"사령관 동지의 행동 때문에 거사일이 12시간이나 당겨졌습니다."

"…."

"동지의 그 단순한 옛 인연 때문에 일을 그르칠 뻔 했단 말입니다."

스테판은 억지로 시선을 피하려 했지만 부관이 계속 따가운 시선을 보내오고 있었기에 끝내 마뜩찮은 투로 입을 열었다.

"…앞으로는 주의하지."

"그러길 바랍니다."

틀에 박힌 무성의한 답변이었지만, 부관은 만족스러운 표정으로 고개를 끄덕였다.

-2-

"이것도 먹통이네요."

나는 수화기를 내려놓으며 낮게 혀를 찼다.

"유선 전화선은 살아있을까 싶었는데… 아무래도 다 끊어놓은 모양입니다."

"…"

과장스럽게 어깨를 으쓱였지만, 엘레나 소교는 아무 말도 하지 않았다. 고개를 돌려보니 창문 밖에서 음울한 음색의 경고 방송이 흘러들어오고 있었다.

〈이것은 훈련이 아닙니다. 실제 상황입니다… 우리 혁명군은 썩어빠진 체제를 뒤엎고 조국을 외세와 매국노의 손에서 지켜내기 위해….〉

멀리서 장갑차가 지나가는듯한 요란스러운 소리가 들려왔다. 엘레나 소교에게 미리 귀띔을 들었음에도 불구하고, 나는 이 상황이 쉽게 실감 나지 않았다.

"정말로 그 곰 같은 아저씨가 쿠데타 군의 수괴였다니."

소비노프 중좌를 쏜 직후, 스테판은 낭패스러운 표정을 지었다. 마치 의도했던 게 아니라는 것처럼. 그리고 그는 자신의 손으로 헌병대를 호출하여 스스로 연행되었다.

헌병들은 가게에 있던 사람들에게 함구령을 내리고 스테판을 데리고 갔지만, 정작 스테판과 같이 있었던 나와 엘레나에게는 눈길조차 주지 않았다. 퍽 이상하다고 생각했지만, 우리로서는 다행인 일이었다. 괜히 이후에 경찰들에게 붙들려 심문을 당할까 싶어, 나와 엘레나 소교는 황급히 가게를 빠져나왔다.

곧 요란한 사이렌 소리와 함께 도로가 봉쇄되기 시작했다. 중무장한 군인들이 나타나 주요 도로의 출입을 제한하였고, 방금 전까지 제대로 작동하던 휴대 전화는 갑자기 먹통이 되었다. 혹시나 싶어 전에 메이드 카페로 빌렸던 가게에 들어와 유선 전화를 들어 보았지만, 이 또한 끊어져 있었다.

설마, 벌써 쿠데타가 시작된 걸까?

"저… 엘레나 포술장님."

나는 마지막 기대를 담아 작은 상관의 이름을 불러보았지만, 퉁명스러운 대답만이 돌아왔다.

"왜."

엘레나 소교는 능숙하게 맥주 캔을 개봉하며 퉁명스럽게 대꾸했다. 가게에 도착한 이후로 그녀는 스타우트(흑맥주) 캔을 벌써 두 개나 까서 마시고 있었다. 전에 마시던 보드카에 비하면 물이나 다름없는 도수였지만… 이 상황에 음주라니. 나는 엘레나의 손에서 스타우트 캔을 빼앗아 들었다.

"음주는 참아 주시죠."

"…내놔."

갑자기 캔을 빼앗기자 엘레나가 도끼눈을 뜨며 손을 내밀었다. 하지만 나는 단호하게 캔을 쓰레기통에 던져 넣으며 고개를 저었다.

"안 됩니다."

"웃기지 마."

예의 발길질이 날아왔지만, 이번에는 운 좋게 피할 수 있었다. 나는 옷깃을 바로잡으며 설교를 늘어놓았다.

"지금이 술을 마실 때입니까? 당장 이 도시를 빠져나갈 방법을 생각해도 모자랄 판에."

"어차피 이런 걸로는 취하지도 않아."

"거짓말 마십시오."

나는 엘레나의 손을 가리키며 입을 비죽 내밀었다.

"손을 떨고 계시잖습니까."

탁자 위에서 부산하게 떨던 엘레나의 손이 멈칫했다. 부인할 수는 없다고 생각했는지 포술장은 머리를 긁적이며 궁색한 변명을 늘어놓았다.

"이건 그러니까… 진정이 안 되어서…."

"핑계를 대는 것도 그만두십시오. 왜 함장님처럼 술을 가지고 떼를 쓰십니까? 포술장님 답지 않으십니다."

그 말에 엘레나 소교가 머리를 얻어맞은듯한 표정으로 눈을 크게 떴다. 그리고 곧 엘레나는 억지웃음을 지으며 천천히 이죽거렸다.

"하. 하하… 하하! 크하하하!"

그리고 곧 그 억지웃음은 진짜 폭소로 변모하였다. 엘레나는 끝내 눈물을 흘릴 만큼 크게 웃기 시작했다.

"하하… 진짜 웃겨! 내가 바보짓을 하니까 반편이가 한 사람 몫을 하네. 별일이야."

"이런 때까지 사람 흉을 보셔야…."

나는 주머니에 손을 찔러 넣고 입을 일그러뜨렸다. 하지만 엘레나는 재미있는 이야기가 떠올랐다는 투로 계속 말을 이어갔다.

"그리고 보니 독일의 장군, 한스 폰 젝트가 전에 이런 이야기를 했다지."

"무슨 이야기를요?"

"멍청하고 게으른 녀석은 시키는 일은 제대로 하므로 병사로 적합하다. 멍청하고 근면한 녀석은 군대에선 쓸모가 없다. 똑똑하고 근면한 자는 참모에 적합하며…."

그리고 엘레나는 손가락을 들어 허공에 한 번 빙글 돌린 다음 빈 맥주 캔을 가리키며 농담처럼 말했다.

"똑똑하고 게으른 자가 가장 지휘관에 적합하다."

"그게 뭡니까."

나는 미간을 찌푸리며 짜증스럽게 답했지만, 일견 그 말이 그럴싸하다 생각했다. 지휘관이 유능해야 하는 건 당연한 일이지만, 너무 성실한 지휘관은 부하들을 지치게 만든다. 실제로 연방군에서도 화단 미화까지 일일이 신경쓰는 부대장은 인기가 없지 않았는가.

적당히 집무실에 틀어박혀 나오지 않는 게으른 지휘관이 부대를 운용하기엔 더욱 어울릴지도 모른다. 엘레나 소교는 쿡쿡 웃으며 말도 안 되는 이야기를 계속 늘어놓기 시작했다.

"어쩌면 카밀라 함장은 가장 훌륭한 지휘관의 역할을 수행하고 있었던 게 아닐까."

"카밀라 함장이요?"

나는 술에 찌든 잿빛 10월의 함장을 떠올리며 고개를 가로저었다. 그 인간은 게으르기 이전에 군인으로서의 자질이 부족한 사람이다. 아니, 인간으로서도 글러먹었다.

"나도 지휘관이 되면 그렇게 변하려나."

"설마요."

술에 취해 아저씨 농담을 늘어놓으며 여간한 군기 위반은 너그러이 넘어가주는 엘레나 소교라니. 도무지 상상이 가질 않는다.

이 아가씨는 욕설을 하며 발길질을 하는 게 어울린다.

하지만 오늘의 엘레나 포술장은 정말 카밀라 함장만큼이나 무력하고 게을러보였다. 두들겨 맞는 취미가 있는 건 아니었지만… 무력한 포술장을 보는 건 정강이를 걷어차이는 것만큼이나 별로였다.

"서기장 딸이라는 게 무슨 소리입니까?"

"뭐, 말 그대로야. 소비에트의 마지막 서기장 블라디미르 유스포브의 사생아. 숨겨진 딸. 그게 나라는 소리지."

"…몰랐습니다."

"알려주지 않았으니까. 당연한 소리를 왜 하냐, 멍청아?"

다시 걸진 소리를 입에 담자 포술장의 눈에 조금이나마 생기가 돌아왔다. 누차 말하는 거지만 도대체 어떻게 되어 먹은 거야, 이 아가씨의 머릿속은.

"그럼 알려주세요."

나는 정강이를 얻어맞을 각오를 하고 낡은 나무 의자를 하나 끌어와 그녀의 옆에 앉았다.

"어째서 괴로워하시는지 알아야 처방을 할 수 있지 않습니까. …의무장의 문진이라 생각해 주십시오."

말이 끝나자마자 엘레나 소교가 미간을 찌푸리며 경멸이 가득 담긴 시선을 던져왔다.

"너 다른 여자한테도 그러지?"

"아, 아뇨."

엉겁결에 변명을 하긴 했지만 순식간에 승조원 몇 명의 얼굴이 스치고 지나갔다. 어라? 나도 모르게 무의식중에 사람을 꾀고 있었나?

내가 허둥거리며 손을 내젓자 엘레나는 한심하다는 투로 콧방귀를 뀌었다. 곧 걸진 욕설이 날아올 거라 생각했지만, 대신 그녀는 탁자에 턱을 괸 채 담담히 오래된 이야기를 꺼냈다.

"내 어머니는 발레단의 무용가였어."

이는 아주 오래전, 그녀가 태어나기도 전의 이야기였다.

"'최연소'나 '수석' 같은 거창한 이름이 붙을 정도는 아니었지만, 어머니는 제법 잘 나갔던 무용수였던 모양이야. 뭐, 당시 블라디보스토크 시장으로 재직 중이던 아버지와 불장난을 하는 바람에 모든 게 끝나버렸지만."

아버지라 하면 아까 들었던 소비에트의 마지막 서기장, 블라디미르 유스포브를 이르는 말이리라. 하지만 내가 알기로 블라디미르 서기장에게는 의원 출신의 아내가 있었다.

"블라디미르 시장에게는 가정이 있었어. 다시 말해 본처가 있었다는 뜻이지. 세간에는 유능하고 청렴한 정치인으로 잘 알려져 있었지만, 아랫도리만큼은 깨끗하지 않았던 모양이야. 웃기지 않아?"

그녀는 조소를 흘기며 내게 동의를 구했지만, 내 반응이 미적지근하자 어깨를 으쓱거리며 손을 내저었다.

"뭐, 그래. 남들이 어찌 생각하는지가 중요한 건 아니야. 그 인간은 임신한 어머니에게 돈을 잔뜩 떠 안겨준 다음 중앙 당원이 되기 위해 모스크바로 떠났어. 그리고 어머니는 그 돈으로 술을 퍼마시다 내가 일곱 살도 되기 전에 죽어버렸지."

꽤 잔혹한 이야기였지만, 엘레나는 소설이나 영화에 나오는 타인의 과거를 입에 담듯 태연하게 잿빛 과거를 내게 들려주었다.

"블라디보스토크의 거친 뱃사람들 사이에서 모진 유년 시절을
보냈어. 흘렙을 훔치다 두들겨 맞는 건 일상다반사요. 가끔 하는
소매치기와 적선이 수입의 전부인 그런 삶."

그녀는 거기까지 말을 이은 다음, 탁자를 짜증스럽게 톡톡 두
들기며 미간을 찌푸렸다.

"그렇게 사는 데 갑자기 화가 나더라고. 아버지는 이 나라의
만인지상인 서기장인데, 왜 내가 이런 밑바닥의 삶을 살아야 해?
문득 아버지를 봐야겠다는 생각이 들더라고."

"그래서 모스크바로 가셨나요?"

"서기장 동무께서 길가의 부랑아를 무작정 만나줄 리가 있나.
일단은 해군사관학교에 들어갔지."

엘레나 소교는 아주 간단한 일인 것처럼 말했지만, 분명 쉽지
는 않았으리라. 대부분의 조직에서 평범하지 않은, 튀어나온 모
서리는 정을 맞는다. 특히 군대는 더욱 그렇다.

"…더러운 나날이 계속 되었어. 여자라고, 키가 작다고. 동기
들은 틈만 나면 나를 조롱했고, 교관들도 트집을 잡아 나를 쫓아
내려고 했지. 하지만 그냥 버텼어. 해군 장교가 되어서, 당에 정
식으로 입당하고, 아버지를 만나서.

어, 그리고…."

엘레나는 한참동안 입을 벙긋거리다 끝내 적당한 말을 떠올리
지 못했는지 멋쩍게 웃으며 말을 얼버무렸다.

"뭐, 하여튼 아버지를 만나야겠다는 생각만 했어. 하지만 너도
알다시피 블라디미르 서기장은 내가 장교가 되기도 전에 죽어버

렸지. 그것도 허무한 개죽음을 당했어. 그 소식을 듣자마자 장교 임관이고 러시아 혁명이고 다 무의미하게 느껴지더라고."

엘레나는 거기까지 말을 잇고 천장을 올려다보며 혼잣말을 하기 시작했다.

"나는 왜 아버지가 죽자마자 학교를 나왔을까? 선배에게 아무 말도 하지 않은 채. 도대체 4년 동안 무얼 바라고 그 고생을 했던 거야? 설마. 아버지를 만나면 소비에트의 '공주님'으로 대접해주지 않을까 기대라도 한 거야, 엘레나 유스포브?"

그녀는 싸늘한 미소를 입가에 흘리며, 무미건조하게 웃었다.

"뭐, 이제는 아무래도 좋아. 소비에트는 끝났어. 오래 전에 이미 끝났어. 무슨 수를 쓰더라도 시간을 되돌릴 수는 없는 거야."

포술장이 몸을 뒤로 젖혀 등받이에 무게를 싣자, 낡은 나무 의자가 삐걱하고 비명을 질렀다.

"…그런데 선배가 나를 위해 그 시간을 되돌린다잖아."

삐걱. 삐걱.

"소비에트 연방이라는 화려한 성을 세워 가장 높은 옥좌에 나를 공주님으로 앉혀주시겠단다. 정말 바보 같아."

엘레나 소교는 여전히 내게 시선을 마주치지 않고, 의자에 등을 기댄 채 허공만 바라보고 있었다.

"이게 뭐야…. 결국 이렇게 될 줄 알았으면 그대로 있을걸 그랬어."

그녀는 입술을 잘근잘근 씹어대며 괴로운 표정으로 한숨을 깊이 내뱉었다.

"난 이미 미련을 버렸는데. 새로운 곳에 정착해서 살아가고 있었는데… 이래서야 은혜를 모르는 쑤카(Сука, 암캐)가 따로 없군."

"그렇지 않습니다."

나는 반사적으로 고개를 가로저으며 엘레나 소교의 어깨를 붙잡았다. 언제나 새파란 겨울 바다 같았던 엘레나의 눈빛도 지금은 생기를 잃은 채 어둡게 흔들리고 있었다.

엘레나 소교는 스테판 중좌가 가망 없는 혁명을 일으키게 된 것에 책임감을 느끼고 있을지도 모르겠다.

그래서 설마… 학회를 배신하고 스테판을 도우려는 걸까? 질문을 망설인 탓에 막상 입에서 나온 말이 웅얼거리듯 뭉개졌다.

"…이 혁명에 동참하실 생각이십니까?"

"한다면 말릴 거야?"

엘레나 소교의 눈매는 드물게 살가워 보였다. 오히려 말려주길 바라는 것처럼. 마음이 더욱 무거워졌다.

만일 내가 여기서 엘레나 소교에게 잿빛 10월의 승조원들을 생각해 혁명을 방해하라고 권한다면. 그녀는 좀 더 편하게 선택할 수 있을 것이다. 내가 바란 게 아니었노라고. 부하들의 요구에 떠밀려 어쩔 수 없이 스테판을 배신하는 거라고 자기 최면을 걸 수도 있다.

하지만 그래서는 안 된다. 타인에 의해 만들어진 삶은 언뜻 편해 보인다. 누군가가 왜 그 자리에 앉아있냐고 질책한다 하더라도, 내 의지가 아니었다며 책임을 타인에게 전가할 수 있다. 하지만 그 자리에 영원히 앉아있을 수는 없다. 이번처럼 또 다른 누군가가 새로운 자리를 권한다면, 다시 자신에게 맞는 의자를 골라야 한다.

나는 힘겹게 입을 열며 고개를 가로저었다.

"저는… 포술장님의 인생을 책임질 수 없습니다."

그렇게 말하고 스스로 흠칫 놀랐다. 어쩐지 청혼을 거절하는 말투처럼 들리잖아. 혹시나 싶어 엘레나 소교를 쳐다보았지만, 그녀는 평소처럼 나를 놀리거나 경멸의 시선을 던지는 대신 의외라는 표정으로 눈만 깜박거리고 있었다.

나는 조금 더 용기를 내 말을 이어갔다.

"설령 훗날, 지금보다 더 후회하고 스스로를 저주하게 되더라도. 포술장님의 삶은 포술장님이 책임지셔야 합니다."

"후우."

엘레나가 한숨을 푹 내쉬었다. 그녀는 잠시 눈을 꾹 감은 채 머리를 헝클어트리더니, 곧 평소와 같은 심드렁한 표정으로 나를 바라보았다.

"뭐, 그렇지."

그녀의 입에서 맥 빠진 대답이 흘러나오는 바람에 나도 조금은 맥이 빠져버렸다. 하지만 나는 뒷짐을 진 채 짐짓 오래 전에 그만둔 충성스러운 병사의 연기를 해 보였다.

"다만 당신께서 아직도 잿빛 10월의 포술장으로 남아계시겠다고 하면, 저는 부하로서 명령을 받들겠습니다."

"잿빛 10월의 포술장이라."

엘레나는 내가 한 말을 입 안에서 뇌까리며, 자신의 하얀 손을 내려다보았다.

"하지만 지금의 내게는 변변찮은 권총 한 자루 없는 걸."

딸랑.

그 때, 문간에 달아놓은 풍경이 부드럽게 흔들렸다.

"혹시 생선 필요해요?"

유난히 희미한 인상의 아가씨가 나무 궤짝을 든 채 문간에 서서 방글방글 웃고 있었다. 메그 셰프였다.

"메그 셰프! 여긴 어떻게…"

너무나도 의외의 등장에 나는 말을 끝내지 못하고 입만 뻐끔거리며 손끝을 만지작거렸다. 방금 전까지 비밀스러운 이야기를 하고 있었던 탓일까, 나도 모르게 엘레나 포술장의 눈치를 보았다. 엘레나 소교 역시 의심스럽다는 투로 눈을 가늘게 뜨며 나를 흘겨보았다.

"쿠데타가 일어나도 밥은 먹어야지요."

메그 셰프는 그렇게 말하며 기세좋게 바닥에 궤짝을 내려놓았다. 이런 점에서는 과연 해인의 선배라고 해야 할까. 폭풍의 눈 아래에서도 밥을 찾는 모양새가 꼭 해인과 닮았다. 하지만 그녀의 웃음만큼은 해인과 달랐다. 해인의 미소에서는 일에 대한 자부심이 언제나 흘러넘쳤지만, 메그 셰프의 미소는 어쩐지 심연처럼 그 속이 전혀 보이지 않았다. 저런 느낌의 불쾌한 미소를 내가 전에 어디에서 보았더라…?

나는 의심을 풀지 않은 채 메그가 가져온 나무 궤짝을 들어 올렸다. 상자를 끌어안자마자 물 비린내가 훅 끼쳐 올라왔다. 그 안에 들어있었던 건, 물이 잘 오른 생태 한 뭇이었다.

"이, 이 생선은 뭡니까?"

당황한 탓에 혀가 꼬여버렸다. 하지만 메그 셰프는 그저 생글

생글 웃으며 다시 궤짝을 받아들었다.

"어장(魚腸)이라는 말을 알고 있나요?"

그녀는 맨 위에 놓인 생선을 손으로 가볍게 헤집으며 말을 이어갔다.

"생선이란 무르기도 하거니와, 특유의 향이 진한 편이라. 잘못 만졌다가는 요리를 망칠지도 모르잖아요. 그래서인지 생선만큼은 검수를 할 때도 잘 들춰보지 않더라고요."

그렇게 말하고 메그는 궤짝 안쪽에서 비닐로 쌓인 무언가를 꺼내들었다. 비닐이 바스락거릴 때마다 안쪽에서 금속 부딪히는 소리가 났다.

"때문에 과거 중국의 암살자인 전제가 그랬던 것처럼, 생선의 뱃속은 무기를 숨기기에 안성맞춤의 공간이지요."

비닐의 안 쪽에서 나온 건 분해된 총 한 자루였다.

메그 셰프는 익숙한 손 놀림으로 총을 천천히 조립해 나갔다. 그 독특한 형태의 개머리판은 이상하리만큼 낯이 익었다. 내가 그 총을 어디에서 봤는지 떠올리기도 전에, 엘레나 소교가 그녀에게 성큼성큼 다가가 총을 빼앗아들었다. 엘레나는 총신에 새겨진 번호를 확인하고 신음하듯 중얼거렸다.

"이건 내 총인데."

"맞아요. 엘레나 유스포브 **소교**. 당신의 애총이지요."

"너…."

'소교'라는 계급이 메그의 입에서 나오자마자 엘레나의 얼굴이 일그러졌다. 그녀는 싸늘한 눈초리로 메그 셰프를 노려보며 이를 갈았다.

"넌 또 뭐하는 년이야. 연방의 새로운 쥐새끼냐?"

"이거 섭섭하네요. 함께 '어머니 소비에트'를 위해서 싸웠던 전우의 얼굴도 기억 못해요?"

엘레나는 잠시 눈의 초점을 흐렸지만, 곧 입술을 꽉 깨물며 고개를 가로저었다.

"쿠즈네초프 사관학교에 여자는 나뿐이었어."

"물론 당신과 같은 사관학교 생도는 아니었어요. 그 대신 저는 국가보안위원회에서 **특별한 분**들을 위해 음식을 만들고 있었죠."

국가보안위원회, KGB.

그 이름을 듣는 순간 등골을 타고 식은땀이 흘러내렸다. 카게베(КГБ)라고도 불리는 그 정보기관의 악명은 소비에트가 무너진 지금에도 세계 곳곳에서 전해 내려오고 있었다. 그들은 냉전당시 사회에 녹아들어가 정보를 수집하고 반-소련 인사를 암살해왔지만, 소련 패망과 동시에 군축이 이루어지자 대부분이 일자리를 잃고 거리로 내몰렸다.

물론 버림받은 요원들이 가만히 앉아서 죽음을 택한 건 아니었다. 그들은 자신의 장기를 살려 제 살길을 찾기 시작했다. 포주나 밀수꾼, 혹은 마피아로….

때문에 오늘날 국가보안위원회, KGB의 이름은 썩 명예롭게 통용되지는 않는다.

"너… 체카(Cheka, KGB를 이르는 속어)였냐?"

엘레나 소교가 메그 셰프를 비웃자, 그녀는 관자놀이를 긁적이며 미간을 찌푸렸다.

"좀 듣기 그러네요. 피차 버려진 개 신세인 건 당신이나 나나 마찬가지 아녜요?"

"그것 참 미안하군. 이래봬도 애국심이라고는 날 때부터 털끝만큼도 없는 반―소비에트 분자라서 말이야."

엘레나 소교가 여전히 눈 하나 깜짝 않고 독설을 계속 퍼붓는데도 메그 셰프는 미소를 잃지 않은 채 어깨만 으쓱거렸다.

"뭐 사상이 어찌되었든 소비에트가 망한 이후 갈 곳을 잃었다는 건 당신이나 나 마찬가지에요. 그 직후 학회에 몸을 의탁했다는 것도 마찬가지지요."

학회에 몸을 의탁했다니. 그럼 이 아가씨도 학회의 간부라는 말인가? 그제야 전에 메그 셰프가 보여주었던 기행이 조금씩 이해되기 시작했다.

전에 생선을 주문했을 때, 잿빛 10월이 기항하고 있는 자루비노 항의 위치를 듣지도 않고 단번에 알아맞힌 것도 아마 그 때문이었으리라. 단순히 수상쩍은 사람이 아니었다는 걸 깨닫자, 나도 모르게 안도의 한숨이 흘러나왔다.

하지만 엘레나는 여전히 못마땅한 표정으로 왼쪽 눈썹을 밀어 올리며 무언가를 골똘히 생각하고 있었다. 곧 그녀는 손뼉을 가볍게 치며 탄성을 내질렀다.

"아, 그래. 네가 마지막 휴민트였군."

"맞아요. 골탕 먹일 생각은 없었지만 폐를 끼쳤네요."

메그는 입으로는 폐를 끼쳤다고 말하고 있었지만, 얼굴에는 미안한 기색이 조금도 보이지 않았다. 엘레나 소교도 그 위화감을 알아차렸는지 떨떠름한 표정으로 총을 매만지며 되물었다.

"그래서 학회의 정보원님께서 무슨 일이야? 이걸로 비카스(бекас, 도요새) 사냥이라도 하라고?"

"하하, 그럴리가요. 스네구로치카 아가씨는 정말 눈치가 없네요."

오래된 별명을 듣자마자 엘레나의 표정이 크게 일그러졌지만, 메그는 신경도 쓰지 않은 채 방글거리며 계속 제 할 말을 지껄였다.

"그 총으로 쿠데타 군의 수뇌인 스테판 코르사코프 중좌를 저격하세요."

잠시간의 침묵.

"스테판 선배를?"

"네. 당신의 사격 솜씨는 익히 들어 알고 있어요. 이 총으로 스테판 중좌를 저격해 쓰러트린다면 블라디보스토크의 쿠데타 군도 와해될 테지요."

메그가 말을 마치자마자 엘레나 소교가 머리를 짚으며 깊게 한숨을 내쉬었다. 그녀는 주정뱅이를 타이르듯이 혀를 차며 또박또박 말을 이어나갔다.

"이건 네 개인적인 의견인가?"

"아닙니다. 학회의 명령이에요."

"하, 지금 경계가 삼엄한 함대 사령부에 총 한 자루 쥐어주고 돌격하라는 거야? 농담은 그만 둬. 차라리 자살을 권하지 그래?"

엘레나 소교가 신랄하게 비아냥거렸지만, 여전히 메그의 얼굴은 태연하기 짝이 없었다.

"뭔가 오해를 하신 모양이네요."

셰프 마르가리타는 엘레나를 똑바로 쳐다보며 눈을 빛냈다.

"농담이 아니라, **저희**는 진심으로 당신의 죽음을 바라고 있답니다."

"…뭐?"

머리가 망치로 한 대 얻어맞은 것처럼 멍했다.

순간 내가 영어를 잘못 알아들었나 싶었다. 하지만 분명히 메그는 자신의 입으로 그리 말했다. 그녀, 아니 학회는 엘레나 소교의 죽음을 바라고 있다고.

"아니, 단순히 총에 맞아 보이지 않는 곳에서 죽는 걸로는 안 됩니다. 스테판 중좌의 옛 연인으로서 당신은 좀 더 극적으로, 남들에게 잘 보이는 곳에서, 처참하게 죽지 않으면 안 돼요."

메그 셰프는 어젯밤 본 시트콤의 줄거리라도 이야기하듯 방글거리며 끔찍한 소리를 계속 입에 담았다.

"당신의 죽음을 본 스테판 중좌의 마음이 갈기갈기 찢어져서 더 이상 혁명군을 지휘할 수 없을 정도로 무너져 내렸으면 좋겠어요. 온 몸에 바람구멍이 나고, 팔 다리가 찢겨나가서… 아, 무뢰배들에게 시간(屍姦)이라도 당한 상태라면 더 좋지 않을까요?"

"메그 셰프!"

나는 결국 참지 못하고 소리를 질러 그녀의 말을 막았다. 하지만 메그는 아직도 내가 왜 소리를 질렀는지 이해하지 못하겠다는 표정으로 눈을 깜빡이며 천진하게 되물었다.

"네, 무슨 일이신가요?"

"그렇게… 말하지 마세요."

내가 입술을 꽉 깨물며 그렇게 말하고 나서야 메그는 머리를

긁적이며 사과를 했다.

"이거 참, 실례했네요. 주방에 오래 있다 보면 입이 걸어진다는 걸 가끔 깜박해요."

하지만 여전히 그녀의 말은 진지하지 못했다.

나는 함장의 말을 떠올리며 입술을 꽉 깨물었다.

사람인데. 진심으로 저런 소리를 할 리가 없다. 사람의 목숨을 요구하는데. 이리도 가볍게 말할 리가 없다. 분명 무슨 꿍꿍이가 있을 거라 자위하며 나는 숨을 죽였다.

"물론 저도 흉포한 용은 아니랍니다. 조금은 융통성을 발휘해드릴게요. 당신이 차마 당신의 선배에게 총구를 들이대지 못하겠다면, 그대로 스테판 중좌에게 달려가 투항을 해도 좋아요."

갑자기 메그가 태도를 바꾸어 쿠데타 군에 대한 투항을 권유하자, 엘레나 소교의 눈썹이 가볍게 꿈틀거렸다.

"그건 또 무슨 개소리야."

"사람마다 소중히 여기는 가치는 다 다른 법이니까요. 선택지를 하나만 주는 건 잔혹하다고 생각해요. 하지만… 그렇게 되면 잿빛 10월의 승조원들은 무사하지 못하겠지요?"

메그는 홀에 걸린 커다란 괘종시계를 힐끗거리며 태연히 말을 이어갔다.

"30분 뒤, 페트로파블롭스크에서 출발한 초계함 전대가 제 3 해군보병 연대를 태우고 블라디보스토크로 향할 거예요. 물론 잿빛 10월에게는 혁명을 방해하기 위해 이 반군 함대를 요격하라는 명령이 내려져있지요."

"…불가능 해."

엘레나가 고개를 가로저으며 신음처럼 소리를 내질렀다.

"학회는 보급함 한 척이 초계함 전대에 맞서서 호각으로 싸울 수 있을 거라고 생각하는 거야?"

"당연히 불가능하다고 생각하고 있지요. 하지만 싸우다가 침몰되는 한이 있더라도 시간만 벌 수 있다면 우리로서는 나쁜 선택이 아녜요."

메그는 고개를 가볍게 가로젓고는 포술장에게 다가와 그녀의 하얀 턱을 손가락 끝으로 매만졌다.

"그런데 말이죠. 엘레나 소교."

그리고 입 꼬리를 올리며 능청스럽게 질문을 던진다.

"그 전에 스테판 중좌가 **지휘를 포기**한다면 함대도 물러가지 않을까요?"

"하…."

엘레나 소교가 역겹다는 표정으로 그녀의 손을 뿌리쳤다. 결국 이 아가씨는, 아니 학회는 가장 중요한 책임을 엘레나 소교에게 미루고 있었다.

천칭 위에 전우의 목숨과 자신의 목숨, 그리고 옛 연인의 목숨을 나란히 놓고 무게를 저울질 해보라니…. 끔찍한 제안이다. 옆에서 듣는 나조차도 그 부담감에 숨이 막힐 지경이었다. 하지만 엘레나 소교는 짐짓 태연을 가장하며 평소처럼 욕지거리를 내뱉었다.

"도박에 남의 목숨을 턱턱 얹지 마, 개자식들아."

포술장은 그렇게 말하며 바들거리는 왼손을 뒤로 감추었다. 다행히 메그는 그 손을 보지 못한 모양이었다.

"이해해주세요. 이것도 다 과학의 발전을 위해서니까요."

"아아, 그것 참 그리운 헛소리군. 아마 네년도 체카 시절에는 어머니 소비에트를 위해서 목숨을 바쳐라— 라고 지껄이고 다녔 겠지?"

"아마도요?"

여전히 메그 셰프는 방글방글 웃고 있었다.

아아, 내가 왜 저 미소를 해인과 흡사하다고 착각한 걸까. 전혀 닮지 않았다. 저 미소는 사람이 짓는 미소가 아니다. 악마가 심연 의 끝에서 목숨을 저울질 하며 지을법한 그런 미소다.

그래, 연방의 그 미치광이 소령이 짓던 표정과 똑같았다. 지금 메그 셰프의 그 미소를 마주하면 정신이 나가버릴 것 같았기에 나는 억지로 고개를 숙이고 눈을 감았다. 하지만 눈을 감아도 메 그 셰프의 조소 가득한 목소리는 계속 귓가를 때렸다.

"하지만 지금의 혁명을 끝내는 열쇠는 당신만이 쥐고 있답니 다, 엘레나 유스포브."

"…지옥에나 떨어져, 체카."

뒤에서 의자를 끄는 소리가 들려 나는 다시 눈을 떴다.

엘레나 소교가 자신의 애총을 건 케이스에 집어넣고 있었다. 그녀는 거스름 동전을 챙기듯 자신의 주머니에 탄환을 우겨 넣고 는 담담히 문가로 향했다.

"어…."

입이 떨어지려다 끝내 말을 자아내지 못하고 다시 붙었다. 엘 레나 소교는 어디로 갈 생각이지? 쿠데타군에 투항하러 가는 걸 까? 아니면 정말 단신으로 스테판 중좌를 상대하려는 걸까?

…하지만 무엇을 선택하든 엘레나 소교에게는 끔찍한 결정이 될 것이다. 그걸 알면서도 무력하게 그녀를 보낼 수는 없었다. 나는 간신히 입을 열어 그녀를 불렀다.

"포술장님…!"

목을 죄는 듯한 괴상한 목소리가 입에서 흘러나왔다. 하지만 나는 개의치 않고 황급히 다음 말을 찾았다. 무어라고 말해야 한담?

그에게 가지 말라고? 학회와 전우를 배신할 셈이냐고?

결국 장고 끝에 입에서 흘러나온 건 언젠가 입에 한 번 담았던 얼빠진 헛소리였다.

"저… 점심시간인데 블린이라도 드시지 않으시겠어요?"

순간, 엘레나 소교가 걸음을 멈추고 천천히 나를 돌아보았다. 그녀는 입가를 씰룩거리며 나를 뚫어져라 쳐다보더니… 끝내 깊은 한숨을 내쉬었다.

"이 상황에 밥 생각이 나냐, 식충아."

-2-

카밀라 함장에게 학회 전용 회선으로 전화가 걸려온 건 잿빛 10월의 탄약 보급이 막 끝난 직후였다. 카밀라는 목에 맺힌 땀을 타월로 닦으며 함장실로 들어가려다, 당번병의 호출을 받고서 다시 사관실로 발길을 옮겼다.

사관실에는 각부 부장들이 작업복도 채 갈아입지 못한 채 꾀죄죄한 몰골로 앉아 있었다. 다만 포술장과 의무장의 자리는 비어 있었다. 함장은 잠깐 시계에 눈길을 주며 관자놀이를 긁었다. 이미 시간이 꽤 늦었는데도 엘레나와 원일은 배에 복귀하지 않았다. 거기에 이 타이밍에 딱 맞추어 걸려온 전화라니….

지독한 말썽의 예감에 함장은 수화기를 들기도 전에 질려 한숨을 깊게 내쉬었다. 하지만 그녀는 꿋꿋하게 억지 미소를 지어보인 다음, 짐짓 명랑한 어조로 전화를 받았다.

"알료(안녕), 누구시죠?"

〈학회입니다, 카밀라 함장.〉

변조된 상대의 목소리가 스피커폰을 타고 사관실 안에 울려 퍼지자 카밀라 함장은 저도 모르게 혀를 내둘렀다. 기계음처럼 변조된 무기질적인 음성은 물론이고, 스스로를 '학회'라 칭하는 그 화법조차도 불쾌하기 짝이 없었다. 유일하게 인간적인 냄새가 나는 구석이 있다면, 러시아 억양이 살짝 섞인 그 독특한 말투뿐일까.

하지만 함장은 부러 불쾌한 내색을 비치지 않고 명랑하게 말을 이어갔다.

"응, 오랜만이야. '학회 씨'. 저녁은 먹었어?"

하지만 배려가 무색하게도 상대는 함장의 말을 중간에 끊은 채 제멋대로 이야기를 진행시켰다.

〈블라디보스토크에서 쿠데타가 일어났습니다. 예정보다 12시간이나 빨리 말이죠.〉

"아… 대강 눈치는 챘어. 그 깐깐한 엘레나 포술장이 연락도 없이 외박을 했으니…. 분명 무슨 일이 생겼을 거라고 짐작했지."

〈그 때문에 캄차카에 주둔하던 101 해군보병연대가 제 때에 쿠데타 군에 합류하지 못했습니다. 정보에 따르면 곧 해군보병들을 가득 태운 초계 함대가 캄차카에서 출항할 겁니다. 이들이 블라디보스토크에 상륙한다면 러시아군 입장에서는 골치 아파지겠죠.〉

"그러게. 아주 큰일이겠어."

입으로는 상대의 말에 맞장구를 쳐주며 호들갑을 떨고 있었지만, 카밀라의 표정은 전혀 진지하지 않았다. 오히려 함장은 장난스러운 미소를 흘리며 머리카락 끝을 손가락으로 돌돌 말기 시작했다. 그 사실을 아는지 모르는지, 상대는 여전히 담담한 어투로 말을 이어가고 있었다.

〈전에도 말씀드렸지만 학회 사령부는 쿠데타를 저지하기로 결정했습니다.〉

"분명 그렇게 말했지. 그래서, 부탁할 일이라도 있어?"

〈카밀라 함장, 초계 함대가 표트르대제 만에 도달하기 전에 '잿빛 10월'로 그들을 요격해주셨으면 합니다.〉

상대의 말이 끝나자마자 사관실이 가볍게 술렁이기 시작했다. '함대'를 배 한 척 만으로 요격하라고? 사관들은 모두 자신의 귀를 의심했다.

"하아…."

카밀라 함장 역시 한숨을 깊게 내쉬며 고개를 가로저었다.

"그거 진심으로 하는 소리야? 이쪽은 막 수리가 끝난 보급함 한 척 밖에 없다고."

〈하지만 당신에게는 배 한 척으로 연방 잠수함 전대를 격멸시킨 전적도 있잖습니까?〉

"솔직히 그건 도박이었지."

함장은 관자놀이를 긁적이며 멋쩍게 중얼거렸다.

솔직히 말해 그 때의 카밀라 함장은 전투에 전혀 도움이 되지 않았으니까. 아무리 뻔뻔한 카밀라 대교라 하더라도 그걸 자신의 공으로 칭하자니 얼굴이 화끈거렸다.

"문외한이라도 알겠지만 이건 자살 행위야. 차라리 자침 명령이라도 내리는 게 어때?"

〈또 항명을 하려는 셈인가요?〉

갑자기 상대가 빈정거리는 어조로 말을 툭 던져오는 바람에 함장은 저도 모르게 인상을 찌푸렸다.

〈당신에게는 이미 학회의 지시를 무시하고 멋대로 행동한 전과가 있죠. 이번에도 말을 듣지 않는다면 잿빛 10월을 사냥하는 건 연방군이나 쿠데타군이 아닌 학회의 전우들이 될 겁니다.〉

"하, 그래서 결백을 증명하기 위해 죽을 자리로 기어들어가라고? 마녀 사냥이 따로 없군."

얼굴은 보이지 않았지만 어쩐지 함장은 상대가 생글생글 웃고 있다는 느낌을 받았다.

〈…물론 살아날 방법이 아주 없는 건 아닙니다.〉

"호오."

카밀라 함장은 계속 말해보라는 투로 말끝을 길게 늘이며 자신의 붉은 머리칼을 손가락으로 배배 꼬았다.

〈블라디보스토크에 남아있는 엘레나 유스포브 소교가 쿠데타 수괴인 스테판 중령을 저격한다면 간단하게 해결 될 문제이지요.〉

"…."

〈지도자를 잃은 쿠데타군은 와해될 테고, 도시를 포위하고 있는 정부군이 오합지졸이 된 쿠데타군을 대신 진압해 줄 겁니다. 상륙할 곳을 잃은 수송 함대는 당연히 어디론가 도망칠 테죠.〉

카밀라 함장은 다시 관자놀이를 벅벅 긁었다.

이 제안에서는 가장 중요한 부분이 빠져있었다.

"저, 혹시나 해서 묻는 건데 엘레나 소교와 스테판 중령이 과거에 어떤 관계였는지는 알고 있어?"

상대는 시원스럽게 즉답했다.

〈옛 연인이었죠. 하지만 이번 작전과는 전혀 상관이 없다고 생각합니다.〉

"…무심한 녀석이구먼."

함장은 혀를 차며 손가락으로 턱 끝을 매만졌다.

오래 고민할 시간은 없었다. 정말로 엘레나 소교가 희생해주지 않는다면 잿빛 10월은 학회의 손에든 쿠데타군의 손에든 침몰할 상황이었으니까.

등 뒤에서 다른 사관들의 시선이 따갑게 내리꽂혔다.

여기서 무슨 결정을 내리든 부하를 버리는 꼴이 될 게 뻔했다. 배를 책임지는 함장으로서 해야 하는 일이라곤 하지만, 카밀라는 여전히 마뜩찮았다. 수화기 너머에서도 뭔가 말싸움이 벌어졌는지 갑자기 변조된 기계음이 소란스러워졌다.

"으음…."

카밀라의 대답이 누차 늦어지자 수화기 너머의 상대는 결국 참지 못하고 노골적으로 말을 꺼냈다.

〈카밀라 함장. 직접 엘레나 소교에게 명령을 내려주시겠니

까? 그녀의 손으로 직접 스테판 중령을 쏘라고요.〉

"…좋아. 엘레나 유스포브 소교. 함장 명령이다."

함장은 언제나 풀어헤쳐놓던 옷매무새를 바로잡으며 짐짓 진지한 표정으로 천천히, 그리고 단호하게 명했다.

"좋은 남자 잡아서 잽싸게 도망쳐."

〈네…?〉

얼빠진 탄성은 수화기 너머에서만 터져 나온 게 아니었다. 사관실에 모여 있던 사관들도 어리둥절한 표정으로 함장을 쳐다보았다. 하지만 카밀라는 여전히 진지한 표정으로 죽 말을 이어갔다.

"예전에는 나도 골드 미스니, 뭐니 하면서 지껄였는데 역시 생각해보니 좋은 남자 찾아서 애 낳고 알콩달콩 사는 게 제일이야. 이런 용병 일, 손 뗄 수 있을 때 떼야지. 뭐… 여긴 내가 알아서 어떻게든 해보지."

함장은 거기까지 말한 다음, 갑자기 생각났다는 것처럼 손뼉을 딱 치며 황급히 말을 덧붙였다.

"아, 물론 이원일 의무장은 가져가지 말고 반납해. 그건 임자가 따로 있으니까 말이야."

말이 끝나자마자 약속이라도 한 것 마냥 사관들의 시선이 말석에 앉아있던 이해인 조리장에게 꽂혔다. 이해인 조리장은 새빨갛게 달아오른 표정으로 소리를 높였다.

"하, 함장!"

"왜, 레나가 채가도 괜찮아?"

함장이 히죽거리며 해인을 놀리자 사관실 안에 긴장 빠진 실소가 조금씩 퍼져나가기 시작했다.

화가 난 것인지, 당황한 것인지. 수화기 너머의 상대가 힘 있게 말을 끊어가며 천천히 물었다.

〈…제 정신, 입니까?〉

"나야 언제나 제 정신이지. 너처럼 말이야."

함장은 바로 눈앞에 상대가 보이는 것처럼 빈 모니터를 노려보며 찬찬히 말을 이었다.

"높은 곳에 앉아서 체스라도 하듯이 사람을 부리는 네놈들로서는 절대로 알 수 없는 사실이겠지만 말이야…. 승조원의 희생 없이 유지 될 수 없는 배라면, 차라리 침몰해 버리는 편이 나아."

함장의 말에 상대는 살짝 흥분한 어조로 황급히 되물었다.

〈그래서 엘레나 소교 한 사람을 살리기 위해 나머지 승조원들의 목숨을 바다에 내 던지시겠다고요?〉

"그런 소리는 하지 않았는데."

함장은 머리를 긁적이며 짜증스럽게 대꾸했다.

"엘레나도 다른 애들도 아무도 죽을 필요가 없어."

〈정말로 무모한 허세를 부리시는군요. 카밀라 대교. 그깟 배 한척으로 당신이 무얼 할 수 있단 말입니까?〉

상대의 빈정거림에 함장은 잠시 숨을 깊게 삼켰다.

그리고 그동안 한 번도 보여준 적이 없었던 저열한 미소를 지어보이며, 카밀라는 다른 승조원들이 듣지 못하게 수화기에 대고 작게 속삭였다.

"적어도 네 년 머리통을 날려버릴 수는 있겠지, **미스 마르가리타.**"

"…!"

갑자기 자신의 이름이 튀어나오자 거라곤 생각하지 못했는지 수화기 너머에서 헉하고 숨을 삼키는 소리가 터져 나왔다.

"내가 언제까지고 너희 손바닥 위에서 놀아날 거라고 생각했다면 오산이야, 이 깜찍한 체카 아가씨야."

〈….〉

여전히 상대는 말이 없다.

충격을 받은 탓일까, 아니면 다른 꿍꿍이를 떠올리는 중일까? 아무래도 좋았다. 카밀라는 이제 상대의 반응은 신경도 쓰지 않은 채, 짐짓 유쾌한 어조로 마구 지껄이기 시작했다.

"이번만큼은 엘레나의 일도 있으니 속아주지. 아니, 속아 넘어가는 흉내 정도는 내주지. 하지만 **내 배**를 다시 한 번 제 멋대로 부리려고 했다간 물고기 밥이 될 각오를 하는 게 좋을 거야, 개년아."

달각.

함장의 말이 끝나기도 전에 전화는 끊겨버렸다.

동시에 사늘한 적막이 사관실 안에 흘렀다. 얼마 지나지 않아 카밀라 대교가 침묵을 깨고 먼저 입을 열었다.

"이렇게 되어서 미안하지만… 바로 출항을 해야겠다."

함장의 입가에는 평소와 같은 옅은 미소가 여려있었지만, 그녀의 눈은 전에 없이 진지했다.

평소 같았으면 장난스럽게 불평을 늘어놓았을 사관들도 카밀라 대교의 그 표정을 마주하자 모두 말없이 경례를 올려붙인 채 자신의 일을 행하기 위해 사관실을 빠져나갔다.

사관들이 모두 자리를 비우자 함장은 자리에서 바로 일어나 자신의 방으로 돌아갔다. 작업복을 입은 수병들이 황급히 곡주에서 호줄을 걷어내고 출항 준비를 하는 게 보였다.

함장은 옷장을 열고 먼지가 살짝 쌓인 정복 재킷을 꺼냈다. 풀어헤친 블라우스를 바로 잡고 재킷을 걸친 다음 타이를 바로 맨다. 기장까지 제대로 착용하고 나자 거울에 비친 카밀라의 모습은 스스로 보기에도 어쩐지 낯설어 보였다.

카밀라는 머리에 비뚤게 걸쳐 두었던 정모를 제대로 꾹 눌러 쓰고, 벽에 걸린 함 내 방송 마이크를 향해 가까이 다가갔다. 함장이 말했다.

I Have control.
"지금부터 함장이 직접 지휘한다."

러시아 연방, 극동 연방관구, 프리모리예

블라디보스토크 시, 해양 공원

쿠데타가 일어난 지 열두 시간 째.

블라디보스토크의 아침은 여전히 추웠다. 쿠데타로 인해 항구의 물류가 끊겼다는 소식을 듣자, 갈 곳을 잃은 일용 노동자들은 해양 공원 앞에서 정처 없이 서성거렸다. 블라디보스토크 항의 하역 일을 하던 드미트리도 그 중 하나였다.

해가 떴는데도 추위는 쉬 가시지 않았다. 추위가 코트 안쪽까지 깊숙이 파고들자, 나이 많은 노인 하나가 싸구려 가공목을 긁어모아 모닥불을 피워 올렸다. 하지만 불은 영 시원스럽게 타오르지 못하고 매캐한 연기만 연신 뿜어냈다. 장작이 타들어가며 내는 소리가 드미트리에게는 유난히 을씨년스럽게 들렸다.

장작이 거의 다 타들어갔을 무렵, 누군가가 싸구려 보드카를 가져와 한 모금씩 돌렸다. 술이 한 모금씩 들어가자 취기가 오른 탓인지 사내들 사이에서 불만이 터져 나오기 시작했다.

"갑자기 무슨 놈의 쿠데타야?"

"몰라. 부정부패를 바로잡기 위해서 소비에트 연방으로 회귀할 거라는데."

"소비에트…? 농담이겠지?"

"아니야, 진심인 모양이던데. 곰 같은 녀석이 진지하게 그런 소리를 지껄이고 있었어."

"소비에트든 제정 러시아든 일감은 줘야할 거 아냐. 하루 벌어하루 먹고 사는 사람들한테 혁명이 무슨 소용이람."

"어차피 권력 잡으면 다 똑같아질 텐데."

점차 쿠데타군에 대한 비난이 수위를 높여가자 순찰을 나온 헌병 하나가 사납게 노동자들을 노려보았다. 총을 든 군인들이 따가운 눈총을 주자 사내들은 입을 다문 채 얌전히 술을 마시기 시작했다.

그 때, 얼음 언덕 위에 버려진 커다란 마슬레니차 인형이 드미트리의 눈에 들어왔다. 짚과 자작나무로 만들어진 그 소녀 인형은 러시아의 전통의상인 카프탄을 곱게 차려입은 채 다소 썰렁한 모습으로 버려져 있었다. 드미트리는 다시 깊게 한숨을 내쉬며 작게 중얼거렸다.

"올해 마슬레니차는 시작도 하기 전에 끝나버렸군."

마슬레니차. 러시아의 봄맞이 사육제.

러시아 정교의 사순절을 앞두고 1주일 동안 펼쳐지는 이 이교(異教)의 축제는 금육, 금식을 앞두고 유제품과 계란을 마음껏 먹었던 중세의 풍습에서 기원하고 있다.

물론 교회법이 사라진 오늘날에도 러시아 사람들은 버터를 듬뿍 바른 블린을 먹으며 봄을 알리는 축제를 즐겼다. 사내들은 서로 맨주먹 싸움을 벌이며 서로의 남성성을 뽐냈고, 아낙들은 집에서 구워낸 블린을 거리에 가져와 서로 나누었다.

'자신을 저당 잡히더라도 마슬레니차를 즐겨라(Хоть себя заложить, а Масленицу проводить)'라는 속담까지 있을 정도이니. 러시아인들에게 이 마슬레니차 기간은 각별하다. 이 즐거운 축제는 겨울을 의미하는 마슬레니차 인형을 불태워 봄을 불러들이는 것으로 끝이 난다.

하지만 올해는 다르다. 마슬레니차 기간이 끝나려면 사흘이나 남았건만. 시민들은 거리에서 종적을 감추었고, 무뚝뚝한 표정의 쿠데타군 병사들만 돌아다니고 있었다. 흥겨운 차스투시카(частуш ка, 속요) 대신 딱딱한 선전방송이, 고소한 버터의 향 대신 매캐한 초연의 향이 마슬레니차의 빈 자리를 대체하고 있었다.

계엄령이 떨어진 건 아니었지만, 무장한 군인과 장갑차가 돌아다니는 데 노래를 부르며 축제를 즐길 바보가 어디에 있으랴. 하지만 드미트리는 못내 아쉬웠다. 쿠데타군이 조금만 더 늦게 거사를 일으켰더라면. 마슬레니차가 끝나고 이 소동이 벌어졌더라면 좋았을텐데….

꼬르륵.

그 때, 누군가의 뱃고동이 울렸다.

일용 노동자 대부분이 아침을 거른 채 나왔던 터라, 허기는 뱃고동을 타고 전염되듯 퍼져나갔다. 평소처럼 일을 나갔더라면 고용주가 흘렙 한 조각이라도 던져주었겠지만, 이곳에는 싸구려 보드카 말고는 아무것도 없었다.

갑자기 드미트리는 작년 봄에 먹었던 블린이 그리워졌다. 지금 갓 구워낸 따끈한 블린에 버터와 과일잼을 듬뿍 발라 먹을 수만 있다면 얼마나 좋을까….

순간, 어디선가 버터의 고소한 향이 풍겨왔다.

처음에는 배가 너무 고픈 탓에 착각을 했나 싶었지만, 그 고소한 향기는 점차 진해지고 있었다. 다른 사내들도 같은 향을 맡았는지 눈을 빛내며 코를 킁킁대기 시작했다.

그리고 잠시 후, 자리에 어울리지 않는 두 여인이 골목 어귀에서 나타났다. 어울리지 않는다는 말은 비단 여인이기 때문에 나온 것만은 아니었다.

먼저 모습을 드러낸 건 겨울의 요정을 떠올릴 만큼 아름다운 외모를 가진 작은 소녀였다. 어깨를 타고 흘러내리는 매끄러운 금발과 조각처럼 수려한 용모, 그리고 5피트 남짓한 키까지… 어쩐지 미소녀라는 말보다는 살아 움직이는 인형이라는 표현이 더 잘 어울릴 것만 같은 소녀였다. 그리고 그 뒤를 따라 키가 큰 흑발 여인 하나가 이어서 모습을 드러냈다. 명랑하다 못해 사뭇 당당해 보이기까지 하는 금발의 소녀와는 달리 흑발 여인은 부끄럼을 타는지 치맛단을 꾹 누른 채 주변의 시선을 살피고 있었다.

당당한 태도의 금발 소녀와 부끄럼을 타는 흑발의 여인이라. 그 사실만으로도 주목 받기에 충분하건만, 게다가 그 두 사람이 입은 옷은 화려하고 노출이 심한 웨이트리스 복장이었다. 어깨를 훤히 드러내고 허벅지 위까지 짧게 끌어올린 치마는 보는 사람으로 하여금 죄책감을 자극할 만큼 되바라져 보였다.

한 밤중의 뒷골목에서 마주쳤더라면 사내를 후리러 나온 작부들이라 여겼을지도 모른다. 하지만 지금처럼 흉흉한 이 시기에 저런 옷차림을 하고 대로를 배회할 이유가 무어가 있단 말인가. 드미트리는 눈을 가늘게 뜨며 두 여인을 가만히 관찰했다.

"뭐하는 계집들이지?"

"제법 반반하긴 한데…."

사내들의 술렁거림을 뒤로하고 드미트리의 뒤에 서 있던 사내 하나가 껄렁거리며 먼저 앞으로 나섰다.

"뭐야, 창녀들인가? 번지수를 잘못 찾았어. 여기에 있는 녀석들은 화대조차 내지 못할 정도로 빈궁한 녀석들이니까. 하지만 뭐… 공짜로 하게 해준다면 모를까— 아야얏!"

사내가 음흉한 표정을 지으며 소녀의 어깨에 팔을 얹으려 하자, 등 뒤에 서 있던 키 큰 여인이 달려들어 사내의 팔을 잡아 비틀어버렸다.

"…함부로 손대지 마시죠."

"씨발. 뭐, 뭐야?"

갑자기 기습을 당하자 놀랐는지, 불량한 외모의 사내는 뒷걸음질을 치며 욕지거리를 내뱉었다.

"어휴…."

금발의 소녀가 한숨을 푹 내쉬며 여인을 뒤로 물렀다. 그리고 그녀는 영업용 미소를 방긋방긋 지어보이며 사내들에게 사과를 건넸다.

"실례했습니다. 주점 〈페펠 악티브랴〉의 레나예요. **저희 막내**가 험한 손님들을 자주 대하다보니 무심코 실례를 했네요."

드미트리는 소녀가 그렇게 말하며 발뒤꿈치로 여인의 정강이를 걷어차는 것을 보았다.

"페펠 악티브랴라. 그거라면 얼마 전에 오픈한 고급 술집 아냐? 그런데 그런 고급 술집 작부가 이런 곳에는 뭐 하러 나온 거야? 저 놈 말마따나 웃음 팔러 나온 건 아닌 것 같고."

"사실은 블린을 너무 많이 구워버려서요. 가게 홍보 겸 남는 블린을 나누어 드릴까 해서 가지고 나왔답니다."

레나라고 이름을 밝힌 소녀는 들고 있던 바구니를 열어 사내들에게 안을 보여주었다. 바구니 안에는 노릇노릇하게 잘 구워진 블린이 한 가득 담겨져 있었다. 아까 전부터 코를 간질이던 고소한 버터 향의 정체는 이 블린이었던 모양이다. 블린을 마주하자 배가 더욱 고파왔지만, 드미트리는 군침을 삼키며 부러 태연하게 물었다.

"갑자기 웬 블린이지?"

드미트리의 물음에 소녀는 진절머리가 난다는 듯 고개를 가로젓고는, 헌병들의 눈치를 살피며 작게 소곤거렸다.

"혁명군들 때문에 손님이 끊어진 탓에, 유통기한이 거의 다 된 우유와 계란을 죄 버리게 생겼지 뭐예요. 식재료를 썩히느니 다른 분들께 대접하려고 블린을 구워왔답니다."

그리고 소녀는 바구니에서 바로 블린을 꺼내, 사내들에게 기세 좋게 나누어주었다. 갑자기 따끈한 음식을 대접받자 오히려 어안이 벙벙해진 건 드미트리 쪽이었다.

"이, 이거 그냥 받아도 되는 거야?"

소녀는 특유의 파란 눈을 반짝이며 고개를 끄덕였다.

"네. '마슬레니차'잖아요? 맛있게 드셔주시고 입에 맞으시면 나중에라도 저희 가게에 한 번 방문해주세요."

"마슬레니차라…."

소녀의 입에서 흘러나온 '마슬레니차'라는 단어를 듣자마자 묘한 기시감이 피어올랐다. 마치 오랫동안 잊고 지냈던 옛 친구의 이름을 듣는 것 마냥.

드미트리는 무언가에 홀린 듯 블린 한 조각을 입가로 가져가 향을 맡았다. 버터의 고소한 향내 사이로 덥힌 우유 특유의 희미한 젖비린내가 느껴졌다. 어쩐지 목이 메었다. 버터를 담뿍 발라 팬에 구워낸 블린의 표면은 고기의 비계처럼 매끄럽고 보드라웠다.

이 감촉도 향내도 잘 알고 있다. 매년 맛보았던 축제의 기억이다. 드미트리는 속이 흐르지 않도록 한 쪽 끝을 받쳐 들고 블린을 크게 한 입 베어 물었다.

잘려나간 팬케이크의 단면에서 스메타나(Smetana, 러시아식 사워크림)의 새콤한 향이 동시에 폭하고 터져 나왔다. 블린의 안쪽에 스메타나를 발라 말아낸 모양이었다.

고소하고 기름진 맛의 버터와 새콤하고 부드러운 산미의 스메타나. 이 두 가지 맛은 부드러운 팬케이크 안에서 절묘하게 어우러졌다. 또 스메타나 사이사이에 곁들여진 붉은 연어 알의 감칠맛도 좋았다. 짭조름한 맛 자체도 좋았거니와, 씹을 때마다 알알이 터져 나오는 식감도 재미있었다.

캐비어를 곁들인 블린 마냥 호화롭지는 않지만, 소녀가 가져다 준 블린은 향수를 자극하는 가정적인 맛이었다.

원래대로 축제가 진행되었더라면 배터지도록 즐겼을 그 맛.

"맛있다…."

드미트리는 저도 모르게 혼잣말을 중얼거렸다.

다른 사내들 역시 마찬가지로 걸신들린 사람 마냥 허겁지겁 블린을 먹어치웠다. 그 광경을 보며 소녀는 생글생글 웃었다.

"맛있게 즐겨주셔서 다행이네요. 그럼 저희 가게에도 꼭 한 번 방문해 주시길 고대하고 있겠습니다."

그렇게 말하고 소녀는 치맛단을 살짝 들어 우아하게 인사를 건넸다. 사내들이 무어라 답할 사이도 없이, 소녀는 빈 바구니를 들고 다시 왔던 길로 쪼르르 사라져버렸다. 흑발의 여인도 허둥거리며 그녀를 따랐다.

명랑한 소녀가 떠나고 나자 다시 썰렁한 바람이 빈 자리에 휘몰아쳤다. 다들 따끈한 블린을 한 입씩 먹었건만, 추위와 배고픔은 쉬이 가시지 않았다. 아니, 오히려 방금 먹은 블린이 전채(前菜)가 되어 사내들은 더욱 식욕이 당기기 시작했다. 결국 추위를 견디지 못한 한 사내가 큰 목소리로 분통을 터트렸다.

"빌어먹을! 3월인데 왜 이렇게 추운거야?"

다른 사내가 낄낄거리며 말을 받았다.

"혁명군 봉쇄 때문에 벨레스(Велес, 봄을 상징하는 농경의 신)도 못 들어오나 보지."

"저 인형이 불타지 않고 남아서 그런 거야. 저런 게 남아있으니 베스냐(весна, 봄)가 오지 못하는 거라고!"

평소 같았으면 어린 아이나 믿을 법한 미신 같은 소리라며 웃어넘겼을 테지만, 어째서인지 오늘은 모두 고개를 끄덕이며 그의 말에 동의했다. 묘한 일이었다.

아까 마신 보드카의 취기가 남아있었던 탓일까, 아니면 모자라게 먹은 블린 때문에 성이 난 탓일까. 드미트리는 근처에서 주워온 긴 나무 막대기에 기름걸레를 감아 횃불을 만들기 시작했다. 그 행동에 헌병들이 의심쩍은 시선을 보내오자 다른 사내 몇이 그를 뜯어말리기 시작했다.

"뭐하는 거야? 그만 둬!"

"시끄러워. 소비에트고 혁명이고 그게 다 뭐야? 지금 필요한 건 블린과 크바스라고!"

드미트리는 얼음 언덕 위로 성큼성큼 달려가 마슬레니차 인형에 불을 붙였다. 마른 나무와 짚으로 만들어진 마슬레니차 인형은 불티가 붙자마자 맹렬하게 타오르기 시작했다.

그가 멋대로 방화를 시도한다고 생각했는지 헌병들 두어 명이 달려오며 소리를 쳤다.

"지금 거기서 뭐하는 거야?"

가장 앞에 있던 헌병은 그를 붙잡아 저지하려고 했지만 막일로 다져진 뱃사람의 팔 힘을 이겨내지는 못했다. 드미트리는 헌병을 잡아누르며 마구 지껄였다.

"블린을 내놔! 이 더러운 볼셰비키 놈들아!"

드미트리의 주먹이 턱에 제대로 꽂히자 헌병은 지푸라기 인형처럼 그 자리에 픽 쓰러지고 말았다.

갑자기 마슬레니차의 '주먹 싸움'이 떠오른 탓일까, 잠자코 있던 다른 사내들도 그를 따라 헌병들에게 달려들었다. 헌병들은 총을 뽑아들었지만 차마 발포하지 못하고 도망치기 시작했다.

흥분은 점차 도시 곳곳으로 번져나가기 시작했다. 사내와 여인, 아이와 어른. 거리로 몰려든 시민들의 모습은 제각각이었지만, 외치는 구호는 하나같이 같았다.

"혁명은 필요없어! 우리에게 블린을, 마슬레니차를, 봄을 돌려줘!"

4

러시아 연방, 극동 연방관구, 프리모리예
블라디보스토크 시, 태평양 함대 사령부

"블린을 내놓으라니… 그게 무슨…."

부관으로부터 그 이상한 시위에 대해 보고를 들었을 때, 스테판은 36 수상함 전단장인 이고르 준장과 작전에 대해 이야기를 나누고 있던 참이었다. 스테판이 놀라 말을 잇지 못하자, 이고르 준장이 대신 부관을 다그쳐 이야기를 계속하게 했다.

"블린이라니. 그게 무슨 뚱딴지같은 소리야?"

"혁명 광장과 역 앞, 그리고 사령부 건물 앞에서 시민들이 마슬레니차 축제를 재개해달라는 시위를 벌이고 있습니다."

"맙소사, 이 와중에 마슬레니차라니."

이고르 준장은 어처구니가 없다는 표정으로 혀를 차며 고개를 가로저었다.

"시민들을 저지하려던 헌병들 일부가 구타당하기는 했지만, 큰 소요 사태는 현재까지는 없습니다. 다만…."

"다만?"

"시민들이 마슬레니차 인형을 태운답시고 횃불을 들고 돌아다니고 있습니다. 무차별적인 방화 행위로 번질 위험성이 농후합니다."

부관이 걱정스러운 눈으로 올려다보는데도 스테판은 차마 무어라 말을 잇지 못했다.

마슬레니차, 마슬레니차. 왜 그걸 잊고 있었던 걸까.

시민들에게 마슬레니차 축제는 1년 넘게 기다려온 중요한 이벤트이다. 그런데 그걸 무시하고 혁명을 강행했으니… 시민들이 분노하는 것도 이해가 갔다. 만약 혁명이 예정대로 진행되어 마슬레니차가 끝난 뒤에 이루어졌다면, 조금은 그들의 분노가 가라앉지 않았을까? 역사에 만약은 없다고 하지만 스테판은 새삼 소비노프를 쏴 버린 일이 후회되기 시작했다.

그의 생각을 아는지 모르는지, 이고르 준장은 손가락으로 수염을 비비꼬며 혀를 찼다.

"쯧쯧. 도대체 어째서 이런 일이…. 마슬레니차는 진작 중지되지 않나!"

"일부 술집 작부들이 식료품 재고를 처리한답시고 블린을 구워 시민들에게 나누어주었다고 합니다. 그리고 그 블린이… 결과적으로 시민들을 자극한 모양입니다."

술집 작부?

작부라는 말에 스테판은 갑자기 뒤통수를 얻어맞은 것처럼 눈을 크게 떴다. 설마, 엘레나는 아니겠지?

여전히 이고르 준장은 사태의 심각성을 이해하지 못했는지 낄낄거리며 농담을 건네고 있었다.

"한심하군. 축제가 취소되었다고 저 난리를 피우는 거야? 어이, 스테판. 지금 당장 취사병들을 불러 모아 초대형 블린을 구워 나누어 주자고. 모스크바에서 굽는 것보다 훨씬 커다란 놈으로 말이야."

"…농담을 할 상황이 아닙니다, 전단장님."

스테판이 심각한 표정으로 입술을 깨물자, 이고르도 괜스레 멋쩍어 졌는지 뒤통수를 문지르며 사과를 건넸다.

"미안하군."

스테판은 입술을 한동안 달싹거리다 억지로 태연을 가장하며 지나가는 말처럼 질문을 던졌다.

"혹시… 그 블린을 나누어주었다는 작부 중에 키가 5피트 정도 되는 금발 소녀가 끼어 있지는 않았나?"

스테판의 질문이 뜬금없다고 생각했는지 부관은 곧 바로 대답하지 못하고, 말을 더듬었다.

"네…? 아… 넵. 헌병의 기록에 따르면 그렇습니다. 블린을 나누어준 건 키가 작은 금발의 러시아계 소녀와 크고 깡마른 흑발의 동양 여성이었다고 합니다."

키가 작은 금발의 소녀와 크고 깡마른 흑발의 동양인.

분명 엘레나와 그 포주 녀석임이 틀림없었다. 하지만 스테판의 머리는 여전히 복잡했다. 어째서 엘레나는 이런 짓까지 벌여가며 혁명을 방해하려 하는 걸까.

단순히 엘레나가 술집 작부로서의 삶에 만족하고 있기 때문에 그에게 협력하지 않는 거라면, 그건 이해할 수 있었다. 하지만 그녀가 정체를 들킬 것을 각오하면서까지 혁명을 방해하려한다면, 스테판은 그 행동의 이유를 도저히 이해할 수 없었다.

갑자기 욕지기가 치밀어 올랐다. 스테판은 손으로 입을 틀어막으며 천천히 숨을 골랐다. 그 사이 이고르와 부관이 딱딱한 어투로 서로 말싸움을 벌이는 게 보였다.

"이래서 무지렁이들은 어쩔 수 없다니까. 뭐하고 있는 건가, 스테판 사령관. 당장 계엄령을 내리지 않고서."

"준장님. 계엄령을 내리더라도 누가 그들을 통제합니까?"

"155 해군보병 여단 중 일부를 차출하면 되잖나."

"155 여단은 시 외곽을 방어하는 것만으로도 한계입니다. 시위 진압 때문에 병력을 물렸다가는 정부군이 낌새를 알아채고 당장 진격해 올 겁니다."

"그렇다고 앉아서 시민들의 손에 불타죽으란 말인가?"

두 사람이 목소리를 높일 때마다 머릿속이 웅웅 거렸다. 머릿속의 소음 때문에 두 사람의 대화는 이제 사람의 말처럼 들리지 않았다. 마치 돼지들이 꽥꽥 우는 것처럼 들렸다.

어째서일까. 분명 자본주의에 물든 짐승들의 손에서 조국을 지켜내겠노라고 혁명을 일으켰을 텐데. 정신을 차리고 보니 혁명 사령부 전체에 짐승밖에 남아있지 않았다. 이래서야 짐승이 짐승을 몰아내겠다는 꼴 밖에 되지 않는가.

거울을 바라보니 북슬북슬하게 털로 뒤덮인 곰 한 마리가 군복을 입고 그를 노려보고 있었다. 곰이 지휘하는 돼지들의 군대라. 갑자기 스테판은 이 상황이 우스꽝스럽게 느껴져 쓴웃음을 흘렸다.

부관은 그가 너무 자책한 나머지 미쳐버렸다고 생각했는지, 안쓰러운 표정으로 그를 응원해 주었다.

"기운내시지요, 사령관 동무. 캄차카 반도에서 출항한 101 해군보병 연대가 곧 항구에 도착할 겁니다. 그들이 도착한 뒤에 진압을 해도 늦지 않습…."

쾅!

부관을 말을 마치기도 전에 집무실의 문이 요란스럽게 열렸다. 문 너머에서 젊은 상위 하나가 숨을 헐떡이고 있었다.

"실례하겠습니다!"

"경례법은 어디다 팔아먹었나, 상위!"

"죄, 죄송합니다. 하지만 워낙 급한 일이라…."

상위는 쌕쌕거리며 몇 초간 숨을 고르더니, 곧 충격적인 소식을 입에 담았다.

"캄차카에서 출항한 수송 함대가… 공격받고 있습니다!"

이고르가 비명을 지르듯 고함을 내질렀다.

"공격이라니, 도대체 누구에게!"

부관도 드물게 경악한 표정을 지으며 고개를 가로저었다.

"러시아군 함대의 동향은 모두 파악하고 있었을 텐데! 도대체 누가… 혹시 연방 해군인가?"

하지만 상위의 입에서 튀어나온 건 전혀 예상 밖의 대답이었다.

"아닙니다. 소속불명의 보급함입니다."

"소속불명? 그보다 보급함에게 공격받고 있다고?"

"정황상 자루비노에 기항 중이던 학회의 배가 요격에 나선 것 같습니다."

"어째서! 학회가 혁명을 방해해서 무슨 이득을 본다고!"

이고르가 길길이 날뛰며 화를 내자, 뒤에서 스테판이 조용히 중얼거렸다.

"아마 학회는 멍청한 정부가 집권하는 편이 항구를 조차하기 쉽다고 생각했나 보지요.”

이고르는 못마땅한 표정으로 스테판을 노려보았지만, 그가 틀린 소리를 한 것도 아니었기에 화를 내지도 못했다. 이고르 전단장은 결국 성난 표정으로 자리에서 일어나 함대로 돌아가려 했다.

“안 되겠어. 지금 당장 바랴그를 몰고 가서 저 건방진 학회 놈들을 물고기 밥으로 만들어 버려야지…!”

“그만두십시오, 전단장님.”

몇 번이고 자신의 제안이 거절당하자 심기가 뒤틀렸는지 이고르는 끝내 이를 드러내며 으르렁 댔다.

“이번에는 또 뭐야?”

“…우리는 수상함 전단을 완벽하게 통제할 수 없습니다.”

“무슨 소리야, 전단장인 내가 하겠다는데!”

“그건 평시의 이야기지요. 함장들은 지금 혁명군과 정부군 중 어디에 충성을 바칠지 눈치를 보고 있을 겁니다. 개중에는 혁명군이 고깝지만 혁명군이 항구를 점거했기 때문에 어쩔 수 없이 기회만 엿보고 있는 함장도 있을 겁니다.

만일 바다에 나간 이후에 그 함장이 정부군 편을 들어 다른 배를 공격하라 명한다면… 승조원들이 고락을 함께한 함장과 가끔 얼굴만 비추는 전대장 중 누구의 말을 따르겠습니까?”

“으으….”

스테판의 말은 지극히 정론이었다.

혁명을 시작하기 전에 각부의 참모들을 설득하고 따르지 않는 고급 장교들을 숙청하기는 했지만, 함대의 모든 병사들이 혁명에 찬동한다고 확신할 수는 없었다. 혁명에 찬동하지 않는 병사들도 대세에 따르느라 숨을 죽인 채 상황을 살피고 있을 수도 있었다. 이런 상황에서 부대를 나누는 건 내분을 초래할 뿐이다.

하지만 그렇다고 해서 뾰족한 수가 생기는 것도 아니다. 이러는 와중에도 시위대의 항의는 거세져 가고 있었다. 결국 부관이 입술을 꽉 깨물며 스테판을 채근했다.

"안되겠습니다, 사령관님. 아르튬의 정부군이 이 사실을 알아차리기 전에 계엄을 선포하고 **폭도**들을 진압하시지요."

"폭도…?"

부관이 꺼낸 단어를 듣고 스테판은 눈살을 찌푸렸다.

"…누가 폭도인데?"

"그야 주전부리 따위를 핑계로 혁명군에 반기를 든 저 멍청한 시위대 말이지요."

부관은 당연하다는 표정으로 말을 이었지만, 스테판은 여전히 못마땅한 표정으로 입술을 매만졌다.

"혁명이라, 혁명이라."

그는 한동안 혁명이라는 단어를 중얼거리며 볼펜으로 책상을 톡톡 두들기더니, 갑자기 뜬금없는 질문을 던졌다.

"대위. 혁명과 쿠데타의 차이가 무어라고 생각하나?"

"그야 혁명은 정의로운 행위고, 쿠데타는…."

부관은 바로 대답하려 했지만, 명확하게 말을 잇지는 못했다. 부관 역시 그동안 역사를 말하며 혁명과 쿠데타라는 표현을 누차 썼지만, '하나는 긍정적이고 다른 하나는 부정적'이라는 애매한 표현 외에는 그 의미를 제대로 설명하지 못했다. 스테판은 의자

등받이에 등을 기대며 입을 비죽 내밀었다.

"쿠데타는 정의롭지 못하다는 소리인가? 어리석은 소리는 그만 둬. 세상에 대의명분 없는 반역은 없어. 그럼 쿠데타라는 말이 왜 나왔겠나?"

그리고 스테판은 허공에 글자를 천천히 써가며 그 의미를 설명했다.

"혁명. Revolutio(반전). 즉, 혁명은 체제의 위아래를 뒤집는 거다. 민중의 고혈을 착취하던 기득권이 나락으로 떨어지고, 탄압받던 인민들이 나라의 주인이 되는 게 혁명이지. 하지만 쿠데타(coup d'État)는 말 그대로 정부에 대한 타격이다. 쿠데타 군은 시민의 기분을 살필 필요 따윈 없어. 그저 지배층이 바뀌는 것뿐이니까."

스테판과 그의 동지들이 혁명군을 자처한 이상, 그들은 정부에 단순히 타격을 가하기 이전에 국민들의 신임을 얻어야 했다. 국민들이 바뀌는 게 없다고 생각하면 그들의 혁명도 결국 말뿐인 쿠데타로 끝나고 말테니까.

스테판은 부관을 똑똑히 노려보며 한 마디씩 또박또박 질문을 던졌다.

"다시 한 번 묻지. 우리는 혁명군인가, 쿠데타군인가."

부관은 마지못해 눈을 내리깔며 중얼거렸다.

"…혁명군입니다."

그것으로 계엄을 내린다는 선택지는 사라졌다. 시민들이 함께 정부군에 맞서 싸워주지 않으면, 모스크바의 정치인들이 찬탈에 성공한다 하더라도 반쪽자리 성공이 되어버린다.

이제 남은 일은 성난 군중을 진정시키는 것뿐이다.

스테판은 코트를 집어 들며 자리에서 일어섰다.

"좋아. 바로 혁명 광장으로 나가겠다. 시민들에게 직접 연설을 하겠어. 진심이 통한다면 시민들도 이해해주겠지."

스테판이 말을 마치자마자 부관이 자리에서 벌떡 일어서며 고함을 질렀다.

"그런… 너무 위험합니다!"

"맞네, 스테판 동지. 시위대 속에 정부군 첩자가 섞여있을지도 모르는 상황에…! 저격을 당할 수도 있다고!"

하지만 다른 이들의 충고를 듣고도 스테판의 태도는 너무나도 담담했다. 마치 죽음을 각오한 사람마냥.

"그게 운명이라면 받아들여야지요."

"스테판 동지!"

부관이 히스테리컬하게 고개를 가로저으며 말을 이었다.

"이 혁명을 이끄는 건 스테판 사령관이십니다. 사령관께서 죽는다면 혁명은 그걸로 끝이라고요! 너무 위험합니다. 차라리 다른 사람을 보내심이…."

"그러니까 더욱 내가 나가야한다는 거야. 그러지 않으면 저들에게 진심을 보여줄 수 없어."

스테판이 막무가내로 나서려 들자 이고르 준장도 결국 화가 단단히 났는지, 몸으로 그를 막으며 호통을 쳤다.

"무른 소리는 그만 둬, 스테판! 헛소리 말고 당장 경비 중대원들에게 실탄을 장전하고 시위대를 쏘라고 명령해! 어차피 혁명에는 희생이 따르는 법이야!"

"…뭐라 하셨습니까?"

하지만 그 말은 오히려 스테판의 역린을 꺾어버리고 말았다.

"경비중대, 아니 소대만 있어도 충분해! 기관총을 들고 나가서 한 번 갈겨주면 공포에 질려 다 집으로 돌아갈 게 뻔해. 인민이란 그런 놈들이라고!"

순간 스테판이 비틀거리듯 책상을 한 손으로 붙잡았다. 그는 분노로 몸을 떨며 입을 천천히 열었다.

"우리는….."

"…뭐?"

"우리는 로마노프 왕조를 세우려는 게 아니야!"

쾅!

그리고 스테판은 힘껏 집무실의 책상을 주먹으로 내리쳤다. 요란한 소리가 나자 이고르 준장조차도 몸을 움찔했다. 스테판은 인광을 번쩍이며 이고르를 죽일 듯이 노려보았다.

"시민들에게서 일상을 빼앗은 것도 모자라, 피의 일요일을 재현할 셈인가? 시민들을 죽이고, 공포를 흩뿌려 세운 나라를 인민들의 소비에트라고 치장할 셈인가? 하, 그럴 바에는 여기서 자결하는 게 나아!!"

스테판이 불손한 언사로 소리를 질러대는데도 이고르는 한 마디도 반박하지 못했다. 그 말이 정론이었기도 하거니와 스테판의 분노한 모습에 겁을 먹었기 때문이다.

그 누구도 스테판이 그토록 화를 내는 장면을 본 적이 없었다. 그는 말 그대로 메드베지. 성난 곰과 같은 기세로 노성을 내지르며 다시금 책상을 거칠게 내리쳤다.

어찌나 세게 내리쳤는지 책상의 나뭇결이 갈라지고, 스테판의 주먹에서도 피가 흘렀다. 피가 맺힌 주먹을 소매에 가볍게 문질러 닦은 다음, 스테판은 숨을 고르며 다시금 선언했다.

"…번복은 없습니다. 오후 두 시에 혁명 광장에서 연설을 하겠습니다."

후배에게 연달아 모욕을 들은 이고르 준장은 붉으락푸르락한 표정으로 한동안 이를 갈더니, 독사가 침을 내뱉듯 저주를 내뱉으며 방문 밖으로 나섰다.

"후회할걸세, 스테판."

"…."

하지만 스테판에게는 그 말이 전혀 위협적으로 들리지 않았다. 왜냐하면 스테판은 이미 후회하고 있었기 때문이었다.

시간을 돌릴 수만 있다면, 언제로 돌아가야 할까?

소비노프를 감정적으로 쏴 죽인 그 순간으로? 아니면 술집에서 작부 일을 하는 엘레나를 마주쳤던 그 순간으로?

아니, 시간을 돌릴 수 있다면, 엘레나가 퇴교를 했던 수년 전의 그 순간으로 돌아가 엘레나를 붙잡았어야 했다. 그녀에 대한 죄책감이 결국 이 혁명을 계획하고 그를 복수에 미친 복수귀로 만들었다.

이 모든 게 엘레나 유스포브를 위한 일이었다.

하지만 어째서 엘레나, 너는 나를 방해하는 거지?

스테판은 의자에 앉아 오열하듯 얼굴을 감싸 쥐었다.

5

꿈을 꾸었다.

상트페테르부르크의 어느 봄날이었다. 스테판은 소위 계급장이 달린 해군 정복을 입고 있었으며, 엘레나는 4학년 학년장이 달린 생도 제복을 입고 있었다. 분명 두 사람이 사귀기 시작한지 얼마 되지 않았을 때의 기억이었다.

인적이 드문 교외의 공원을 걸으며 두 사람은 모처럼의 따뜻한 봄을 만끽하고 있었다. 하지만 이상하게도 엘레나는 스테판으로부터 두 세 걸음 정도 거리를 둔 채 계속 걸어오고 있었다. 발걸음이 빠른가 싶어 스테판이 발 속도를 늦추어도 엘레나는 계속 거리를 둔 채 그를 따라오고 있었다. 엘레나의 기행(奇行)에 괜스레 스테판은 불안해졌다. 뒤에 이상한 거라도 묻은 걸까?

결국 스테판은 참지 못하고 그녀에게 직접 물었다.

"왜 그렇게 떨어져서 걸어오는 거지?"

"하지만….."

엘레나는 스테판의 물음에 바로 답하지 못하고 입을 뻐끔거리며 말을 골랐다. 무언가 말 못할 부끄러운 단점이라도 찾은 걸까?

"혹시 다른 사람들에게 보일까봐 그러는 거야?"

"아닙니다. 그저….."

엘레나는 다시 말을 멈추었다가, 끝내 얼굴을 살짝 붉히며 조심스럽게 그 이유를 실토했다.

"동기들이 남자는 자신의 뒤에서 조용히 뒤따르는 여성을 좋아한다고 그랬습니다."

겨우 그런 이유 때문에서였나. 스테판은 자신에게 무슨 문제라도 있나 싶어 걱정했던 게 바보처럼 느껴져 한숨을 푹 내쉬었다.

"갑자기 바바야가(Баба-Яга)같은 소리나 하고…."

스테판은 천천히 엘레나에게 다가가 몸을 구부렸다.

"잠깐 팔 들어봐, 유스포브."

엘레나가 어리둥절한 표정으로 양 팔을 들자, 스테판은 그녀의 허리를 잡고 들어 올려 자신의 어깨 위에 목말을 태웠다.

"꺅."

갑자기 허리를 붙잡힌 엘레나는 귀여운 비명을 질렀지만 곧 겁먹은 표정으로 입을 꼭 다문 채, 스테판의 어깨를 붙잡았다. 스테판의 어깨 위에서 보는 풍경이 생각보다 훨씬 더 높았기 때문이리라.

"어때, 높게 보이지?"

"자, 잠깐만요. 선배…. 규, 균형이…."

엘레나는 한동안 쓰러질 것처럼 비틀거렸지만, 이내 균형을 되찾고 스테판의 어깨를 단단히 붙들었다. 엘레나의 몸이 완전히 균형을 되찾자 스테판은 조금씩 발을 내딛으며 말했다.

"너는 장교가 될 사람이야."

엘레나가 새삼스럽다는 투로 눈을 치켜떴다.

"언젠가는 수백 명, 아니 수천 명의 사내를 네 말 한마디로 죽이고 살려야 할지도 모른다고. 그런 상황에서도 사내를 앞지를 수는 없다는 고리타분한 소리나 할 거야?"

"…그런 말을 하려던 건 아니었습니다."

엘레나는 한숨을 내쉬었다. 하지만 어쩐지 엘레나의 마음속에 있는 어둠이 완전히 가신 것 같지 않아, 스테판은 자신있는 목소리로 힘있게 말했다.

"너는 작지 않아, 유스포브."

분명 엘레나 유스포브의 키는 작다. 하지만 그렇다고 해서 그녀의 그릇까지 작은 건 아니었다. 전부터 느꼈던 것이지만 스테판은 그녀가 쿠즈네초프 사관학교의 그 어떤 생도보다 더 우수한 재원이 될 거라고 믿고 있었다.

"여자라고, 키가 작다고 절대로 주눅 들지 마. 네가 가는 길을 방해하면 사내든 계집이든 개의치 말고 시원하게 걷어차 버리라고."

"…."

어째서인지 엘레나는 말이 없었다.

어쩐지 스테판은 괜스레 멋쩍어져서 중얼거리는 것처럼 작게 한 마디를 덧붙였다.

"…설령 그게 나라고 할지라도 말이야."

"선배…."

갑자기 한참의 침묵 끝에 엘레나가 입을 열었다. 그녀의 목소리는 이상하리만큼 작게 떨리고 있었다.

"왜?"

"저기… 너무 허벅지를 만지시는 것 같은데."

그제야 스테판은 자신의 손이 엘레나의 허벅지를 지나치게 세게 쥐고 있었다는 걸 깨달았다. 스테판은 너무 당황한 나머지 그녀를 지탱하고 있던 양손을 놓아버린 채 고개를 돌리려 했다.

"아, 아니… 나는 그럴 생각이…."

"잠깐만요, 선배! 거기서 손을 놓으시면…!"

순간적으로 균형이 무너지자 스테판은 그대로 고꾸라지고 말았다. 그리고 그 위에 목말을 타고 있던 엘레나는 스테판의 몸 위에 안기듯 폭 쓰러졌다.

오래전에 한 번 맡았던 달콤한 향기가 다시금 피어올랐다. 그래, 마가목의 향이다. 엘레나의 몸에서 풍기는 달콤한 마가목 열매의 향을 맡자 스테판은 정신이 아찔해졌다.

이를 아는지, 모르는지. 엘레나는 품 안에서 앙탈을 부리듯 낮은 목소리로 속삭였다.

"고의라고 해도 누가 뭐라고 하는 것도 아닌데."

엘레나의 귀가 유난히 발갛게 물들어있었다.

-6-

달콤한 마가목 열매의 향기가 코끝을 간질였다.

스테판은 몸을 일으키며 머리를 문질렀다. 지금이 몇시지? 여기가 어디지? 잠기운에 취한 탓인지 머리가 쉬이 돌아가지 않았다. 곧 스테판은 이곳이 혁명 광장으로 향하는 지프 안이라는 걸 깨달았다. 분명 부관에게 운전을 맡기고 뒷좌석에 앉아 있었는데… 아무래도 선잠이 든 모양이었다.

"일어나셨습니까?"

운전석 방향에서 부관의 목소리가 들려왔다. 그녀의 목소리에도 피로가 잔뜩 배어있었다.

"음…."

스테판은 엄지로 관자놀이를 꾹꾹 누르며 정신을 억지로 각성시켰다. 하지만 마가목 특유의 달콤한 향은 여전히 코끝에 남아 있었다. 꿈이 아니었던 건가?

"라비냐(рябина, 마가목) 향이 나는데."

스테판이 퉁명스럽게 말하자, 부관은 그가 화를 낸다고 생각했는지 바짝 긴장한 목소리로 대답했다.

"···실례했습니다. 목이 자꾸 말라서 드롭스를 먹고 있었습니다. 라비냐 향이 섞인 것이라 그랬나 봅니다."

조수석을 보니 낯선 드롭스 캔이 하나 보였다. 캔의 측면부에는 라비냐 향이라고 키릴 문자로 크게 적혀있었다. 아마 그녀가 꺼낸 드롭스 캔에서 풍겨 나온 향기가 그의 향수를 자극했던 모양이었다.

이유야 아무래도 좋았다. 스테판은 피로한 목소리로 하품을 억지로 씹어 넘기며 손을 내밀었다.

"나도 좀 주겠나?"

부관은 잠시 의외라는 표정을 지었지만, 곧 황급히 캔을 들어 스테판의 손에 드롭스를 두어 개 떨어뜨려 주었다. 선명한 붉은빛의 드롭스는 마치 진짜 마가목 열매처럼 보였다. 스테판은 드롭스를 단숨에 입에 털어넣고 맛을 볼 틈새도 없이 아작아작 씹으며 특유의 새콤한 맛을 즐겼다.

사탕을 씹을 때마다 마가목 특유의 달착지근한 향이 코 끝을 찔렀다.

"···마가목은 좋아."

스테판은 혼잣말을 하는 것처럼 낮게 중얼거렸다.

"만물이 얼어붙고 모든 생명이 잠드는 겨울에도 새빨간 열매를 피워주니 말이야. 마가목 나무에 앉아 열매를 쪼아대는 겨울새들을 보고 있노라면, 배고픈 아이에게 젖을 내어주는 유모를 보는 것 같아. …어머니 러시아를 닮은 열매라고 생각해."

스테판의 혼잣말에 부관이 고개를 끄덕이며 답했다.

"그러고 보니 누군가 그렇게 말한 사람이 있었지요."

하지만 그녀는 그 이름을 쉽게 떠올리지 못했는지 입을 달싹거리며 말을 더듬었다.

"음, 파르, 파스테… 파스테르나크였던가요."

"닥터 지바고는 좋은 책이지."

스테판은 심드렁하게 답하며 창밖에 시선을 주었다. 어느덧 지프는 혁명 광장에 거의 다 도착해 있었다. 광장 한가운데에는 경비병들이 총기를 든 채 주변 사람들을 물리고 있었으며, 먼 발치로 쫓겨난 시민들은 증오에 찬 눈초리로 이 쪽을 노려보고 있었다.

이거 참, 이래서야 정부군이 아니라 시민들의 손에 맞아죽을지도 모르겠군. 스테판이 한숨을 내쉬며 지프의 문을 열려는 순간. 갑자기 전화벨이 울렸다.

비비비비.

스테판은 물론이고 부관조차도 놀란 표정으로 그의 휴대 전화를 쳐다보았다. 그도 그럴 것이 어제부터 블라디보스토크 전역에는 강력한 방해 전파가 송출되고 있었기 때문이었다. 이 시점에 ECM을 뚫어가며 스테판의 개인 휴대폰에 전화를 걸어올 사람이 누가 있단 말인가?

스테판은 어리둥절한 기분으로 전화를 받았다.

"알료."

〈…선배.〉

수화기 너머에서 꽉 잠긴 여인의 목소리가 들어왔다. 예상 밖이라고 해야 할까, 예상했던 일이라고 해야 할까. 전화를 걸어온 건 스테판의 사관학교 후배이자, 이 일의 발단이기도 한 엘레나 유스포브였다.

갑자기 엘레나의 목소리를 듣자 스테판은 말문이 턱 막혔다. 무어라 인사를 건네야 할지, 아니면 저번에 있었던 일의 진위를 따져 물어야 할지. 말을 고르는 사이에도 시간은 계속 흘러가고 있었다.

한동안 말이 없자 수화기 너머에서 엘레나가 머쓱한 어투로 먼저 농담을 건네 왔다.

〈마슬레니차 인사를 드리기엔 상황이 좋지 못하군요.〉

"…내 탓을 해도 괜찮아."

그러려고 했던 건 아닌데. 어쩐지 퉁명스러운 말이 입 밖으로 흘러나왔다. 하지만 그 말을 어떻게 이해했는지 엘레나는 명랑하게 쿡쿡 웃었다. 그리고 숨을 깊게 들이쉬고는 천천히 본론을 털어놓았다.

〈속이려고 했던 건 아니지만.〉

엘레나는 '음' 하고 소리를 내어 약간의 간격을 둔 다음, 지나가는 소리처럼 명랑하게 말했다.

〈저, 술집 여자 아니에요.〉

어쩐지.

"대강 눈치는 채고 있었어."

〈다행이네요. 좀 더 말하기가 편해졌어요…. 아, 그리고 같이 있던 그 연방 출신의 반편이도 포주가 아니에요. 그 머저리가 사람을 꾀어 낼 능력이 있었으면 그 꼬락서니는 안 되었을 테니.〉

"으음."

스테판은 조금 속이 뒤틀리는 걸 느꼈다.

그의 기억 속에서 엘레나가 누군가를 그렇게 격 없이 묘사한 적은 없었다. 약간의 질투를 담아 스테판은 그 사내에 대해 캐물었다.

"그래서. 그 사내와는 무슨 관계인데?"

〈같은 배에 타고 있는 병사에요. 멍청하고 총도 못 쏘지만 성실한 녀석이죠.〉

"같은 배…? 병사…?"

의외의 단어가 튀어나오자 스테판은 눈을 가늘게 떴다.

술집 작부가 아니었다는 건 예상하고 있었지만, 뱃일을 하고 있었단 말인가? 그 때 스테판의 뇌리를 스치고 아까 상위가 해주었던 말이 떠올랐다.

"자루비노에 기항 중이던 학회의 배가 요격에 나선 것 같습니다."

"자루비노에 기항하고 있던 그 학회의 군함과 관련이 있는 건가."

〈눈치가 빠르시네요.〉

엘레나는 허탈한 웃음을 흘리며 입을 다물었다. 따가운 침묵이 한동안 이어졌다. 얼마 지나지 않아 엘레나는 다시 입을 열었다.

〈선배. 잿빛 10월의 포술장, 엘레나 유스포브 소교로 사는 건 아주 힘든 일이에요.〉

마치 오랜 옛 친구에게 근황을 털어놓고 자기 푸념을 늘어놓듯이, 엘레나는 재잘거리며 푸념을 잔뜩 늘어놓았다.

〈일 안하는 무능한 함장에, 군기하나 제대로 못 잡는 갑판장이랑 결벽증 걸린 조리장. 그리고 온갖 말썽을 끌고 들어오는 수병들까지… 죄다 마음에 안 들어요. 어쩜 세상에 이런 배가 다 있는지! 고향에 돌아가서 물고기나 잡으며 살 걸 그랬어요.〉

한 명씩 같은 배의 승조원들을 꼽아가며 흉을 보고나자 더욱 골이 났는지 엘레나는 목소리를 높여가며 마구 화를 내기 시작했다.

〈저라고 해서 백마 탄 왕자님을 기대하지 않은 건 아녜요. 이런 저주받은 배에서 도망쳐 동화 속 공주님처럼 왕자의 품에 안기고 싶었다고요!〉

"…"

스테판은 차마 그 푸념에 답을 해줄 수 없었다.

그녀가 정말로 그런 생활이 싫어서 푸념을 하는 게 아니라는 것을 스테판 역시 눈치 챌 수 있었기 때문이었다. 그래도 듣고 싶지 않았다. 마음 같아서는 그녀가 현재의 자신을 모두 부정하고 다시 스테판에게 돌아오기를 바랐다.

하지만 엘레나는 잔인하게도 그 기대를 저버렸다.

〈그렇지만… 제 부하에요.〉

엘레나는 담담한 어조로 말을 이어갔다.

〈멍청하고 짜증나고 고집불통에 다 어딘가 맛이 가 있지만…
그래도 제 소중한 부하들이에요. 버릴 수 없습니다.〉

"그런가."

스테판은 아랫입술을 꾹 깨물었다.

분명 비이성적인 행동이다. 저쪽은 승산이라고는 하나도 없는,
그것도 조국의 영광을 방해하려는 불의의 집단이 아닌가. 그런데
도 엘레나는 조국을 배신해가며 승산도 없는 지금의 전우들을 위
해 싸우겠다고 말했다.

엘레나답지 않은 바보 같은 행동이었다. 사관학교 시절이었더
라면 꾸중을 했을지도 모른다. 하지만 스테판은 전혀 마음이 괴
롭지 않았다. 오히려 한 동안 얽혀있던 울혈이 풀려내려가는 것
마냥 속이 시원해졌다.

〈의무장도 이런 기분이었을까.〉

엘레나는 신경질적으로 욕지거리를 내뱉더니, 곧 더듬거리며
천천히 말을 이어갔다.

〈저는 학회의 장교입니다. 배의 화기를 책임지는 포술장이지
요. 그렇기 때문에 저는… 한 사람의 장교로서… 책임을….〉

점차 엘레나의 목소리가 작아지더니, 끝내 그녀는 말을 잇지
못했다. 어쩐지 스테판은 그녀가 울음을 간신히 참고 있다는 느
낌을 받았다.

가까이 있었더라면 머리를 쓰다듬어 주었을 텐데. 그는 의미없
는 말로 위로를 대신했다.

"괜찮아."

가르쳐 준 대로다.

스테판이 누누이 주문한 것처럼, 엘레나는 자신이 있어야 할 곳을 찾아냈다. 그리고 그 자리를 지키기 위해 분투하고 있다. 그런데 어찌 그녀를 책망하겠는가.

"사과하지 마."

〈하….〉

엘레나가 한결 개운해진 목소리로 푸념하듯 중얼거렸다.

〈정말 선배는 변함이 없군요.〉

"너만 하겠냐만."

솔직히 블라디보스토크에서 마주쳤을 때는 깜짝 놀랐다. 머리 길이만 빼면 생도 때와 비교하더라도 전혀 달라지지 않았으니까. 엘레나 유스포브는 여전히 아름답고, 기품 있는 해군 장교였다. 스테판이 죄책감을 가질 필요는 없었다.

〈마지막 부탁 하나 해도 될까요?〉

엘레나는 짐짓 명랑한 어조로 물었다. 듣지는 않았지만, 어쩐지 스테판은 그녀가 무어라 할지 알 것만 같았다.

"뭔데?"

〈…도망쳐 주세요.〉

엘레나가 너무나도 가볍게 묻는 바람에 스테판은 저도 모르게 "Да(그래)."라고 답할 뻔 했다. 하지만 엘레나의 투정을 마냥 받아줄 수는 없는 노릇이다.

스테판은 천천히 그 제안에 답했다.

"내게도 부하가 있어."

〈하, 하하… 하하하!〉

엘레나가 수화기 너머에서 유쾌하게 웃었다. 엘레나가 어찌나 명랑하게 웃었는지, 듣고 있는 스테판이 다 민망해 질 정도였다.

〈정말… 누가 뭐라고 하는 것도 아닌데.〉

"천성이 이래서 말이야. 미안하군."

엘레나가 다시 수화기 너머에서 한숨을 내쉬었다.

〈**…고마웠어요. 선배.**〉

"고마웠어, 엘레나."

그리고 통화는 끊어졌다.

"어디서 걸려온 전화입니까?"

부관이 이상하다는 표정으로 물었다.

"응…? 아니, 아무것도 아니야. 잘못 걸려온 전화였네."

하지만 부관은 곧이곧대로 믿지 않고 의심스럽다는 표정을 보내왔다. 하기야, 이 와중에 잘못된 전화를 받고 수 분간 신나게 떠드는 사령관이 말이 되는가.

하지만 스테판은 정정하지 않고 바로 지프의 문을 열고 나섰다. 문을 열자마자 싸늘한 겨울바람이 얼굴을 때렸다.

광장을 가득 메운 시민, 그리고 그 앞에 종대로 서 있는 무장한 헌병들. 그리고 소비에트의 혁명 전사들이 그려진 기념물들….

문득 스테판은 이 모든 것이 우스워졌다.

혁명 정신과 정부군과 소비에트와 혁명, 모든 것이 무의미하게 느껴졌다. 누군가 블린 한 조각에 혁명군 사령관의 자리를 사겠다고 외치면 당장 그 사내에게 팔고 싶을 정도로, 만사가 귀찮아졌다.

하지만 사람들은 스테판의 연설을 고대하고 있었다. 그의 앞에 선 시민들도, 뒤에 선 병사들도. 모두 숨을 죽인 채 그의 입을 주시하고 있었다.

스테판은 천천히 단상 위에 올라 마이크를 붙잡았다.

"존경하는 블라디보스토크 시민 여러분."

한 마디를 내뱉자마자 스테판의 머릿속이 새하얗게 물들었다. 그리고 무어라고 해야 하지? 여기서 뭐라 말해야 사람들이 모두 만족하며 돌아갈 수 있을까?

스테판은 오래전 사관학교에서 배웠던 생존술 수업의 기억을 더듬었다. 상황 판단이 되지 않고 무얼 해야 할지 모를 때는 우선 정보를 수집해야 한다.

시각이 가져다주는 정보는 지극히 한정적이다. 눈을 감고 코에, 귀에 감각을 집중하라. 바람은 더 많은 정보를 너에게 가져다줄 것이다.

북쪽에서 불어온 싸늘한 바람이 스테판의 머리를 간질였다. 문득 스테판은 초연의 매캐한 향을 맡았다. 그리고 초연의 향에 뒤섞인 희미한 마가목의 향기도 느껴졌다.

다시 눈을 뜨니 저 멀리 종탑의 옥상에서 무언가가 반짝였다. 스테판은 엷은 미소를 흘리며, 마가목 향기를 풍기는 소녀에게 자기소개를 하기로 했다.

"저는 혁명군 사령관, 스테판 코르사코프 중좌입니다."

순간, 탄환 하나가 날아와 그의 가슴을 꿰뚫었다.

러시아 연방, 극동 연방관구, 프리모리예
블라디보스토크 연안, 표트르 대제 만

전장에서 정보를 수집하는 일은 매우 중요하다. 이 때문에 고대로부터 사람들은 망루를 높게 설치하고 전서구 등을 날려 보이지 않는 수평선 너머의 선영을 확인하려 애써왔다. 이는 현대전에서도 마찬가지이다. 포탄과 미사일의 사거리가 비약적으로 상승한 오늘날에 이르러서는 정보만 충분히 주어진다면 보이지 않는 곳에서 적함을 모조리 요격해 버리는 것도 가능하다.

현대전에서 적함의 위치를 파악하고 항로를 예측하는 일은 대부분 레이더에 의존하고 있다.

이러한 점에서 잿빛 10월은 혁명군보다 유리한 위치에 설 수 있었는데, 왜냐하면 잿빛 10월은 러시아군의 레이더에 거의 탐지되지 않았기 때문이었다. 전파방해장치와 흡수물질을 이용한 잿빛 10월의 스텔스 기술은 일반적인 국가의 카운터 스텔스 수준을 아득히 넘어있었다. 때문에 적함은 유도 병장을 일절 사용할 수 없었고, 굳이 잿빛 10월을 타격하려면 그대로 포화를 맞아가며 육안으로 거리를 확인할 수 있는 거리까지 근접하는 방법 뿐이었다. 하지만 그러다 해병 대대를 태운 강습상륙함이 피격되어 침몰하기라도 하면 혁명군 입장에서는 작전이 수포로 돌아가는 셈이라, 적 함대는 계속 30 마일 정도 떨어진 곳에서 갈팡질팡하고 있었다.

결국 적 호위함은 잿빛 10월의 사격 원점을 역산한 곳에 대함 미사일을 무의미하게 쏘아보았지만, 잿빛 10월의 ECM(Electronic Counter Measure, 전파방해)과 CIWS에 무력화되는 걸 확인하자 다시 나홋카 곳 뒤로 몸을 숨겨버렸다. 잿빛 10월의 입장에서도 탄약을 낭비하고 싶지는 않았기에 적함이 뒤로 물러서자 카밀라 함장은 공격을 멈추고 상황을 살폈다.

"탱고 포, 적 초계함이 공해상에 정지했습니다. 아무래도 항행 불능 상태에 빠진 것 같습니다."

함장의 옆 좌석에서 TDS를 살펴보고 있던 샤오지에 갑판장이 화면에 뜬 적 초계함을 가리키며 말했다.

"미사일을 그렇게 얻어맞았으니 괜찮을 리가 있나."

함장은 심드렁한 표정으로 중얼거렸다.

"이제 남은 건 호위함 두 척과 강습상륙함 한 척이군요. 어디 보자. 함급이…."

샤오지에가 함급을 조회해 보기도 전에 함장이 손을 놀려 전술 화면 이미지 하나를 띄웠다.

"이반로고프급 하나랑 스테레구시급 둘."

함장은 전술 화면에 띄운 낡은 강습상륙함의 사진을 유심히 노려보며 음울하게 중얼거렸다.

"이반로고프라니, 저 고철 유람선은 어디에 박혀 있다가 기어 나온 거야? 뭐, 태평양 함대에서 기계화보병 대대 수송하기엔 저 만한 배도 없지만…. 어차피 이반로고프의 연장포는 신경 쓸 필 요도 없어. 사거리가 10마일도 안 된다고. 스테레구시급의 단장 포도 마찬가지야. 15마일 밖에서 깔짝거려봤자 눈 먼 탄환이 아닌 이상 저걸로는 잿빛 10월을 맞출 수도 없어."

함장은 볼펜으로 관자놀이를 꾹꾹 누르며 계속 말을 이어갔다.

"문제는 미사일인데… 저 녀석들에게 잿빛 10월을 탐지해낼 카운터 스텔스 기술이 있을 리가 없지. 그냥 여기서 눌러 앉아서 칠면조 사냥이라도 하듯이 미사일 세례를 날려주면 될 거야. 페트로파블롭스크로 얌전히 돌아가 준다면 더 고맙겠고."

함장의 입에서 제대로 된 작전 계획이 나오자 함교에 있던 사관들이 의외라는 표정으로 그녀를 멍하니 쳐다보았다. 하지만 카밀라는 그러한 시선도 알아차리지 못한 채 항법 트레이서를 진지하게 노려보고 있었다.

샤오지에가 입가를 가리며 쿡쿡 웃었다.

"함장, 조금 달라지셨네요."

"어엉? 뭐가?"

카밀라가 얼빠진 목소리로 반응하며 고개를 쳐들었다.

"엘레나 소교가 없으니 함장님이 엘레나 소교처럼 말씀하시는 것 같아요."

카밀라는 이해할 수 없다는 표정으로 머리를 긁적였지만, 이내 쓸 만한 답을 생각해내지 못했는지 허공을 응시하며 말끝을 얼버무렸다.

"그런가아…."

카밀라는 말끝을 길게 늘이며 하품을 했다.

"그럴지도 모르겠군."

함장의 하품은 금세 다른 사관들에게까지 번져나갔다.

고된 적재작업 뒤에 바로 출항을 했던지라, 다들 피로가 쌓인 모양이었다. 곧 샤오지에가 해도실에 들어가 티 포트와 잔 몇 개를 꺼내왔다. 샤오지에는 익숙한 손놀림으로 잔에 티백 차와 뜨거운 물을 부어 사관들에게 돌렸다.

"혁명군의 제 1 목표는 역시 해군보병 대대를 블라디보스토크에 상륙시키는 것이겠지요?"

"아마도 그렇겠지."

찻잔을 받아들며 함장이 심드렁하게 답했다.

그리고 한 모금.

"…에, 커피가 아니잖아?"

"커피라고는 안 했는데요."

"으음…."

함장은 입을 다시며 찻잔을 옆으로 밀어놓았다.

샤오지에는 쓸쓸한 표정으로 함장이 밀어놓은 찻잔을 집어 들며, 다른 한 손으로 지정된 적함 중 하나를 가리켰다.

"강습상륙함을 집중적으로 타격하여 상륙군만을 먼저 섬멸하는 게 어떨까요?"

카밀라 함장이 트레이서에서 눈을 떼고 샤오지에를 쳐다보았다.

"어째서?"

"사람이 덜 죽을 것 같아서 그랬습니다."

샤오지에의 말에 함장이 이맛살을 찌푸렸다.

"샤오지에, 난 함교에 앉아서 마이클 샌델 영감의 강의를 듣는 취미는 없거든? '덜 죽는다'라니. 그게 무슨 소리야?"

평소대로였다면 깔깔거리며 '이것도 좋다, 저것도 좋다' 하고 수경 선생 마냥 맞장구를 쳐주었을 텐데, 오늘의 함장은 유난히 진지했다.

"어차피 혁명이 실패하든 성공하든 수많은 사람이 죽을 거야. 어차피 이 전투에는 처음부터 정의나 미추(美醜) 같은 건 없었어. 그저…."

카밀라는 이상하리만큼 피곤한 표정으로 한숨을 뱉었다.

"그저 나는 나와 승조원들이 살 수 있는 최선의 방법을 찾을 뿐이야."

"실례했습니다."

샤오지에가 얌전히 경례를 올려붙였다.

대부분의 사관이 차를 한 모금씩 모두 비웠을 무렵, CIC실에서 적함의 기동을 알리는 연락이 왔다.

〈탱고 투, 탱고 쓰리. 다시 기동합니다.〉

"그냥 부딪혀 볼 생각인가. 이거 곤란한 걸…."

카밀라는 모니터에 표시된 적함의 항로를 유심히 살피다 갑자기 타를 돌리도록 지시했다.

"키 0-3-0 잡아."

"키 0-3-0 잡기 끝!"

"양현 앞으로 셋."

잿빛 10월이 다시 조심스럽게 기동을 시작하려는 찰나. 갑자기 무언가가 잿빛 10월이 있는 방향을 향해 빠르게 날아오기 시작했다.

"거리 30마일…. 적 함, 발포했습니다!"

"쓸데없이 탄약을 낭비하려는 건가."

하지만 카밀라 함장을 비롯한 대부분의 사관들은 크게 걱정하지 않았다. 아직도 적함은 함포 사거리 밖에 있었기 때문이었다. 원래의 사거리대로라면 20마일도 날지 못하고 떨어질 게 분명했다.

하지만 적 호위함에서 발사된 포탄은 사관들의 예상을 크게 상회하여 잿빛 10월의 지근거리 까지 날아왔다. 심지어 한 발은 잿빛 10월로부터 수백 미터도 떨어지지 않은 곳에 착수했다.

"협차(夾叉)라고?"

포탄의 탄착군을 관측하던 나스챠 대위가 뜨악한 표정을 지어 보이며 중얼거렸다.

"아직 30마일이나 떨어져 있잖아!"

하지만 카밀라 함장은 여전히 태연한 표정으로 침로변경 지시를 내렸다.

"양 현 앞으로 전속. 키 1-3-5 잡아."

"양현 앞으로 전속, 키 1-3-5 잡기 끝."

침로를 완전히 반전시킨 다음 카밀라는 낮게 미소를 흘리며 타이를 한 손으로 고쳐맸다.

"RAP 스타일 사거리 연장탄이네. 제법 머리 좀 썼군."

RAP(Rocket Assisted Propellant) 탄이라 하면 탄환 자체에 로켓 추진체가 포함되어 사거리를 증대시키는 연장 탄환을 이르는 말이다. 분명 이런 장거리 탄약을 쓰면 30마일 밖에서도 장거리 포격을 하는 게 가능했다.

하지만 이는 레이더 포착이 가능할 때에나 쓸 수 있는 수단이었다. 잿빛 10월의 위치를 최초 특정하지 못하여 원점을 역산하고 있는 이러한 상황에, 정확한 함포 사격을 했다는 사실이 사관들은 놀랍기만 했다.

"하지만 이쪽의 좌표를 어떻게 확인한 걸까요? 학회의 성능을 뛰어넘는 카운터 스텔스 기기라도 갖고 온 걸까요?"

하지만 함장은 바로 그 가능성을 부인해버렸다.

"그럴 리가. 그랬더라면 애초에 미사일을 쐈겠지만."

카밀라는 한동안 모니터에 뜬 이반고로프급 강습상륙함의 사진을 주시하다가, 포술장 대리를 맡고 있는 나스챠를 불러 제원에 대해 다시 물었다.

"음, 저 상륙함에 헬기 적재 가능하지?"

"네. 4기 정도 운용 가능한 걸로 알고 있습니다."

카밀라 대교가 말했다.

"그렇다면 UAV 군."

"UAV요?"

현대전에서 정찰과 타격 목적으로 자주 애용되는 무인기, UAV(unmanned aerial vehicle)는 해상에서는 초수평선 표적획득 용도로도 자주 쓰이고 있었다. 높은 고도에서 비행하며 열 영상을 획득할 수 있으니, UAV는 전자전으로 레이더 체계가 먹통이 된다 하더라도 적의 위치를 특정할 수 있는 좋은 수단이었다. 그런데 이상하게도 전방(前房) 레이더에 포착된 지정 비행 물체 중에는 UAV가 보이지 않았다. 열영상 송신이 가능할 정도의 UAV라면 아무리 작아도 잿빛 10월의 레이더망에 보였을 텐데.

함장은 잠시 고민을 하더니 무전기를 들어 레이더 조작담당자에게 지시를 내렸다.

"T2, 2-7-0 방향 확인 해봐."

담당자가 전 방향 레이더를 켜자 잿빛 10월의 함미 방향에서 세 기의 비행 물체가 포착되었다. 계속 함수 방향만을 주시하고 있었던 터라, 함미 방향에서 새로운 비행체가 포착되자 사관들이 신음소리를 흘렸다.

"어느새 함미 방향에….."

"아마 저고도 비행을 하면서 탐지 거리 밖으로 우회한 거겠지. 요행을 부렸군. 그 요행에 넘어간 우리도 멍청하지만 말이야."

카밀라는 모니터 위에 손을 올려 UAV의 거리와 대공 미사일의 사거리를 가늠해보았다. 얄밉게도 UAV는 잿빛 10월의 함미 방향에서 아슬아슬하게 사거리를 유지해 가며 잿빛 10월의 좌표를 획득하고 있었다.

UAV를 요격하기 위해서는 해역을 이탈하여 배를 뒤로 빼는 수밖에 없었다. 함장의 생각을 읽었는지 기관전령수가 조심스럽게 물었다.

"이탈할까요?"

"아니, 그거야말로 녀석들이 원하는 거지. 어차피 사거리에 걸친 초장거리 포격에서 명중률은 기대하기 힘들 테니 말이야. 계속 응사해. 대함 미사일 발사."

함장의 명령이 떨어지자마자 발사대에서 미사일 하나가 급 가속하여 하늘로 날아올랐다. 이어서 원형 매거진을 통해 재장전된 두 번째 미사일도 그 뒤를 따랐다. 순식간에 시속 600마일까지 가속된 대함 미사일은 능동 레이더의 지시를 따라 가까이 도달했다. 미사일이 15마일 가까이 근접하자 적 호위함은 신속히 회전하며 채프를 뿌렸다.

알루미늄 구름이 상공에 펼쳐지자 미사일 한 기가 길을 잃고 목표에서 3천 야드 떨어진 수면에 착수했다. 다른 한 기는 목표를 놓치지 않고 제대로 직진하였으나 스테레구쉬급의 카쉬탄에 요격당해 허공에서 그대로 폭발하고 말았다.

"미사일 두 기 모두 로스트 했습니다."

"신경 쓰지 마. 바로 재장전 후⋯."

함장이 말을 마치기도 전에 전령수가 황급히 소리를 질렀다.

"탱고 투, 탱고 쓰리, 가속합니다. 속력 26노트!"

갑자기 두 기의 호위함이 속력을 높이며 빠르게 거리를 좁혀오자, 함교가 크게 술렁였다. 거리가 좁혀진 탓인지 포탄의 탄착군이 점차 조밀해졌다. 하지만 놀랄만한 일은 그 다음에 벌어졌다.

"거리 17마일⋯ 적함 대공 미사일 발사 했습니다!"

"저 또라이 자식들, 지금 뭐하는 거야?"

갑작스럽게 스테레구시의 사일로에서 대공 미사일이 발사되었다. 말 그대로 대공 미사일은 공중에 날아다니는 비행체를 요격하기 위한 미사일로 대함 미사일보다 훨씬 빠른 특징을 갖고 있었다. 하지만 스테레구시가 갖고 있는 9M96E 대함 미사일로는 잿빛 10월의 ECM을 돌파할 수 없을텐데⋯.

깊게 생각할 시간이 없었다. 함장은 기관전령수에게 전속으로 회피할 것을 명했다.

"양현 전속!"

"양현 전속!"

마하 2의 속력으로 가속된 미사일은 순식간에 잿빛 10월에 근접해 왔다. 잿빛 10월이 알루미늄 구름을 뿌려 채프를 펼치고 ECM을 가동시켰지만, 놀랍게도 9M96E 대공 미사일은 교란되지 않고 그대로 직진했다. 아마 스테레구시의 유도관이 잿빛 10월의 ECM을 염두에 두고 무유도 직진비행 명령을 내린 모양이었다. 탐지 거리 안에 미사일이 날아들자 잿빛 10월 CIWS는 순식간에 그 침입자를 포착하여 요격해버렸다.

미사일 하나가 잿빛 10월로부터 수천 야드 떨어진 곳에서 유폭하며 함교가 가볍게 흔들렸다. 다른 미사일들은 잿빛 10월의 원래 침로로부터 훨씬 떨어진 곳을 날아가다 역시 마찬가지로 CIWS에 유폭되었다. 적함에 잿빛 10월의 ECM을 능가할만한 ECCM이 없었다는 걸 확인하자 함교에 있던 병기 사관들은 가슴을 쓸어내렸다.

"간 떨어지는 줄 알았네. 그보다 무유도 직진비행이라고? 그냥 맞든지 안 맞든지 되는대로 쏴보겠다는 건가?"

"수십억짜리 최첨단 미사일을 창 던지듯 던지다니. 혁명군이라는 이름 치고는 꽤 사치스러운 방법을 쓰네."

다들 안심한 표정으로 호들갑을 떨었지만, 함장만큼은 불편한 표정으로 고개를 가로저었다.

"그런 얄팍한 수를 쓸 리가 없는데…."

함장은 무의식적으로 트레이서 쪽으로 미루어두었던 찻잔을 잡으려다 샤오지에가 치웠다는 걸 깨닫고 한숨을 내쉬었다. 함장은 멋쩍게 손을 쥐었다 펴며 다시 지시를 내렸다.

"이쪽도 응사해."

"다시 날아옵니다! 9M96E 대공 미사일, 수량은 둘!"

잿빛 10월에서 대함 미사일이 발사됨과 동시에 적함에서 다시 대공 미사일 4기가 날아왔다. 하지만 이번에도 혁명군의 미사일은 잿빛 10월의 CIWS에 요격당하고 말았다.

적 함대는 이런 일을 왜 하는 걸까? 유도를 할 수 없는 이상 무의미하게 탄약을 낭비하는 꼴 밖에 되지 않는데….

순간 카밀라가 튕겨오르듯 자리에서 벌떡 일어났다.

"…잔탄."

카밀라는 좌현 사이드 윙에서 관측을 하고 있던 나스챠에게 소리를 질렀다.

"나스챠, CIWS 잔탄 얼마나 남았어?"

"자, 잔탄이요? 아까 대함 미사일 요격에 쓰느라… 거, 거의 안 남았습니다!"

그제야 다른 사관들도 적이 최첨단 유도 미사일을 무유도 방식으로 쏴대는 이유를 알아차렸다. UAV로부터 좌표를 받아 지령 유도로 접근시킨 다음, 무유도 방식으로 미사일을 내리꽂으면 명중률은 형편없을지라도 충분히 '근접'은 할 수 있다. 그리고 미사일을 맞을 확률이 약간이라도 남아있는 이상 잿빛 10월의 CIWS는 계속 잔탄을 낭비하여 미사일을 요격할 수밖에 없었다. 더군다나 무유도 방식이기 때문에 전자전에도 교란되지 않는다. 함장은 미간을 꾹꾹 누르며 머리를 굴렸다.

"이런 식으로 이쪽의 옷을 한 겹씩 벗겨내겠다는 말이지… 음흉한 사내들이네."

CIWS의 잔탄이 모두 떨어지면 그대로 잿빛 10월은 적 포탄이

든 미사일이든 맞아내는 수밖에 없었다. 하지만 그렇다고 CIWS를 끄고 탄환을 아낄 수도 없는 노릇이라.

다시 한 번 미사일이 날아들었다. 그리고 잿빛 10월의 근접방어체계는 기계적으로 미사일을 요격해내다가, 결국 멈춰버렸다.

"…3기 명중! CIWS 잔탄 모두 떨어졌습니다! 1기 접근 중!"

"좌현 최대!"

"좌현 최대!"

타륜을 황급히 돌리자 잿빛 10월이 크게 선회했다. 미사일은 잿빛 10월을 아슬아슬하게 비껴갔지만, 수백 야드 떨어진 곳에 착수해 커다란 파랑을 일으켰다.

배가 크게 흔들리자 사관들이 휘청거렸다. 하지만 아직 더 큰 문제가 남아 있었다. 미사일이 함교에 직격한다 하더라도 잿빛 10월에게는 막아낼 방법이 전혀 없기 때문이었다. 유일한 희망이라면 적 대공미사일의 화력이 잿빛 10월을 한 번에 침몰시킬 만큼 세지 않다는 점뿐일까.

그 사이에도 적함은 포탄을 계속 쏘아대며 접근하고 있었다.

"탱고 투, 탱고 쓰리. 거리 15!"

"전 포문 연동, 장전!"

포 장전을 명령하자 순식간에 각 포반장들로부터 답변이 돌아왔다.

"기다리고 있었습니다!"

"통상탄 사거리 들어올 때 까지 기다려!"

15마일, 14마일, 그리고 13마일…

카밀라는 정신없이 침로를 변경해가며 거리를 쟀다. 앞으로 1마일… 그리고 카밀라 함장이 발포 명령을 내리려는 순간, 갑자기 적함은 침로를 크게 선회해 반전했다.

"적함이 갑자기 침로를 바꿨습니다. 침로 0-8-5… 함장, 적함이 도망치고 있습니다!"

"뭐라고?"

결정적인 난타전에 돌입하기 직전에 갑자기 적함이 돌아서자 사관들은 의아한 표정을 지었다. 기껏 미사일을 낭비해가며 사거리를 좁혀놓고서는 다시 거리를 벌리다니. 카밀라 함장도 도무지 이해가 가지 않았다.

"갑자기 왜…? 이 시점에 어째서…?"

불편한 침묵이 함교를 가득 메웠다.

분명 승리라면 승리겠지만, 적이 마지막에 보여준 어처구니없었던 행동 때문에 사관들은 크게 기뻐하지도 못한 채 함장의 눈치를 살피고 있었다.

그 때, 모니터에 마리아의 뚱한 얼굴이 떠올랐다.

〈그… 쿠데타가 실패했기 때문이 아닐까.〉

"그게 무슨 소리야!"

함장이 윽박지르듯 소리를 높이자, 마리아는 약간 기가 죽었는지 기어들어가는 목소리로 설명을 덧붙였다.

〈방금 쿠데타군 사령관인 스테판 코르사코프가 저격당해 사망했다는 속보가 나왔어. 그리고 아르튬에 주둔 중이던 정부군 사단이 블라디보스토크 시내에 진입하기 시작했고… 아마 혁명군 함대가 블라디보스토크에 상륙한다 하더라도 갈 곳은 없을 거야.〉

그제야 사관들은 이해했다는 표정으로 가슴을 쓸어내렸다. 혁명 수뇌부가 무너져내렸으니, 당초의 명령도 취소된 셈이었다. 하지만 카밀라는 여전히 얼빠진 표정으로 머리를 짚은 채 중얼거리고 있었다.

"저격…? 도대체 누가…?"

한참을 고민한 끝에 곧 함장은 블라디보스토크에서 일이 어찌 돌아갔는지 깨닫게 되었다.

엘레나 유스포브 포술장은 끝내 잿빛 10월을 버리지 않았다. 버리지 않았을 뿐더러 그녀는 자신의 손으로 옛 연인을 쏘아 버린 것이다.

분명 잿빛 10월은 신경쓰지 말고 도망치라 명령했을 텐데…! 생각지도 못한 결과에 함장은 실성한 듯 크게 웃음을 터트렸다.

"하, 하하, 하하하…!"

사관들이 불안한 표정으로 그녀를 쳐다보았다.

함장은 쓰고 있던 정모를 내려놓은 다음 머리를 마구 헝클어트리며 역정을 냈다. 그 모습은 마치 광인처럼 보였다.

"이 바보가… 도대체 무슨 생각이야!"

카밀라는 아랫입술을 지그시 깨물며 얼굴을 감싸 쥐었다.

"평소에는 그렇게 부당한 명령도 잘만 들어주었으면서, 이건 왜 어겼냐고! 네 연인이잖아…. 네 행복을 걷어차고 왜 돌아오려는 거야, 이 멍청아…!"

"함장….'

갑판장이 옆에서 조심스럽게 말을 걸었지만, 함장은 여전히 분이 풀리지 않는지 타이를 거칠게 끌러 내던지며 숨을 내쉬었다. 타이를 풀고 머리를 헝클어트린 카밀라 함장의 모습을 보고 있노라니, 승조원들은 그녀가 다시 평소대로 돌아왔다는 느낌을 받았다.

"…술."

"네?"

"술 마실래…."

나스챠 대위가 구급함에서 셰리주를 꺼내다주자 함장은 그 자리에서 독한 셰리주 한 병을 통째로 비워버렸다. 취기 때문인지 함장의 얼굴이 발갛게 달아올랐다.

"이 멍청한 계집애. 돌아가면 잔뜩 괴롭혀 줄 거야."

-8-

스테판이 총을 맞고 쓰러지자 광장에 모여 있던 군중들은 공포에 질려 도망쳐버렸다.

공포에 질린 건 혁명군 병사들도 마찬가지였다. 광장과 같은 개활지에서 저격수에게 공격당할지도 모른다는 공포가 확산되자, 병사들은 장교들의 지시에도 불구하고 엄폐물을 찾아 도망치기 시작했다 개중에는 혁명군 장교를 쏘아 버리고 달아나는 녀석도 있었다.

스테판의 말마따나 병사들은 '혁명'에 별 관심이 없었다. 한 식경도 지나지 않아 혁명 광장은 죽은 사람들을 남겨둔 채 텅 비어버리고 말았다. 스테판의 시신은 단상 위에 너부러진 채 한동안 방치되어 있었다.

멀리서 포성이 드문드문 들려왔다.

아마도 혁명군의 지휘체계가 무너졌음을 알아챈 정부군이 시가 돌입을 시도하는 모양이었다. 혁명은 이미 실패로 끝났다. 포성을 제외하면 아까 전까지의 소동이 거짓말처럼 느껴질 정도로 거리는 적막했다.

그 때, 혁명 광장에 어울리지 않는 소녀가 나타났다.

눈처럼 흰 빛깔의 해군 정복을 입은 자그마한 소녀였다. 그녀가 걸음을 내딛을 때마다 허리까지 내려오는 긴 금발은 부드럽게 찰랑거렸고, 겨울 바다를 닮은 벽안은 여러 빛깔로 일렁거렸다. 키가 작은 그 소녀 — 엘레나 소교는 커다란 빈토레즈 소총을 끌어안은 채 스테판의 시신 앞으로 천천히 걸어갔다. 사복을 입은 원일이 그 뒤를 따랐다.

"…휴."

엘레나는 단상 앞에 서서 작게 한숨을 내쉬었다.

그녀는 너부러진 스테판의 상체를 일으켜 자세를 편안히 고쳐주었다. 그 와중에 스테판의 상처에서 흘러나온 선혈이 그녀의 흰 옷에 묻었지만 엘레나는 개의치 않고 그의 매무새를 바로잡아주었다.

한동안 끙끙거렸지만, 엘레나의 근력으로는 스테판을 앉은 자세로 일으키는 게 고작이었다. 엘레나는 땀을 훔치며 뒤로 다시 두어 발자국 물러났다. 그리고 그 앞에 자신의 총을 내려놓으며 무릎을 꿇었다.

"죄송해요, 선배."

엘레나는 스테판을 바라보며

"선배의 계획을 다 망쳐버렸어요. 혁명도, 부하들도, 이 도시도… 심지어 당신의 목숨까지… 모두 망쳐버렸어요. 저를 용서하지 마세요(не простит меня)."

그럴 리는 없겠지만. 엘레나는 죽은 스테판이 입을 열어 마구 욕설을 내뱉어주기를 바랐다. 적어도 증오에 찬 얼굴로 자신을 노려봐 주기를 바랐다. 하지만 스테판은 이상하리만큼 평온한 미소를 지은 채 잠들어 있었다. 원하는 것을 모두 얻었다는 표정으로.

엘레나는 괴로운 표정으로 입술을 꽉 깨물었다.

"…어째서 웃고 계세요."

그녀는 그리고 황급히 얼굴을 쳐들었다. 고개를 숙이면 저도 모르게 눈가에서 눈물이 흘러나올 것 같았기 때문이었다.

그 때, 남쪽에서 불어온 따스한 바람이 그녀의 얼굴을 가볍게 어루만져주었다. 코끝을 간질이는 따스한 바람의 끝에서 엘레나는 봄의 향기를 맡았다.

새순의 풋내와 갓 녹은 바다의 물비린내.

얼음만이 가득한 추운 곳이라 생각했는데… 이곳에도 결국 봄은 오는 법이다.

"…이럴 줄 알았으면 더 빨리 와볼걸."

얼음처럼 차가웠던 스네구로치카의 표정이 끝내 무너져 내렸다. 겨우내 얼어붙었던 네바 강이 녹아내리듯. 그녀의 볼을 타고 이슬이 흘러내렸다.

"미안… 미안해요. 선배…."

감정을 모르는 쌀쌀맞은 스네구로치카는 온데간데없고, 슬피 우는 소녀 하나만 그 자리에 남아있었다. 원일은 차마 그 얼굴을 똑바로 바라보지 못하고 발걸음을 물려 광장을 빠져나갔다.

마슬레니차의 마지막 날은 용서의 날(Прощёное воскресение)이라 부른다. 마슬레니차의 마지막 날에 사람들은 거리에 나와서 서로에게 잘못을 빌고, 용서한다는 화답을 건넨다. 비단 산 사람만의 사죄는 아니다. 용서의 날은 죽은 자의 묘를 찾아 서로의 잘못을 용서하며 오래된 앙금을 씻어 내리는 날이기도 하다.

말 뿐인 사죄와 용서가 마음과 몸에 새겨진 상처까지 씻어주지는 못하겠지만, 한 해를 살아갈 용기 정도는 줄 수 있다. '마슬레니차'를 떠나보내면 봄이 찾아온다. 새로운 삶이 시작된다. 멀리서 자작나무 가지를 태우는 매캐한 향이 풍겨왔다.

그렇게 마슬레니차가 끝났다.

9. 보르시

-1-

러시아 연방, 극동 연방관구, 프리모리예
블라디보스토크 시, 〈성 마르가리타와 흉포한 용〉

요란스러운 혁명 소동이 일어난 지 2주가 지났다.

정부군이 다시 블라디보스토크시를 수복하며 한동안 피바람이
불었지만, 도시는 금세 정상화되었다. 항구도 다시 개방되었다.
거리에 뿌려진 일보에서는 군사 재판에서 누구를 처형하고, 누구
를 구금했느니 하며 매일같이 소란을 떨었지만, 시민들은 높으신
분들의 운명에는 큰 관심이 없었다. 당장 일을 하지 않으면 다음
날의 끼니가 보장되지 않았기 때문이었다.

'성 마르가리타와 흉표한 용'의 셰프, 메그도 마찬가지였다. 그
녀 역시 혁명이 끝나자 평범한 셰프로 돌아와 주정뱅이들을 상대
하며 일상을 만끽하고 있었다.

하지만 오늘은 꽤 골치 아픈 손님이 와 있었다. 주정뱅이는 아
니었다. 멀쩡하게 생긴 연방인 손님이었다. 긴 생머리에 앳된 외
모를 가진 그 여성은 식탁에 걸터앉아 오전부터 내내 시덥잖은
이유로 칭얼거리고 있었다.

256
257

"식감이 진흙 같아."

한동안 블린을 씹어대던 여인이 갑자기 직설적인 표현을 내뱉자, 메그는 이맛살을 찌푸리며 관자놀이를 긁적였다.

"그건 크리미 하다고 말하는 거예요, 서보라 대위."

"그냥 물컹물컹한 반죽 사이에 뭔가 알알이 박혀있으니까 진흙 같다고 한 거야."

이 아가씨는 나보다 연방어가 더 서툴군.

메그 셰프는 한숨을 내쉬며 블린 접시를 옆으로 치웠다. 그리고 그녀는 탁자 위에 놓인 붉은 색의 수프를 가리키며 물었다.

"보르시는 어떤가요?"

보르시는 사탕무를 넣어 끓여낸 러시아의 전통 음식으로 신맛이 강한 기름진 국이었다. 전통요리다 보니 그 레시피가 다양하여 셰프에 따라 맛이 천양지차로 변하는 요리였지만, 서 대위는 잔혹하게도 한 마디로 그 맛을 평했다.

"…케첩 탄 소고기국 맛이던데?"

"물론 보르시에 토마토와 소고기가 들어가긴 했지만… 음식을 그렇게 말하지 말아주세요."

메그 셰프는 한숨을 내쉬며 머릿수건을 끌러내렸다.

이 여자는 정말 밥을 해주는 보람이 없는 여자이다. 이 보르시를 만들기 위해 몇 시간이나 공을 들였건만. 양고기를 잘게 잘라 기름에 볶아내고, 삶은 뒤에는 거품을 걷어내며 푹 달인다음 특제 스메타나를 얹어 낸 비장의 보르시였는데, 나오는 소리가 케첩이 들어간 소고기국이라니…!

아마 시장에서 파는 레토르트 보르시 파우치를 잘라 그대로 내어주었어도 똑같은 소리를 했을 거다. 메그는 갑자기 레토르트 음식을 끔찍이 싫어하는 연방인 후배가 떠올라 중얼거리듯 불평을 늘어놓았다.

"해인이가 그런 소리를 들었으면 당신을 죽였을 거예요."

하지만 보라는 메그가 왜 화가 났는지 이해를 할 수 없다는 듯, 눈을 말똥말똥 뜬 채 그녀를 노려보았다.

"맛없다는 소리가 아니었는데."

"그건 맛있는 음식을 표현하는 방법이 아녜요, 대위."

어째서 내가 연방인에게 연방어를 가르치고 있어야 하는 거람. 메그 셰프는 머리를 감싸 쥐며 탁자에 앉았다. 그녀가 자리에 앉기가 무섭게 문간에 걸어놓은 종이 울렸다.

"어서 오세요… 아!"

가게에 들어선 사람의 얼굴을 확인하자마자 메그 셰프의 얼굴이 환하게 펴졌다.

"오랜만에 뵙네요, 체셔 소령님."

메그 셰프는 살았다는 표정으로 한숨을 내쉬며 가슴을 쓸어내렸다. 드디어 이 귀찮은 연방군 대위를 떠넘길 책임자가 나타난 것이다. 그것만으로도 메그는 체셔가 반갑기 그지없었다.

그런데 이상하게도 체셔는 연방군 군복을 입고 있었다. 안 그래도 혁명이니 뭐니 해서 흉흉한 이 시기에 연방군 군복을 입고 시가를 배회하고 있었더라면 헌병들에게 붙잡혔을 텐데….

게다가 체셔의 군화도 유난히 깨끗했다. 날이 풀리며 언 땅이 녹았던 탓에 도로 곳곳이 진흙탕으로 변했을 텐데, 잘 포장된 길만을 걸어온 것 마냥 체셔의 군화는 여전히 반짝거리고 있었다.

메그는 체셔의 외투를 받아 옷걸이에 걸어두며 지나가는 말처럼 물었다.

"라스푸티차 때문에 오시는 길이 힘들지는 않으셨나요?"

"다른 사람들과 같은 길로 오는 건 아니니까요."

체셔는 여전히 알쏭달쏭한 미소를 흘기며 대답을 얼버무렸다. 그 대답조차 퍽 이상하다고 생각했지만, 메그는 곧 체셔의 옷차림에 대해서는 신경을 끄기로 했다.

구석에서 보르시를 먹고 있는 보라를 발견하자, 체셔는 약간 미소를 누그러트리며 작게 물었다.

"그보다 서 대위는 별일 없이 잘 있었나요?"

메그 셰프도 차마 그건 부정하기 힘들었는지 쓴웃음을 지으며 고개를 가로저었다.

"썩 유쾌한 아가씨는 아니네요."

"…뭐야, 지금 무슨 소리 하는 거야?"

제 흉을 보는 줄 알았으면 가만히 있을 것이지, 갑자기 보라가 으르렁대며 둘 사이에 난입했다.

"지금 내 흉본 거지?"

"…신경 쓰이면 애초에 흉잡힐 일을 하지 마세요, 대위."

"흉잡힐 일이라니, 나는 솔직히 감상을 늘어놓기만 했는걸! 사실을 말해도 매도당하다니, 불합리 해! 역시 이 세상은 비이성적인 놈들로 가득 차 있다고!"

또 다시 보라가 발작적으로 떼를 쓰며 빽빽거리자, 체셔는 가볍게 머리를 짚었다. 이럴 줄 알았으면 아이스크림이라도 하나 사올걸 그랬나. 하지만 그의 수중에는 아이스크림은커녕 일 루블

짜리 지폐도 없었다.

체셔가 어찌해야 좋을까 고민하는 사이, 메그가 갑자기 카운터에서 두꺼운 종이 뭉치 하나를 꺼내왔다.

"서 대위님, 기다리시는 동안 이거 읽고 계실래요?"

"그게 뭔데?"

"얼마 전에 쇼우코 대위가 학회에 제출한 보고서예요. Area 354에서 채수한 샘플을 바탕으로 심도에 따라 생물 조직이 어떻게 변화하는 지 정리되어 있답니다."

"읽을래!"

보라는 메그의 손에서 보고서를 빼앗듯 낚아채더니, 흥미로운 동화책을 발견한 어린아이마냥 정신없이 내용을 읽어 내려갔다. 보라의 그런 모습을 보며 체셔는 어처구니가 없다는 표정으로 한숨을 내쉬었다.

"서 대위에게 아이스크림보다 효과적인 게 있었다니."

"아이스크림이라뇨. 어린애를 다루는 게 아니잖아요?"

"아니… 아무것도 아닙니다."

체셔는 변명하듯 손을 내저으며 웃었다. 이런 시답잖은 농담이나 주고받으러 온 게 아니다. 체셔는 헛기침을 하며 목을 가볍게 틔웠다.

"그래서, 결과는 어떻게 되었나요?"

다행스럽게도 메그가 먼저 입을 열었다. 체셔는 다시 옷매무새를 바로잡으며 짐짓 유쾌한 어투로 혁명의 결과에 대해 이야기해 주었다.

"**다행히도** 쿠데타는 실패로 끝났습니다. 블라디보스토크에서 시기 조절에 실패한 탓에 정보가 빠르게 새어버렸고, 모스크바에서는 쿠데타 군이 움직이기도 전에 크렘린이 반정부 인사들을 색출해 모조리 숙청해버렸죠."

체셔는 어깨를 으쓱거리며 자랑스럽게 손을 내저었다.

"모두 다시 원래대로 돌아갔습니다. 국호는 그대로 러시아고, 이 나라는 여전히 민주주의 국가고, 또한 여전히 멍청이들이 집권하고 있지요."

체셔는 여기까지 말을 이은 다음, 무언가가 떠올랐는지 "아" 하고 손뼉을 치며 말을 덧붙였다.

"물론 이 사건 덕분에 크렘린은 우리 연방에 큰 빚을 지게 되었습니다. 이로서 송유관 건설 사업에서 연방은 유리한 위치에 서게 되었지요."

메그도 만족스러운 표정으로 양손을 맞잡으며 생글생글 웃었다.

"저희 학회도 자루비노 항의 조차권을 연장할 수 있게 되었어요. 수고 많으셨습니다, 소령님."

그리고 메그는 잠시 숨을 고른 다음, 이맛살을 찌푸리며 뼈 있는 말을 한 마디 던졌다.

"그럼 다시 **표면적**으로 연방과 학회는 다시 전투에 돌입하는 건가요?"

"그렇지요. **언제나 늘 그랬듯이** 표면적으로요."

혁명이 끝났으니, 러시아 혁명을 두고 학회와 연방이 맺었던 임시 휴전 협약도 끝이 난 셈이었다. 하지만 두 사람은 여전히 살가운 태도로 생글거리며 서로를 바라보았다. 마치 처음부터 서로

가 동맹관계였던 것처럼—

"그보다 매번 연방군이 **지는 역할**을 맡고 있으니, 총통께서도 심히 언짢아하고 계십니다. 가끔은 잔챙이도 보내주셔야 이쪽에서도 무훈을 뽐내지요."

"저희도 고의로 그랬던 건 아녜요. 생각보다 잿빛 10월의 재원들이 우수했던 탓이지요."

"피해가 생각보다 컸던 탓에 정치인들 사이에서도 반전(反戰)을 주장하는 사람들이 나오기 시작했습니다."

"그것 참 유감이네요. 사실은 저희도 잿빛 10월이 기대 이상으로 너무 잘 커줘서 놀랐어요. 튼튼한 작물을 키워내는 건 즐거운 일이지만, 너무 커버려도 질겨서 씹지 못하는 법이죠."

메그 셰프가 생글거리며 고기를 씹는 시늉을 해 보이자, 체셔 역시 미소로 화답하며 답했다.

"그럼 항모 전단이라도 하나 보내드릴까요?"

"그럴 필요는 없어요. 정말로 위험하다 싶으면 저희 손으로도 추수할 수 있답니다."

공손한 거절이었지만 메그 셰프의 대답에는 날이 서 있었다. 학회의 일에 간섭하지 말라는 완곡한 충고를 듣자, 체셔는 사과를 건네며 고개를 숙였다.

"이거 실례했습니다. 여하튼 총통께서도 **내년 선거 때까지** 잘 부탁드린다고 전해 달라 하셨습니다."

"그건 저희도 마찬가지예요. 아, 그러고 보니 학회 연구소 쪽에서 새로운 전차포를 개발한 모양인데, 쓸 만한 **실험쥐**가 없느

냐고 묻던데요?"

"어디보자…. 그리고 보니 105 전차 사단장 녀석이 요새 거슬리는 소리를 자꾸 해서 총통 각하의 눈 밖에 난 모양인데, 그 녀석들을 **실험쥐**로 쓰시면 괜찮을 겁니다."

체셔는 누군가 마뜩찮은 사람의 얼굴이 떠올랐는지, 입가를 매만지며 비열하게 웃었다.

"하지만 제법 엘리트라 상대하기 쉽지 않으실 겁니다."

"괜찮아요. 재료가 고급일수록 완성품의 가치는 올라가는 법이지요."

수천 명의 사람이 죽을지도 모르는 무거운 이야기였지만, 체셔와 메그는 음식을 주문하듯 가벼운 어조로 말을 툭툭 건넸다. 사람의 목숨을 기분처럼 얹어주었다가 빼기를 반복 하였다. 정상적인 머리를 가진 사람이 그 자리에 한 명이라도 있었더라면 경악하며 달아났을 것이다.

하지만 〈성 마르가리타와 흉포한 용〉 안에는 광인밖에 없었다. 보화를 탐내며 썩은 고기에 침을 흘리는 탐욕스럽고 흉포한 용뿐이었다.

이야기가 거의 끝났을 무렵, 체셔는 지나가는 말처럼 잿빛 10월의 계획에 대해 물었다.

"…그래서 잿빛 10월은 어디로 가는 겁니까?"

하지만 그 수작에 메그는 쉽게 걸려들지 않았다.

"어머, 이제는 저희 작전까지 간섭하려고 하시는 건가요? 그건 계약에 포함되어 있지 않았을 텐데요."

"아뇨, 지극히 사적인 이유 때문입니다. 여러분과 마찬가지로 저도 잿빛 10월의 재원들에게 흥미가 생겼거든요."

"헤에, 그것 참 편리한 핑계로군요."

메그는 냉소를 흘리며 턱 끝을 매만졌다. 하지만 그녀는 무슨 생각에서였는지, 곧 체셔에게 잿빛 10월의 항로에 대해 순순히 말해주었다.

"잿빛 10월은 당초 계획대로 동중국해로 돌아갈 겁니다. 그리고 그곳에서 블루홀에 대한 연구를 재개하겠지요."

'블루홀'이라는 단어가 언급되었을 때 체셔의 눈이 반짝이는 걸 메그는 보았다. 과연 체세는 생선 냄새를 맡은 고양이처럼 눈을 반짝이며 다시 한 번 블루홀에 대해 물었다.

"혹 블루홀에 대한 자료를 더 공유 받을 수 있을까요?"

"고작 병사들 목숨으로요? 좀 더 큰 걸 들고 오셔야지요. 예를 들자면…."

메그는 입맛을 다시며 체셔의 얼굴에 난 흉터를 바라보았다. 그리고 왼손에 들고 있었던 주머니칼을 만지작거리며 농담처럼 말했다.

"총통의 목숨이라든가?"

꽤 불경스러운 농담이었지만 체셔는 얼굴을 찌푸리지 않았다. 오히려 되레 유쾌한 표정으로 그는 쿡쿡 웃었다.

"빠른 시일 내에 준비해 보겠습니다."

"하아… 농담을 하는 맛이 없는 사내네요."

메그는 지친다는 표정으로 주머니칼을 탁자에 내려놓은 채 빙그르르 돌아 부엌으로 향했다.

"소령님도 보르시 좀 드시겠어요?"

"부탁드리겠습니다."

메그는 곧 콧노래를 흥얼거리며 부엌으로 들어가 화덕에 불을 붙였다. 어쩐지 체셔는 입 안이 바짝바짝 말랐다. 고개를 돌려 보니, 서보라 대위가 휴대폰을 들이밀고 있었다.

"…뭘 하고 계십니까?"

"녹음."

보라는 휴대폰을 톡톡 눌러 방금 전까지 두 사람이 나누었던 대화를 재생시켜 보였다.

⟨…총통의 목숨이라든가?⟩

⟨…빠른 시일 내에 준비해 보겠습니다.⟩

체셔는 어처구니가 없어졌다.

"그런 걸 녹음해서 어디에 쓰시려고요."

"나중에 이 불지옥 반도에서 도망칠 때 팔면 노잣돈이 되지 않을까 싶어서."

체셔는 한숨을 내쉬며 보라의 손에서 핸드폰을 낚아챘다. 그리고 능숙하게 핸드폰을 조작해 녹음된 음성을 모조리 지워버렸다. 보라가 "우우" 하고 우는 소리를 냈지만, 체셔는 콧방귀를 뀌며 모른 척 했다.

"서 대위는 애국심이라고는 조금도 없나보군요."

"그건 체셔 아저씨도 마찬가지잖아?"

"…."

순간, 체셔의 미소가 얼어붙었다.

체셔는 잠시 서 대위의 멍한 얼굴을 내려다보며 생각에 잠겼다. 언제나 고민하지 않고 총통의 임무를 수행해 왔던 그로서는 한 번도 의심해 본 적 없는 질문이었다.

어째서 보라는 그가 애국심이 없다고 생각한 걸까?

체셔는 그 말을 반박해 보려고 했지만, 그것 역시 쉽지 않았다. 애국심의 증명이라는 게 과연 가능키나 한가? 결국 체셔는 평소처럼 미소를 지어보이며 말을 얼버무렸다.

"…그럴지도요."

체셔가 엷게 웃었다.

-2-

혁명이 실패로 돌아간 이후에도 일상은 하나도 바뀌지 않았다. '잿빛 10월'은 여전히 자루비노 항에 기항하고 있었고, 승조원은 물론 배도 긁힌 곳 하나 없이 멀쩡했다. 블라디보스토크의 시민들도 벌써부터 혁명을 잊은 듯 일상을 만끽하고 있었다.

나는 자루비노 항 외진 곳에 위치한 곡주에 앉아 해바라기를 하고 있었다. 날씨는 일주일 전의 한파가 거짓말처럼 느껴질 정도로 푹했다. 루나를 비롯한 시끄러운 수병들 대부분이 외출을 나간 탓에 항구도 오늘따라 유난히 평화롭다.

"봄이네…."

나는 혼잣말처럼 중얼거렸다. 누구 들으라고 한 소리도 아니건만, 혼잣말에 대답이 돌아왔다.

"그래, 봄이네."

나는 열없이 머리를 긁적이며 대답을 한 상대를 쳐다보았다. 비딱하게 쓴 크라운 캡에 후줄근한 블라우스, 그리고 허벅지에 딱 붙은 타이트한 스커트까지… 이 항구에서 저런 차림으로 돌아다니는 사람은 딱 한 사람뿐이다.

"함장님, 무얼 하시고 계십니까."

"응? 보다시피 낚시하는데?"

함장이 긴 낚싯대를 휘두르며 무심하게 대답했다. 어쩐지 묘한 기시감이 드는데… 나는 골치가 지끈거려 이마를 가볍게 짚었다.

누차 말하는 것이지만 해군 승조원의 낚시는 기본적으로 금지되어 있다. 주변 어민들과 마찰을 일으킬 수 있기 때문이다. 게다가 나는 특히 항구에서 하는 낚시가 마뜩찮았다.

"그거, 드시려고요?"

나는 카밀라 대교의 옆에 놓인 양동이를 가리키며 불안하게 물었다. 양동이에는 함장이 낚아 올린 여러 물고기가 가득 담겨져 있었다. 대부분이 도미와 전갱이다.

"응, 먹어야지. 오늘 저녁에는 오랜만에 승조원들에게 회나 대접해 볼까."

"그만두시죠."

"왜?"

"항구 근처에서 잡히는 물고기는 대부분 깨끗하지 못합니다. 기생충이라든지, 중금속이라든지."

항만 내부는 여러 가지 구조물이 많고 천적이 적어 물고기가 많이 모여들지만, 이곳에서 잡히는 대부분의 물고기는 오염 물질과 기생충 등에 오염되어 있다. 배가 오고가며 흘리는 기름을 비롯하여 어업 폐수, 쓰레기 등이 계속 바닷물에 섞여 들어가기 때문이다. 이 물고기들이 어떠한 먹이를 먹고 자라났는지 생각하면 보는 것만으로도 속이 메슥거릴 정도였다. 하지만 함장은 태연히 전갱이 한 마리를 들어올리며 고개를 가로저었다.

"에이, 이런 거 먹어도 안 죽어."

"당장은 안 죽어도 축척되면 죽습니다! 미나마타 병 모르십니까?"

"미나미 병…? 그거 군의관이 만든 병이야?"

"…됐습니다. 제가 말을 말지."

나는 바닥을 털고 곡주에 앉아 함장이 드리운 낚시대 끝을 쳐다보았다. 멀리서 바닷새가 우는 소리가 들려왔다. 뭐, 불법이고 자시고를 떠나 이 광경만 두고 본다면 평화로운 한 때인 것만큼은 분명했다.

따사로운 햇살, 바람이 불 때마다 부드럽게 이는 파랑, 향긋한 봄 바다의 물 냄새, 그리고 유유자적하게 낚시대를 놀리는 조사의 모습까지…

"의무장은 오늘 외출 안 나가?"

함장이 찌를 다시 던지며 지나가는 말처럼 물었다.

"외출은요."

나는 전에 보았던 도로의 상태를 떠올리며 진절머리를 쳤다.

"지금 시내는 라스푸티차니 뭐니 해서 온통 진흙탕일 텐데… 이런 날 나가봤자 고생만 할 겁니다."

해빙기가 다가오며 언 땅이 녹았던 탓에 항구 밖의 도로 상황은 진창을 연상케 했다. 어쩐지 진흙밭에서 울상을 짓고 있을 수병들을 떠올리니 고소하다는 생각이 먼저 들었다. 하지만 함장은 무슨 생각을 했는지, 실실 웃으며 바늘에 미끼를 꿰었다.

"호오, 들어오면 구두에 묻은 진흙 떼어내느라 고생 좀 하겠군."

"아."

갑자기 복도가 진흙 바닥이 될 거라고 생각하니 머리가 아찔해졌다. 나는 황급히 당직표를 확인했다.

"오늘 청소는 꽤 힘들겠는데… 당직이 누구였지?"

"이해인 조리장."

"으아… 우린 죽었다."

내가 얼굴을 손에 파묻으며 절망하자, 함장이 기쁜 표정으로 낄낄거렸다.

"수고해."

"남 일처럼 말하지 마십쇼."

"남 일인걸. 내가 청소하나? 승조원들이 청소하지."

어쩜. 이렇게 하는 말마다 밉상일 수 있을까.

늘 생각하는 것이지만 카밀라 대교는 지휘관으로서의 자질이 빵점이다. 어떻게 대교 자리까지 올랐는지 몰라.

나는 괜스레 성질이 나 옆에 있던 조약돌을 집어던져 함장의 낚시를 방해하기 시작했다. 하지만 함장은 물고기를 낚는 게 목적이 아니었는지 내가 성질을 부리는데도 킬킬거리며 되레 즐거워했다. 결국 먼저 질려버린 건 나였다.

"그래서 앞으로 어떻게 할 거야?"

함장이 갑자기 뜬금없는 질문을 던져오는 바람에 나는 돌을 바닥에 내려놓고 손을 털었다.

"어떻게 하긴요. 음… 조금 있다가 휴식 시간이 끝나면 거즈를 멸균해두고, 의무일지를 정리하고, 그리고 수병들의 상담과…."

"아니, 오늘 일과 말고."

함장이 방글방글 웃으며 나를 쳐다보았다.

"전에 말했잖아? 이 배에서 6개월 정도만 근무하고 나면 육지에 내려주겠다고."

"아…."

나는 손을 꼽으며 새삼 놀랐다. 벌써 6개월이나 지나있었다니. 정신없이 지내다 보니 시간 가는 줄 모르고 있었다. 게다가 지금 이곳은 육지다. 이제 내가 원한다면 언제든 연방으로 돌아갈 수 있었다.

하지만 나는 이미 연방에서 불귀의 객 취급을 받고 있을 테니… 돌아가도 무국적자 신세가 될 게 뻔했다.

"이 꼴이 되었으니 연방으로 돌아가는 건 힘들겠지요."

"위조 여권 정도는 마련해 줄게. 신분증도 마리아한테 부탁하면 금방일 테고… 필요하다면 여비도 줄 수 있는데?"

…함장이 이상하게 친절하다.

언제나 천년 묵은 너구리마냥 수상쩍게 굴던 아가씨가 갑자기 살갑게 말을 건네 오자, 반가운 마음보다 의심이 먼저 고개를 쳐들었다. 나는 눈을 가늘게 뜨며 함장을 노려보았다.

"…공짜로요?"

함장이 손가락 세 개를 펴들었다.

"일단은 무이자 3개월."

"거절하겠습니다."

나는 공손하게 손을 내저어 함장의 제안을 고사했다.

…괜히 이익집단인 학회가 아니다. 돈을 빌렸다가는 눈 깜짝할 사이에 말도 안 되는 이자를 붙여 나를 파산시킬지도 모른다. 함장이 입을 비죽 내밀며 툴툴거렸다.

"재미없는 녀석."

농담처럼 말을 주고받기는 했지만 비단 돈 때문만은 아니었다. 이미 고국에서 버림받은 내게 마음을 놓고 쉴 만한 곳은 이 배 밖에 없었다.

설령 거금을 갖고 연방에 돌아간다 하더라도 '그런 일'을 당한 이상 내가 마음 편히 연방에 정착할 수 있을지도 의문이었다. 그런 내 속내를 읽었는지 함장이 묘하게 으스대며 입을 열었다.

"그럼 오늘부터 의무장을 정식으로 채용하도록 할까."

"저, 여태까지 비정규직이었습니까?"

"응. 그래서 월급도 절반이었잖아?"

세상에.

절반이라고 해도 여간한 연방 샐러리맨 월급보다 많았는데. 나는 머릿속으로 재빨리 앞으로 들어올 돈에 대해 셈을 해 보았다. 탐욕이 얼굴에 드러났는지 함장이 혀를 차며 나를 나무랐다.

"돈 계산은 나중에 하고, 이제 정말로 잿빛 10월의 승조원이 된 원일 군에게 중요한 명령을 내릴까 하는데."

중요한 명령이라.

나는 나도 모르게 자세를 바로 잡고 함장의 말에 귀를 기울였다. 하지만 함장은 아무렇지도 않게 찌를 회수하며 지나가는 말처럼 말을 흘렸다.

"…새로운 적이 올 거야."

"네?"

그 말이 너무나도 모호해서 나는 조심스럽게 되물었다.

"새로 연방군이 옵니까?"

"아니, 소속은 몰라."

"그럼 규모는 얼마나 됩니까?"

"그것조차도 몰라. 언제 올지, 어디에서 올지도."

함장은 노래를 부르듯 릴을 정비하며 흥얼거렸다. 갑자기 긴장이 탁 풀리며 짜증이 치밀어 올랐다.

"그럼 아시는 게 뭡니까?"

"한 가지 확실한 건 우리를 구축(驅逐)하기로 작정한 적이 움직이기 시작했다는 사실 뿐이지."

"그게 뭡니까…."

이쯤 되니 함장이 피해망상증에 걸린 게 아닐지 걱정이 될 정도였다. 이런 예언 같은 소리를 듣고 걱정을 하느니, 당장 오늘의 일을 걱정하는 편이 낫겠다. 하지만 함장은 여전히 방글방글 웃으며 내 이마를 콕 찔렀다.

"무슨 생각하는지 다 알아. 하지만 승조원들 '공략'도 다 끝나고 할 일도 없는 것 같으니, 이제 이 새로운 적에 대한 대책을 생각해 보는 게 어때?"

"아니, 그런 정보로 대책을 세우라 하셔도… 그보다 공략이 끝났다는 건 무슨 소리입니까!"

미나미 군의관에게 들었던 헛소리가 이쪽에서 튀어나오자 나도 모르게 목소리가 커졌다. 이 아가씨들은 뒤에서 무슨 흉계를 공유하고 있는 거야? 카밀라 대교가 손으로 입가를 가리며 음흉하게 웃었다.

"어라, 이미 수병들은 다 한 번 씩 손댄 줄 알았는데."

"아닙니다. 사람을 무슨 발정난 수캐 보듯이…."

수캐라는 말에 카밀라 함장이 살짝 얼굴을 찌푸렸다.

"수캐라…."

말이 험했나 싶어 바로 정정하려 했지만, 함장은 곧 어깨를 으쓱거리며 대수롭지 않다는 표정으로 웃어 넘겼다.

"뭐 괜찮겠지. 어차피 우린 다 개새끼니까.(we are all sons of bitches.)"

…분명 전에 누군가가 저런 말을 했었던 것 같은데.

그 때, 갑자기 배가 계류된 쪽에서 근무복을 입은 엘레나 소교가 소리를 지르는 게 들려왔다.

"여기서 낚시 하지 말라고 몇 번을 말했습니까, 함장!"

"이크, 들켰군."

함장은 낚시 도구를 챙길 새도 없이 모자를 꾹 누르며 달아나려 했지만, 곧 날쌔게 달려온 엘레나 소교에게 붙잡혀 설교를 듣기 시작했다.

"함장님! 일을 하시지 않는 건 이해하겠습니다. 그런데 모범이 되셔야 할 함장님께서 군기를 먼저 어기시면 어쩌자는 겁니까?"

"아이, 참. 너무 골내지마. 그래. 잡은 도미를 나누어 줄 테니까…."

"그런 더러운 물에서 잡은 물고기를 누가 먹겠습니까!"

1피트는 더 작은 백인 소녀에게 혼이 나는 말레이계 누님이라…. 아무리 보아도 존경심이 우러나올만한 광경은 아니었다. 되레 저런 사람의 말을 귀 기울여 듣고 있었던 내가 바보처럼 느껴질 정도였다.

한동안 함장의 말이 마음에 걸려, 입안으로 말을 곱씹으며 생각에 잠겼다.

'새로운 적이 온다.'

그 적은 우리가 그동안 싸워왔던 연방군일 수도 있고, 러시아군일 수도 있고, 혹은 학회의 다른 조직일 수도 있었다. 심지어 그들이 어디서 어떤 방법으로 공격해올지도 모르는 상황이다. 이러한 상황에서 할 수 있는 대비가 있기는 한 걸까?

…아무리 생각해도 답은 떠오르지 않았다. 그냥 함장이 날 놀릴 궤변을 늘어놓은 게 아닐까 의심될 정도였다.

그 때, 바람을 타고 달콤한 사탕무의 향기가 풍겨왔다. 해인이 주방에서 저녁 요리를 하고 있는 모양이었다. 오늘 저녁은 전에 먹었던 보르시인가. 그 새콤달콤한 향기에 식욕이 동했다. 벌써부터 배가 고파오기 시작했다.

누군가가 목에 칼을 들이밀고 있을지도 모르는 상황인데 배가 고프다니, 6개월 전의 내가 들었더라면 코웃음을 쳤을 일이다. 하지만 역시 먹는 수밖에 없다.

나를 저주하는 적에게 가장 처절한 복수를 안겨주고, 나를 걱정해 준 상대에게 보답하는 최고의 방법은 역시 평범한 일상을 영위하는 것뿐이다. 그리고 평범한 일상을 가장 만끽하는 방법은 역시 잘 먹는 게 아니겠는가.

결국 사람이 일상을 좇는 이유는 그래서일 것이다. 현문 근처에서 카밀라 대교와 엘레나 소교가 투덕거리는 게 보였다. 저 둘은 지치도 않나보다.

"…저녁 식사 때 다시 한 번 물어볼까."

나는 함장이 잡아놓은 물고기를 다시 바다에 슬며시 놓아주며 콧잔등을 긁었다.

그 미지의 적이 언제 주린 배를 쥐고 뛰쳐나올지는 모르겠지만… 아군을 배불리 먹이고 적이 굶주리기를 기다리는 것이야 말로 병법의 기초니까.

후기

오랜만에 인사 올립니다. 오소리입니다.

〈마리얼레트리 3 – Enemy At The Gates〉을 구매해주셔서 감사합니다. 이번 권도 즐겁게 읽어주셨는지요.

3권의 부제인 〈Enemy At The Gates〉는 소련의 전설적인 저격수, 바실리 자이체프를 소재로 한 영화의 제목으로 저격전을 다룰 때 꼭 한번은 언급되는 명화이기도 합니다. 이번 권의 히로인인 엘레나가 저격총을 들고 활약하는 장면이 많았기에 이러한 부제를 붙였습니다.

또한 이번 권을 관통하는 또 하나의 소재는 "혁명" 입니다. 작중에서 누차 언급하였지만, 혁명에서 명분이 아무리 좋다하더라도 민심을 얻지 못하면 실패할 수밖에 없다고 생각합니다. 반대로 대중의 지지만 얻으면 잔혹한 혁명이라도 성공시킬 수 있을 겁니다.

최근 세계적으로 명예와 민족을 부르짖으며 전쟁과 차별을 공약으로 내거는 정치인들이 늘어나 개인적으로 조금 거정스럽습니다. 하지만 1보 후퇴하며 2보 전진하는 것이 역사의 매력이 아닐까요. 모쪼록 작중의 "연방" 같은 국가는 현실에 등장하지 않았으면 좋겠습니다.

그리고 마지막으로 3권을 완성하는 데 많은 도움을 주셨던 분들께 감사의 인사를 올리겠습니다.

먼저 러시아 문화 및 군사 편제 등에 대해 조언을 주셨던 팀 스타브카의 미샤님, 가등청정님 그리고 Dutchko님께 감사의 인사를 올립니다. 여러 가지 풍성한 정보를 제공해주셨는데, 제 능력이 부족하여 러시아의 매력을 제대로 살리지 못한 것 같아 아쉽습니다. 또 역사 및 정치에 대해 많은 가르침을 주신 경희대 사학과 교수님들과 짧은 시간이었지만 응원 보내주신 만화 동아리 〈한그림〉의 회원 여러분께도 감사드립니다.

위 분들이 도와주시지 않았더라면 3권도 무사히 나오지 못했을 겁니다. 다시 한 번 깊은 감사의 인사를 올립니다.

그리고 지난 4월, 마지막까지 미려한 일러스트를 완성해주시고 입대하신 유나물 작가님께도 특별히 감사를 드리며 몸 건강히 복무하시기를 기원하겠습니다.

유나물 작가님의 입대로 4권 이후의 발매 일정은 약간 조정될 거라 생각합니다. 차후 결정되는 대로 온-오프라인 지면을 통해 말씀드리겠습니다.

그럼 다시 뵙는 그 날까지 몸 건강하시길 빌겠습니다.

2016년 5월

오소리

마리얼레트리 ❸

초판 1쇄 발행   2016년 6월 30일

저자 오소리

발행인 원종우
발행처 (주)이미지프레임

주소 (427-060) 경기도 과천시 용마로 2, 2층
영업부 02-3667-2653   **편집부** 02-3667-2654   **팩스** 02-3667-2655
메일 vnovel@imageframe.kr   **웹** vnovel.co.kr

ISBN 978-89-6052-006-6 02810   **(세트)** 978-896052-402-6

Mariolatry
© 2016 osori
Published in Korea

가출천사
육성계약 1

박제후 지음 · ICE 그림

글 박제후　일러스트 PIRATA
표지 일러스트 아이작 헤인 3세

던전의
주인님
DUNGEON MAJESTY

2

글 납자루
일러스트 노가미 타케시

VNOVEL

2

Young
Highschool
Baseball
Love Comedy!

나리

글 제뉴인
그림 모리치카
번역 이기선

VNOVEL